LE NŒUD DE VIPÈRES

D0450577

FRANÇOIS MAURIAC

Le Nœud de vipères

Nouvelle édition revue et corrigée

PRÉFACE, NOTES ET COMMENTAIRES
DE JEAN TOUZOT

GRASSET

© Éditions Bernard Grasset, 1933.

PRÉFACE

« Il me paraît bien que Mauriac a écrit là son chef-
d'œuvre, et un chef-d'œuvre[1]. » Ce jugement d'Albert Thibaudet, saluant la parution du *Nœud de vipères*, a subi victorieusement l'épreuve du temps et des tirages. Moins
célèbre dans le monde, disons plutôt moins populaire que
Thérèse Desqueyroux, Louis est un personnage duquel
émane ce pouvoir d'attraction et de répulsion qui caractérise
les hautes figures romanesques. Qui prolongerait l'exercice
du palmarès – périlleux mais justifié par une aussi féconde
carrière – découvrirait des lecteurs sensibles à la sève poétique du *Baiser au lépreux*, d'autres aux orages qui enténè-
brent *Le Désert de l'amour*. Il en est qui s'arrêteraient à
l'étrange couple dont *Genitrix* suit pas à pas la déchéance.
Destins, *La Pharisienne* ou *Le Sagouin* offrent d'autres
attraits, et donc des arguments précieux pour étayer un choix
différent. Mais s'il fallait s'accorder sur un seul titre, le point
de vue de l'auteur, relisant *Le Nœud de vipères* dans la
continuité des *Œuvres complètes*, pourrait bien faire école :
« Ce n'est pas mon préféré bien que j'y aie atteint, me
semble-t-il, l'espèce de perfection qui m'est propre[2]. »

Quel est le secret technique de cette relative perfection ?
Il serait malaisé de définir le genre auquel se rattache le
livre, la forme d'écriture qui en assure l'unité. Comme la
plupart des grands romans du siècle, *Le Nœud de vipères*
disqualifie le simplisme de toute étiquette. Même le sujet
fait problème : peinture d'un avare dans la tradition de

---

1. *Candide*, 24 mars 1932. **2.** Préface au tome III des *Œuvres
complètes*, « Bibliothèque Bernard Grasset », Arthème Fayard, Paris, 1951,
p. III.

Balzac ? Ce serait méconnaître que la tératologie mauriacienne existe depuis *Genitrix* et qu'elle s'enrichit d'un père contre nature, d'un Genitor haineux. Ce serait minorer aussi la part d'Isa dans ce qui est récit d'un échec conjugal, une manière de réplique à l'optimiste Chardonne. Ce récit épouse assez souvent le rythme d'une chronique qui suit une ou deux familles françaises entre l'affaire Dreyfus et le krach de Wall Street. La visée catholique affichée par Mauriac ne simplifie pas la tâche du critique, si Thibaudet a raison d'en distinguer trois variantes peu compatibles : le roman sacerdotal, le roman « social-religieux », le roman des âmes[1], car le livre participe des trois. Louis fustige sans pitié l'« engeance de vipères » en quoi se métamorphose sa *gens* bourgeoise mais, dans l'histoire de son âme, le timide abbé Ardouin ne joue pas un rôle négligeable.

Chercher l'unité du livre dans sa forme d'écriture apparaîtrait aussi illusoire. Une longue missive, charriant parfois des bribes de correspondance, perdant son destinataire en cours de route et suivie, à la mort de son auteur, d'un échange de lettres entre des héritiers qui préfèrent la position de lecteur à celle d'éditeur, est-ce assez pour qu'on rattache *Le Nœud de vipères* à la veine du roman épistolaire ? Évidemment non, même si le mot clé apparaît dès l'incipit, tranchant à peine sur l'amorce du « Quand tu liras cette lettre... », cette ficelle de roman populaire. Même si le narrateur-protagoniste s'adresse à Isa à la deuxième personne et à travers elle à tous les siens... Comme Thérèse, Louis étouffe de silence. À « cette longue confession » il éprouve « un soulagement, une délivrance », même avant qu'elle ait été entendue de celle dont il souhaite le pardon ou l'aveu de culpabilité. Il montre plus souvent une suffisance olympienne que l'humilité du pécheur, et au moins une fois un cynisme digne de Jean-Jacques Rousseau. S'adressant à une adversaire, l'avocat se laisse tour à tour tenter par le plaidoyer ou par le réquisitoire. La main et le geste, la peine et le profit du scripteur sont décrits scrupuleusement dans le texte, ce qui accentue le caractère narcissique de l'entreprise.

Tardivement apposée, l'étiquette de « journal » n'apparaîtrait pas plus judicieuse. Il est vrai que Mauriac offre à Louis

---

1. « Du roman catholique », *La Nouvelle Revue française,* 1ᵉʳ août 1930, p. 240 et *sq.*

la mort la plus belle dont puisse rêver un diariste. Il s'écroule en scène, oserait-on dire, le nez sur son cahier, au milieu d'une phrase et d'un mot capital – astuce parfois mal accueillie. On n'aurait aucune difficulté à marquer les limites précises, le début et la fin de ce journal : du Jeudi saint à la nuit du 23 au 24 novembre dans la même année. Avec une minutie de diariste, Louis enregistre « les menues circonstances mais aussi les événements cruciaux qui surviennent pendant qu'il écrit[1] ». Mais, au mépris de la chronologie, il mêle constamment le présent au passé, se fait l'historien de tous les siens, contracte et dilate les périodes ou les scènes en fonction de l'importance qu'il leur reconnaît ou de leur rendement dramatique. À l'échelle de son récit, le romancier lui délègue un peu de ses pouvoirs discrétionnaires.

De ce mot de *récit* qu'avance Louis, le critique pourrait se satisfaire, à condition de le nuancer et de l'éclairer au faisceau d'un ensemble de textes que Mauriac publie à la charnière des années trente. Avant même la mort d'Isa, Louis prend conscience de sa démarche égocentrique : « Au fond, c'est pour moi-même que j'écris. » L'attente de la mort que la gravité de sa maladie rend imminente, l'assurance d'être parvenu à un « promontoire », au-delà duquel « il n'y a plus rien », favorisent chez Louis un regard panoramique sur ses soixante-sept années de vie. Si l'on rappelle qu'en 1926 et 1929 Mauriac donne deux fragments de son autobiographie : *Bordeaux* puis *Mes plus lointains souvenirs*, si l'on ajoute qu'il réunit en 1932 ces récits d'adolescence et d'enfance dans un livre intitulé *Commencements d'une vie*, et surtout si l'on précise qu'une préface, dénonçant le « mensonge » de toute entreprise autobiographique, affirme une volonté de s'en tenir là, on comprendra que Mauriac se mette vite en quête d'une formule qui tournerait la difficulté. « Seule la fiction ne ment pas[2] » devient la règle d'or. À l'autofiction, comme diraient les exégètes d'aujourd'hui, Mauriac préfère une expression qu'il emprunte à Duhamel au bénéfice du roman jumeau : « mémoires imaginaires[3] ». Mais Mauriac ne s'est pas avisé – nos notes essaieront de le prouver – qu'avant *Le Mystère Frontenac*, *Le Nœud de*

---

1. Michel Raymond, *Le Roman*, Armand Colin, 1988, p. 149.
2. *Œuvres autobiographiques*, « Bibliothèque de la Pléiade », Gallimard, 1990, p. 67. 3. Georges Duhamel, « Remarques sur les mémoires imaginaires », *La Nouvelle Revue française*, 1er sept. 1933, pp. 382 et *sq.*

vipères ressortit lui aussi à ce genre. Empressons-nous d'ajouter que ces mémoires ménagent les surprises, les rebondissements d'un authentique roman, bien intrigué. Le départ inopiné pour Paris, la découverte du «complot de Saint-Germain» et surtout le coup de théâtre de la mort d'Isa, qui bouleverse tous les plans et perspectives, en sont les exemples les plus probants, pour ne parler ni de la fugue de Phili ni du retournement de Janine. Ils s'accumulent dans la seconde partie, lorsque l'artifice de la lettre fait long feu, mais les coups du destin ne ménagent pas Louis dans la première : Marie, Marinette et Luc en font les frais, victimes offertes au dieu du hasard romanesque.

Concomitante du *Jeudi saint* – Mauriac tenait à en avertir d'éventuels détracteurs – la genèse du chef-d'œuvre romanesque s'étend sur la majeure partie de l'année 1931. Son fils Claude, qui en a enregistré la mise en route à la date du 16 février[1], en révèle, le 13 août, le titre provisoire et le sujet : «*Le Crocodile*. C'est l'histoire d'un anticlérical qui tient son journal[2].» Il confirme enfin que tout est fini le 6 décembre, même l'avis au lecteur[3]. L'essentiel en a été écrit l'été, surtout à Malagar, avant et après un voyage familial qui passe par Lourdes – deux fois citée dans le texte – et dont profitera *Pèlerins*, fruit d'une pieuse commande. À la fin septembre, le titre définitif était arrêté. Mauriac a sans doute rédigé le dernier, sinon les deux derniers chapitres, à Paris, durant l'automne. Il est clair que l'épisode épistolaire, un peu bâclé, aura constitué une issue de secours rassurante.

Au moment où il corrige ses épreuves pour la prépublication dans *Candide*, Mauriac a quelques raisons de se dire «à bout de forces[4]», tant il a honoré de commandes depuis *Destins* : biographies, essais, dévotes monographies. Lorsqu'on connaît la terrible épreuve de santé qui va s'abattre sur lui en mars 1932, on en perçoit la menace dans le journal de Louis. Ne sent-il pas «rôder» autour de lui une mort qu'il reconnaît au souffle de «son haleine»? N'écartons pas trop vite de son créateur le vieil avaricieux, comme un repoussoir. Si l'homme de lettres se condamne aux travaux forcés, c'est qu'en devenant le maître de Calèse ou de Malagar, le père de quatre enfants s'est imposé un

1. *Signes, rencontres et rendez-vous,* Grasset, Paris, 1983, p. 32. 2. *La Terrasse de Malagar,* Grasset, Paris, 1977, p. 25. 3. Journal inédit, communiqué par Claude Mauriac à l'éditeur. 4. Lettre du 9 janvier 1932 à Gaston Duthuron, *Lettres d'une vie,* Grasset, Paris, 1981, p. 185.

lourd fardeau : une bâtisse d'un entretien coûteux, un domaine qui ne rapporte plus rien. Les cours du vin se sont effondrés de 30 % en 1931. L'été diluvien qui rivait à son bureau le père du *Nœud de vipères* n'a rien arrangé. Quand Louis se lamente sur l'« août pluvieux », c'est une réflexion d'auteur d'une désastreuse actualité.

Mais l'anticléricalisme du vieux crocodile, comment le rapporter à l'écrivain, si chaque jour, depuis qu'il est sorti d'une crise morale sérieuse, il savoure le fruit de sa conversion : une paix dont il écrit le nom en latin en tête de ses lettres ? « Je joue avec le feu, dit papa[1]. » Le propos consigné par Claude signifie-t-il que, fort de son orthodoxie retrouvée, Mauriac lance un défi aux censeurs ecclésiastiques ? Le retour de *Ce qui était perdu* à un roman catholique de stricte observance ne les a pas désarmés. Au contraire... Jamais effort d'amendement ne fut plus méconnu, si bien qu'à propos d'une nouvelle charge de l'abbé Bethléem, Mauriac écrit à Maritain qu'à l'histoire du pécheur « il n'est pas sûr que Dieu préfère la niaiserie[2] ». Une telle remarque n'est-elle pas digne de l'impitoyable avocat du *Nœud de vipères* ? Ajoutons qu'à défaut d'une idylle, Mauriac prêtera à son héros ses souvenirs de vacances à Luchon. Leur nostalgie d'un Bordeaux fin de siècle est la même. Ils communient l'un et l'autre sous les espèces du fenouil ou de l'odeur des « châtaignes bouillies ». À une génération de distance leur expérience du temps retrouvé les apparente.

Outre cette connivence secrète qu'il se reconnaît avec Louis, Mauriac « ressuscite les morts qu'il [a mal] connus, fait un seul vivant de plusieurs cadavres », comme il s'en accuse devant l'ombre de sa mère. La mort de Marie, par exemple, rappelle en certains de ses aspects celle de Bertrand Gay-Lussac, neveu de Mauriac. Emporté par une mastoïdite, il est mort « comme un saint » le 23 juillet 1928, à l'âge de 13 ans. Il ne cessait de répéter : « Je ne refuse pas de souffrir davantage[3]. » Si l'on remonte jusqu'aux ascendants, les Mauriac étaient anticléricaux et dreyfusards, tout le contraire des Coiffard et surtout de la grand-mère Irma, dont les traits se répartissent entre celle d'Isa et la propre mère de Louis. Côté Mauriac, il faut rendre à Jacques,

1. *La Terrasse de Malagar*, p. 25. 2. *Nouvelles Lettres d'une vie*, Grasset, Paris, 1989, p. 137. 3. Voir Claude Mauriac, *L'Éternité parfois*, Belfond, Paris, 1977, p. 206, et sur le dialogue avec sa mère morte, voir *Souffrances et bonheur du chrétien*, *O.C.*, VII, p. 205.

l'aïeul de Langon, sa côtelette attentatoire à l'abstinence du vendredi – saint ou non. Quant à l'oncle Louis Mauriac, s'il n'eût été déjà mort, il eût reconnu une dérobade qui lui fut propre devant la messe, dans la solennité d'un certain 15 août. Mauriac laisse pourtant dans l'ombre le modèle économique et social de son héros, mais c'est le désigner clairement que d'écrire qu'il « rappelle trait pour trait celui de *Genitrix* ». Et d'ajouter : « [...] dans *Le Nœud de vipères*, je l'imagine époux, père de famille, aïeul ; chef d'une tribu[1]. » On a reconnu Marc Lafon, l'inflexible beau-père, enrichi d'un mépris du conformisme et du pharisaïsme bourgeois, qu'il ne partageait sans doute pas avec François plus qu'avec les Mauriac.

En 1928, André Billy, plus d'un an avant le krach de Wall Street, déplorait dans son compte rendu de *Destins* que personne n'eût exploité « la période d'inflation si intéressante du point de vue des mœurs[2] ». C'était convoquer un Balzac de la récession. Aux lecteurs de 1932, Mauriac offrira mieux qu'un Grandet bordelais, naviguant à vue dans la dépression des années trente. Son coup de génie consistera à lier une crise intime à une catastrophe historique. D'abord économique, elle bouleversera la cellule familiale jusqu'en ses valeurs. Mauriac ne s'était pas fait faute d'entraîner ses personnages dans « la bacchanale des années vingt ». L'atmosphère du « Bœuf sur le toit » les avait, comme lui peut-être, déchristianisés. Le volcan sur lequel dansaient les mondains de *Destins* se réveille brusquement en 1929, les mutations spectaculaires commencent.

Le Nœud de vipères les enregistre insidieusement mais avec minutie. Depuis les causes du désastre : « l'outillage intensif d'après la guerre, la surproduction, la crise de consommation », jusqu'aux réflexes de panique qu'il engendre, comme la spéculation boursière à laquelle succombent même des professionnels comme son agent de change. Dans le tableau des conséquences, le romancier passe de l'économique : mévente, récession, au social : conflits familiaux, mésentente conjugale. Chacun sauve ce qu'il peut dans la tourmente. Des deux fils, l'un frôle la banqueroute, l'autre, le calicot de chez Dermas, échappe au licenciement. Même Isa, à travers ses dettes ménagères, par-

1. *Le Romancier et ses personnages,* in *O.R.T.C.*, II, p. 853.
2. *L'Œuvre,* 20 mars 1928.

ticipe au « malheur du temps ». Quand Dieu se dresse dans la tempête comme l'« ultime recours[1] », n'est-il pas paradoxal qu'il se choisisse comme Messie familial un anticlérical de bonne volonté ?

La conversion du vieux crocodile a souvent paru trop brutale pour être crédible. Mais les confesseurs de la critique y ont cru. L'expérience personnelle de Mauriac plaidait en faveur de cette brutalité. En outre, il savait combien il est difficile de faire sentir dans une fiction « les cheminements de la grâce[2] ». Une analyse minutieuse en découvrirait les traces, les jalons, dans le texte. Mauriac a d'ailleurs imposé à Louis une attitude de scripteur en désarroi, incertain de sa démarche et de son destinataire. Dépouillé de tout, il est payé d'une telle ingratitude par ses enfants que son histoire garde jusqu'à l'épilogue son parfum d'amertume. Et c'est peut-être là que le héros coïncide le mieux avec l'expérience intime du romancier. « Mon Dieu c'est vous que je cherche et que j'ai trouvé dans la solitude[3] », s'écrie Mauriac alors qu'il fait retraite à Malagar, l'été qui suit la mort de sa mère. De Thérèse à Jean de la Croix, le récit s'inscrit dans l'expérience mystique du Carmel, intégrant le Pascal du Mémorial. Dès qu'il se met tout entier à l'écoute de la Parole, qui partout poussait des résurgences dans son « journal », Louis subit l'épreuve de la déréliction. Avec le souvenir de ses défunts, il recompose un embryon de corps mystique. Entraîné par l'exemple de l'humble abbé Ardouin, avec sa fille Marie pour médiatrice et Luc le martyr pour intercesseur, il allait entrer dans le mystère d'une sorte de communion au moment où la mort l'emporte. Que Louis se soit dépouillé du vieil homme, le témoignage de Janine, disciple de la dernière heure, l'atteste. Le roman en avait-il besoin pour s'accomplir ? Sans doute eût-il émis, sans ces gloses maladroites[4], un rayonnement plus discret. Encadrée par deux des essais les plus religieux : *Le Jeudi saint*, avec lequel elle partage des épigraphes ou des images et *Pèlerins*, cette deuxième tentative de retour au roman catholique reste

1. Elie Maakaroun, « Crise et rédemption dans *Le Nœud de vipères* de Mauriac », *Études*, mars 1986, p. 369. 2. *Dieu et Mammon*, in *O.R.T.C.*, II, p. 818. 3. *François Mauriac*, L'Herne, Paris, 1985, p. 255. 4. Maladroites sur le fond, et trop soignées pour le style, ce qu'avec le recul l'auteur déplorait : « [ ] les auteurs des lettres ont tous le même style : le mien. Comment n'ai-je pas évité cela ! » (Claude Mauriac, *Le Rire des pères dans les yeux des enfants,* Grasset, Paris, 1981, p. 249.)

la plus probante de toutes. *Ce qui était perdu* péchait par défaut. Dans *Les Anges noirs*, à vouloir trop prouver, Mauriac tombera dans une sorte de géométrie prêcheuse. *Le Nœud de vipères* respire l'équilibre qu'on reconnaît à la grandeur.

Jean TOUZOT

LE NŒUD DE VIPÈRES

... Dieu, considérez que nous ne nous entendons pas nous-mêmes et que nous ne savons pas ce que nous voulons, et que nous nous éloignons infiniment de ce que nous désirons.

SAINTE THÉRÈSE D'AVILA[1].

---

1. *Œuvres,* Le Seuil, Paris, 1948, p. 1466. La même phrase est mise en exergue du chapitre VII du *Jeudi Saint.* Voir *O.C.,* VII, p. 187.

Cet ennemi des siens, ce cœur dévoré par la haine et par l'avarice, je veux qu'en dépit de sa bassesse vous le preniez en pitié; je veux qu'il intéresse votre cœur. Au long de sa morne vie, de tristes passions lui cachent la lumière toute proche, dont un rayon, parfois, le touche, va le brûler; ses passions... mais d'abord les chrétiens médiocres qui l'épient et que lui-même tourmente. Combien d'entre nous rebutent ainsi le pécheur, le détournent d'une vérité qui, à travers eux, ne rayonne plus!

Non, ce n'était pas l'argent que cet avare chérissait, ce n'était pas de vengeance que ce furieux avait faim. L'objet véritable de son amour, vous le connaîtrez si vous avez la force et le courage[1] d'entendre cet homme jusqu'au dernier aveu que la mort interrompt...

---

1. «Ah! Seigneur! donnez-moi la force et le courage / De contempler mon cœur et mon corps sans dégoût!» Baudelaire, «Un voyage à Cythère», *Les Fleurs du mal*, LXXXVIII, Le Livre de Poche, 1995, p. 99.

PREMIÈRE PARTIE

I

Tu seras étonnée de découvrir cette lettre dans mon coffre,
sur un paquet de titres. Il eût mieux valu peut-être la confier
au notaire qui te l'aurait remise après ma mort, ou bien la
ranger dans le tiroir de mon bureau, le premier que les
enfants forceront avant que j'aie commencé d'être froid.
Mais c'est que, pendant des années, j'ai refait en esprit cette
lettre et que je l'imaginais toujours, durant mes insomnies,
se détachant sur la tablette du coffre, d'un coffre vide, et
qui n'eût rien contenu d'autre que cette vengeance, durant
presque un demi-siècle, cuisinée. Rassure-toi ; tu es
d'ailleurs déjà rassurée : les titres y sont. Il me semble
entendre ce cri, dès le vestibule, au retour de la banque. Oui,
tu crieras aux enfants, à travers ton crêpe : «Les titres y
sont. »

Il s'en est fallu de peu qu'ils n'y fussent pas et j'avais
bien pris mes mesures. Si je l'avais voulu, vous seriez
aujourd'hui dépouillés de tout, sauf de la maison et des
terres. Vous avez eu la chance que je survive à ma haine.
J'ai cru longtemps que ma haine était ce qu'il y avait en
moi de plus vivant. Et voici qu'aujourd'hui du moins, je ne
la sens plus. Le vieillard que je suis devenu a peine à se
représenter le furieux malade que j'étais naguère et qui passait des nuits, non plus à combiner sa vengeance (cette
bombe à retardement était déjà montée avec une minutie
dont j'étais fier), mais à chercher le moyen de pouvoir en
jouir. J'aurais voulu vivre assez pour voir vos têtes au retour
de la banque. Il s'agissait de ne pas te donner trop tôt ma
procuration pour ouvrir le coffre, de te la donner juste assez

tard pour que j'aie cette dernière joie d'entendre vos interrogations désespérées : « Où sont les titres ? » Il me semblait alors que la plus atroce agonie ne me gâterait pas ce plaisir. Oui, j'ai été un homme capable de tels calculs. Comment y fus-je amené, moi qui n'étais pas un monstre[1] ?

Il est quatre heures, et le plateau de mon déjeuner, les assiettes sales traînent encore sur la table, attirant les mouches. J'ai sonné en vain ; les sonnettes ne fonctionnent jamais à la campagne. J'attends, sans impatience, dans cette chambre où j'ai dormi enfant, où sans doute je mourrai. Ce jour-là, la première pensée de notre fille Geneviève sera de la réclamer pour les enfants. J'occupe seul la chambre la plus vaste, la mieux exposée. Rendez-moi cette justice que j'ai offert à Geneviève de lui céder la place, et que je l'eusse fait sans le docteur Lacaze qui redoute pour mes bronches l'atmosphère humide du rez-de-chaussée. Sans doute y aurais-je consenti, mais avec une telle rancœur qu'il est heureux que j'en aie été empêché. (J'ai passé toute ma vie à accomplir des sacrifices dont le souvenir m'empoisonnait, nourrissait, engraissait ces sortes de rancunes que le temps fortifie[2].)

Le goût de la brouille est un héritage de famille. Mon père, je l'ai souvent entendu raconter par ma mère, était brouillé avec ses parents qui eux-mêmes sont morts sans avoir revu leur fille, chassée de chez eux trente ans plus tôt (elle a fait souche de ces cousins marseillais que nous ne connaissons pas). Nous n'avons jamais su les raisons de toutes ces zizanies, mais nous faisions confiance à la haine de nos ascendants ; et aujourd'hui encore, je tournerais le dos à l'un de ces petits cousins de Marseille si je le rencontrais. On peut ne plus voir ses parents éloignés ; il n'en va pas de même avec les enfants, avec la femme. Les familles unies, certes, ne manquent pas ; mais quand on songe à la quantité de ménages où deux êtres s'exaspèrent, se dégoûtent autour de la même table, du même lavabo, sous la même couverture, c'est extraordinaire comme on divorce

1. *Monstre* : première apparition du terme pris, comme dans *Thérèse Desqueyroux*, pour signe de discrimination morale. Comme Thérèse, le personnage qui en fait les frais le récusera, p. 106 : « c'étaient eux les monstres et moi la victime ». 2. Cette parenthèse semble faire écho aux derniers vers d'un autre poème des *Fleurs du mal*, cher à Mauriac : « L'Ennemi », éd. cit., p. 16.

peu ! Ils se détestent et ne peuvent se fuir au fond de ces maisons...

Quelle est cette fièvre d'écrire qui me prend, aujourd'hui, anniversaire de ma naissance ? J'entre dans ma soixante-huitième année et je suis seul à le savoir. Geneviève, Hubert, leurs enfants ont toujours eu, pour chaque anniversaire, le gâteau, les petites bougies, les fleurs... Si je ne te donne rien pour ta fête depuis des années, ce n'est pas que je l'oublie, c'est par vengeance. Il suffit... Le dernier bouquet que j'aie reçu ce jour-là, ma pauvre mère l'avait cueilli de ses mains déformées ; elle s'était traînée une dernière fois, malgré sa maladie de cœur, jusqu'à l'allée des rosiers.

Où en étais-je ? Oui, tu te demandes pourquoi cette soudaine furie d'écrire, « furie » est bien le mot. Tu peux en juger sur mon écriture, sur les lettres courbées dans le même sens comme les pins par le vent d'ouest. Écoute : je t'ai parlé d'abord d'une vengeance longtemps méditée et à laquelle je renonce. Mais il y a quelque chose en toi, quelque chose de toi dont je veux triompher, c'est de ton silence. Oh ! Comprends-moi : tu as la langue bien pendue, tu peux discuter des heures avec Cazau au sujet de la volaille ou du potager. Avec les enfants, même les plus petits, tu jacasses et bêtifies des journées entières. Ah ! ces repas d'où je sortais la tête vide, rongé par mes affaires, par mes soucis dont je ne pouvais parler à personne... Surtout, à partir de l'affaire Villenave, quand je suis devenu brusquement un grand avocat d'assises, comme disent les journaux. Plus j'étais enclin à croire à mon importance, plus tu me donnais le sentiment de mon néant... Mais non, ce n'est pas encore de cela qu'il s'agit, c'est d'une autre sorte de silence que je veux me venger : le silence où tu t'obstinais touchant notre ménage, notre désaccord profond. Que de fois, au théâtre, ou lisant un roman, je me suis demandé s'il existe, dans la vie, des amantes ou des épouses qui font des « scènes », qui s'expliquent à cœur ouvert, qui trouvent du soulagement à s'expliquer.

Pendant ces quarante années où nous avons souffert flanc à flanc, tu as trouvé la force d'éviter toute parole un peu profonde, tu as toujours tourné court.

J'ai cru longtemps à un système, à un parti pris dont la raison m'échappait, jusqu'au jour où j'ai compris que, tout simplement, cela ne t'intéressait pas. J'étais tellement en dehors de tes préoccupations que tu te dérobais, non par terreur, mais par ennui. Tu étais habile à flairer le vent, tu me voyais venir de loin; et si je te prenais par surprise, tu trouvais de faciles défaites, ou bien tu me tapotais la joue, tu m'embrassais et prenais la porte.

Sans doute pourrais-je craindre que tu déchires cette lettre après en avoir lu les premières lignes. Mais non, car depuis quelques mois je t'étonne, je t'intrigue. Si peu que tu m'observes, comment n'aurais-tu pas noté un changement dans mon humeur ? Oui, cette fois-ci, j'ai confiance que tu ne te déroberas pas. Je veux que tu saches, je veux que vous sachiez, toi, ton fils, ta fille, ton gendre, tes petits-enfants, quel était cet homme qui vivait seul en face de votre groupe serré, cet avocat surmené qu'il fallait ménager car il détenait la bourse, mais qui souffrait dans une autre planète. Quelle planète ? Tu n'as jamais voulu y aller voir. Rassure-toi : il ne s'agit pas plus ici de mon éloge funèbre écrit d'avance par moi-même, que d'un réquisitoire contre vous. Le trait dominant de ma nature et qui aurait frappé toute autre femme que toi, c'est une lucidité affreuse.

Cette habileté à se duper soi-même, qui aide à vivre la plupart des hommes, m'a toujours fait défaut. Je n'ai jamais rien éprouvé de vil que je n'en aie eu d'abord connaissance...

Il a fallu que je m'interrompe... on n'apportait pas la lampe ; on ne venait pas fermer les volets. Je regardais le toit des chais dont les tuiles ont des teintes vivantes de fleurs ou de gorges d'oiseaux. J'entendais les grives dans le lierre du peuplier carolin[1], le bruit d'une barrique roulée. C'est une chance que d'attendre la mort dans l'unique lieu du monde où tout demeure pareil à mes souvenirs. Seul le vacarme du moteur remplace le grincement de la noria que faisait tourner l'ânesse. (Il y a aussi cet horrible avion postal qui annonce l'heure du goûter et salit le ciel[2].)

Il n'arrive pas à beaucoup d'hommes de retrouver dans le réel, à portée de leur regard, ce monde que la plupart ne découvrent qu'en eux-mêmes quand ils ont le courage et la patience de se souvenir. Je pose ma main sur ma poitrine, je tâte mon cœur. Je regarde l'armoire à glace où se trouvent,

---

1. *Peuplier carolin* : arbre originaire d'Amérique, qui s'était si bien acclimaté à Malagar qu'on dut l'abattre : il bouchait le célèbre point de vue. 2. Mauriac, insensible à la poésie des machines, manifeste ici une hantise de la pollution qui apparaît bien en avance sur son temps.

dans un coin, la seringue Pravaz[1], l'ampoule de nitrite d'amyle, tout ce qui serait nécessaire en cas de crise. M'entendrait-on si j'appelais ? Ils veulent que ce soit de la fausse angine de poitrine ; ils tiennent beaucoup moins à m'en persuader qu'à le croire eux-mêmes pour pouvoir dormir tranquilles. Je respire maintenant. On dirait d'une main qui se pose sur mon épaule gauche, qui l'immobilise dans une fausse position, comme ferait quelqu'un qui ne voudrait pas que je l'oublie. En ce qui me concerne, la mort ne sera pas venue en voleuse. Elle rôde autour de moi depuis des années, je l'entends ; je sens son haleine ; elle est patiente avec moi qui ne la brave pas et me soumets à la discipline qu'impose son approche. J'achève de vivre, en robe de chambre, dans l'appareil des grands malades incurables, au fond d'un fauteuil à oreillettes où ma mère a attendu sa fin ; assis, comme elle, près d'une table couverte de potions, mal rasé, malodorant, esclave de plusieurs manies dégoûtantes. Mais ne vous y fiez pas : entre mes crises, je reprends du poil de la bête. L'avoué Bourru, qui me croyait mort, me voit, de nouveau, surgir ; et j'ai la force, pendant des heures, dans les caves des établissements de crédit, de détacher moi-même des coupons.

Il faut que je vive encore assez de temps pour achever cette confession, pour t'obliger enfin à m'entendre, toi qui, pendant les années où je partageais ta couche, ne manquais jamais de me dire, le soir, dès que j'approchais : « Je tombe de sommeil, je dors déjà, je dors... »

Ce que tu écartais ainsi, c'était bien moins mes caresses que mes paroles.

Il est vrai que notre malheur a pris naissance dans ces conversations interminables où, jeunes époux, nous nous complaisions. Deux enfants : j'avais vingt-trois ans ; toi, dix-huit ; et peut-être l'amour nous était-il un plaisir moins vif que ces confidences, ces abandons. Comme dans les amitiés puériles, nous avions fait le serment de tout nous dire. Moi qui avais si peu à te confier que j'étais obligé d'embellir de misérables aventures, je ne doutais pas que tu ne fusses aussi démunie que moi-même ; je n'imaginais

1. *Pravaz :* pour désigner la seringue commune, l'usage fait maintenant l'économie du nom de son inventeur, un médecin lyonnais du siècle dernier.

même pas que tu eusses jamais pu prononcer un autre nom de garçon avant le mien ; je ne le croyais pas jusqu'au soir...

C'était dans cette chambre où j'écris aujourd'hui. Le papier des murs a été changé ; mais les meubles d'acajou sont restés aux mêmes places ; il y avait le verre d'eau en opaline sur la table et ce service à thé gagné à une loterie. Le clair de lune éclairait la natte. Le vent du sud, qui traverse les Landes, portait jusqu'à notre lit l'odeur d'un incendie.

Cet ami, Rodolphe, dont tu m'avais déjà souvent parlé, et toujours dans les ténèbres de la chambre, comme si son fantôme dût être présent entre nous, aux heures de notre plus profonde union, tu prononças de nouveau son nom, ce soir-là, l'as-tu oublié ? Mais cela ne te suffisait plus :

« Il y a des choses que j'aurais dû te dire, mon chéri, avant nos fiançailles. J'ai du remords de ne pas te l'avoir avoué... Oh ! Rien de grave, rassure-toi... »

Je n'étais pas inquiet et ne fis rien pour provoquer tes aveux. Mais tu me les prodiguas avec une complaisance dont je fus d'abord gêné. Tu ne cédais pas à un scrupule, tu n'obéissais pas à un sentiment de délicatesse envers moi, comme tu me le disais et comme, d'ailleurs, tu le croyais.

Non, tu te vautrais dans un souvenir délicieux, tu ne pouvais plus te retenir. Peut-être flairais-tu là une menace pour notre bonheur ; mais, comme on dit, c'était plus fort que toi. Il ne dépendait pas de ta volonté que l'ombre de ce Rodolphe ne flottât autour de notre lit.

Ne va pas croire surtout que notre malheur ait sa source dans la jalousie. Moi qui devais devenir, plus tard, un jaloux furieux, je n'éprouvais rien qui rappelât cette passion dans la nuit d'été dont je te parle, une nuit de l'an 85, où tu m'avouas que tu avais été, à Aix, pendant les vacances, fiancée à ce garçon inconnu.

Quand je songe que c'est après quarante-cinq années qu'il m'est donné de m'expliquer là-dessus ! Mais liras-tu seulement ma lettre ? Tout cela t'intéresse si peu ! Tout ce qui me concerne t'ennuie. Déjà les enfants t'empêchaient de me voir et de m'entendre ; mais depuis que les petits-enfants sont venus... Tant pis ! Je tente cette dernière chance. Peut-être aurai-je sur toi plus de pouvoir mort que vivant. Du moins dans les premiers jours. Je reprendrai pour quelques semaines une place dans ta vie. Ne serait-ce que par devoir, tu liras ces pages jusqu'au bout ; j'ai besoin de le croire. Je le crois.

II

Non, je n'éprouvai, pendant ta confession, aucune jalousie. Comment te faire comprendre ce qu'elle détruisait en moi ? J'avais été l'unique enfant de cette veuve que tu as connue, ou plutôt près de laquelle tu as vécu de longues années sans la connaître. Mais sans doute, même si cela t'avait intéressée, tu aurais eu du mal à comprendre ce qu'était l'union de ces deux êtres, de cette mère et de ce fils, toi, cellule d'une puissante et nombreuse famille bourgeoise, hiérarchisée, organisée. Non, tu ne saurais concevoir ce que la veuve d'un modeste fonctionnaire, chef de service à la Préfecture, peut donner de soins à un fils qui est tout ce qui lui reste au monde. Mes succès scolaires la comblaient d'orgueil. Ils étaient aussi ma seule joie. En ce temps-là, je ne doutais point que nous ne fussions très pauvres. Il eût suffi, pour m'en persuader, de notre vie étroite, de la stricte économie dont ma mère s'était fait une loi. Certes, je ne manquais de rien. Je me rends compte, aujourd'hui, à quel point j'étais un enfant gâté. Les métairies de ma mère, à Hosteins[1], fournissaient à bon compte notre table dont j'eusse été bien étonné si l'on m'avait dit qu'elle était très raffinée. Les poulardes engraissées à la millade[2], les lièvres, les pâtés de bécasses, n'éveillaient en moi aucune idée de luxe. J'avais toujours entendu dire que ces terres n'offraient qu'une mince valeur. Et de fait, quand ma mère en avait hérité, c'étaient des étendues stériles où mon grand-père, enfant, avait mené lui-même paître les troupeaux. Mais j'ignorais que le premier soin de mes parents avait été de les faire ensemencer et qu'à vingt et un an, je me trouverais possesseur de deux mille hectares de bois en pleine croissance et qui déjà fournissaient des poteaux de mine. Ma mère économisait aussi sur ses modestes rentes. Déjà, du vivant de mon père, ils avaient « en se saignant aux quatre veines » acheté Calèse[3] (quarante mille francs, ce vignoble que je ne lâcherais pas pour un million !). Nous habitions, rue Sainte-Catherine[4], le troisième étage d'une maison qui

1. *Hosteins :* adaptation d'Hostens, nom d'une commune située au nord-ouest de Saint-Symphorien. 2. *Millade :* bouillie faite de petit mil. 3. *Calèse :* nom de « la maison dans les vignes », où étaient logés les métayers de Malagar. Il désigne ici Malagar lui-même. 4. De 1887 à 1894 la famille Mauriac occupa au 7, rue Duffour-Dubergier, un troisième étage, tout près de cette rue.

nous appartenait. (Elle avait constitué, avec des terrains non bâtis, la dot de mon père.) Deux fois par semaine, un panier arrivait de la campagne : maman allait le moins possible « au boucher ». Pour moi, je vivais dans l'idée fixe de l'École Normale où je voulais entrer. Il fallait lutter, le jeudi et le dimanche, pour me faire « prendre l'air ». Je ne ressemblais en rien à ces enfants qui sont toujours premiers en faisant semblant de ne se donner aucun mal. J'étais un « bûcheur » et m'en faisais gloire : un bûcheur, rien que cela. Il ne me souvient pas au lycée, d'avoir trouvé le moindre plaisir à étudier Virgile ou Racine. Tout cela n'était que matière de cours. Des œuvres humaines, j'isolais celles qui étaient inscrites au programme, les seules qui eussent à mes yeux de l'importance, et j'écrivais à leur sujet ce qu'il faut écrire pour plaire aux examinateurs, c'est-à-dire ce qui a déjà été dit et écrit par des générations de normaliens. Voilà l'idiot que j'étais et que je fusse demeuré peut-être sans l'hémoptysie qui terrifia ma mère et qui, deux mois avant le concours de Normale, m'obligea de tout abandonner.

C'était la rançon d'une enfance trop studieuse, d'une adolescence malsaine ; un garçon en pleine croissance ne vit pas impunément courbé sur une table, les épaules ramenées, jusqu'à une heure avancée de la nuit, dans le mépris de tous les exercices du corps.

Je t'ennuie ? Je tremble de t'ennuyer. Mais ne saute aucune ligne. Sois assurée que je m'en tiens au strict nécessaire : le drame de nos deux vies était en puissance dans ces événements que tu n'as pas connus ou que tu as oubliés.

D'ailleurs tu vois déjà, par ces premières pages, que je ne me ménagerai pas. Il y a là de quoi flatter ta haine... Mais non, ne proteste pas ; dès que tu penses à moi, c'est pour nourrir ton inimitié.

Je crains pourtant d'être injuste envers ce petit garçon chétif que j'étais, penché sur ses dictionnaires. Quand je lis les souvenirs d'enfance des autres, quand je vois ce paradis vers lequel ils se tournent tous, je me demande avec angoisse : « Et moi ? Pourquoi cette steppe dès le début de ma vie ? Peut-être ai-je oublié ce dont les autres se souviennent ; peut-être ai-je connu les mêmes enchantements... » Hélas, je ne vois rien que cette fureur acharnée, que cette lutte pour la première place, que ma haineuse rivalité avec un nommé Hénoch et un nommé Rodrigue. Mon instinct était de repousser toute sympathie. Le prestige de mes succès, et jusqu'à cette hargne attiraient certaines natures, je m'en souviens. J'étais un enfant féroce pour qui prétendait m'aimer. J'avais horreur des « sentiments ».

Si c'était mon métier d'écrire, je ne pourrais tirer de ma vie de lycéen une page attendrissante. Attends... une seule chose, pourtant, presque rien : mon père, dont je me souvenais à peine, il m'arrivait quelquefois de me persuader qu'il n'était pas mort, qu'un concours de circonstances étranges l'avait fait disparaître[1]. Au retour du lycée, je remontais la rue Sainte-Catherine en courant, sur la chaussée, à travers les voitures, car l'encombrement des trottoirs aurait retardé ma marche. Je montais l'escalier quatre à quatre. Ma mère reprisait du linge près de la fenêtre. La photographie de mon père était suspendue à la même place, à droite du lit. Je me laissais embrasser par ma mère, lui répondais à peine ; et déjà j'ouvrais mes livres.

Au lendemain de cette hémoptysie qui transforma mon destin, de lugubres mois s'écoulèrent dans ce chalet d'Arcachon[2] où la ruine de ma santé consommait le naufrage de mes ambitions universitaires. Ma pauvre mère m'irritait parce que pour elle, cela ne comptait pas et qu'il me semblait qu'elle se souciait peu de mon avenir. Chaque jour, elle vivait dans l'attente de « l'heure du thermomètre ». De ma pesée hebdomadaire, dépendait toute sa douleur ou toute sa joie. Moi qui devais tant souffrir plus tard d'être malade sans que ma maladie intéressât personne, je reconnais que j'ai été justement puni de ma dureté, de mon implacabilité de garçon trop aimé.

Dès les premiers beaux jours, « je repris le dessus », comme disait ma mère. À la lettre, je ressuscitai. J'élargis, je me fortifiai. Ce corps qui avait tant souffert du régime auquel je l'avais plié, s'épanouit, dans cette forêt sèche, pleine de genêts et d'arbousiers, du temps qu'Arcachon n'était qu'un village.

J'apprenais en même temps de ma mère qu'il ne fallait

1. Mauriac, qui avait perdu son père à l'âge de vingt mois, confessait en 1970, devant les siens, « son fol espoir, enfant, au retour du collège, que son père n'était pas mort, qu'il allait le trouver à la maison ». Voir Claude Mauriac, *Le Rire des pères...*, Grasset, 1981, p. 294. 2. C'est un chalet de style arcachonais que Claire Mauriac avait fait construire à Saint-Symphorien, dans la lande, pour y passer les vacances.

pas m'inquiéter de l'avenir, que nous possédions une belle fortune et qui s'accroissait d'année en année. Rien ne me pressait ; d'autant que le service militaire me serait sans doute épargné. J'avais une grande facilité de parole qui avait frappé tous mes maîtres. Ma mère voulait que je fisse mon droit et ne doutait point que, sans excès de fatigue, je pusse facilement devenir un grand avocat, à moins que je ne fusse attiré par la politique... Elle parlait, parlait, me découvrait, d'un coup, ses plans. Et moi je l'écoutais, boudeur, hostile, les yeux tournés vers la fenêtre.

Je commençais à « courir ». Ma mère m'observait avec une craintive indulgence. J'ai vu depuis, en vivant chez les tiens, l'importance que prennent ces désordres dans une famille religieuse. Ma mère, elle, n'y voyait d'autre inconvénient que ce qui pouvait menacer ma santé. Quand elle se fut assurée que je n'abusais pas du plaisir, elle ferma les yeux sur mes sorties du soir, pourvu que je fusse rentré à minuit. Non, ne crains pas que je te raconte mes amours de ce temps-là. Je sais que tu as horreur de ces choses, et d'ailleurs c'étaient de si pauvres aventures !

Déjà elles me coûtaient assez cher. J'en souffrais. Je souffrais de ce qu'il y eût en moi si peu de charme que ma jeunesse ne me servît à rien. Non que je fusse laid, il me semble. Mes traits sont « réguliers » et Geneviève, mon portrait vivant, a été une belle jeune fille. Mais j'appartenais à cette race d'êtres dont on dit qu'ils n'ont pas de jeunesse : un adolescent morne, sans fraîcheur. Je glaçais les gens, par mon seul aspect. Plus j'en prenais conscience, plus je me raidissais. Je n'ai jamais su m'habiller, choisir une cravate, la nouer. Je n'ai jamais su m'abandonner, ni rire, ni faire le fou. Il était inimaginable que je pusse m'agréger à aucune bande joyeuse : j'appartenais à la race de ceux dont la présence fait tout rater. D'ailleurs susceptible, incapable de souffrir la plus légère moquerie. En revanche, quand je voulais plaisanter, j'assenais aux autres, sans l'avoir voulu, des coups qu'ils ne me pardonnaient pas. J'allais droit au ridicule, à l'infirmité qu'il aurait fallu taire. Je prenais avec les femmes, par timidité et par orgueil, ce ton supérieur et doctoral qu'elles exècrent. Je ne savais pas voir leurs robes. Plus je sentais que je leur déplaisais et plus j'accentuais tout ce qui, en moi, leur faisait horreur. Ma jeunesse n'a été qu'un long suicide. Je me hâtais de déplaire exprès par crainte de déplaire naturellement.

À tort ou à raison, j'en voulais à ma mère de ce que j'étais. Il me semblait que j'expiais le malheur d'avoir été, depuis l'enfance, exagérément couvé, épié, servi. Je fus, en ce temps-là, avec elle, d'une dureté atroce. Je lui reprochais l'excès de son amour. Je ne lui pardonnais pas de m'accabler de ce qu'elle devait être seule au monde à me donner, – de ce que je ne devais connaître jamais que par elle. Pardonne-moi d'y revenir encore, c'est dans cette pensée que je trouve la force de supporter l'abandon où tu me laisses. Il est juste que je paye. Pauvre femme endormie depuis tant d'années, et dont le souvenir ne survit plus que dans le cœur exténué du vieillard que je suis, – qu'elle aurait souffert, si elle avait prévu comme le destin la vengerait !

Oui, j'étais atroce : dans la petite salle à manger du chalet, sous la suspension qui éclairait nos repas, je ne répondais que par monosyllabes à ses timides questions ; ou bien je m'emportais brutalement au moindre prétexte et même sans motif.

Elle n'essayait pas de comprendre ; elle n'entrait pas dans les raisons de mes fureurs, les subissait comme les colères d'un dieu. «C'était la maladie, disait-elle, il fallait détendre mes nerfs... » Elle ajoutait qu'elle était trop ignorante pour me comprendre : «Je reconnais qu'une vieille femme comme moi n'est pas une compagne bien agréable pour un garçon de ton âge... » Elle que j'avais vue si économe, pour ne pas dire avare, me donnait plus d'argent que je n'en demandais, me poussait à la dépense, me rapportait de Bordeaux des cravates ridicules que je refusais de porter.

Nous nous étions liés avec des voisins dont je courtisais la fille, non qu'elle me plût ; mais comme elle passait l'hiver à Arcachon pour se soigner, ma mère s'affolait à l'idée d'une contagion possible ou redoutait que je la compromisse et que je fusse engagé malgré moi. Je suis sûr aujourd'hui de m'être attaché, d'ailleurs vainement, à cette conquête, pour imposer une angoisse à ma mère.

Nous revînmes à Bordeaux après une année d'absence. Nous avions déménagé. Ma mère avait acheté un hôtel sur les boulevards[1], mais ne m'en avait rien dit pour me réserver

1. Confusion de deux domiciles : c'est rue Margaux qu'était situé l'hôtel particulier où les Mauriac habitèrent entre 1899 et 1903, après avoir occupé un appartement ayant vue sur le cours de l'Intendance.

la surprise. Je fus stupéfait lorsqu'un valet de chambre nous ouvrit la porte. Le premier étage m'était destiné. Tout paraissait neuf. Secrètement ébloui par un luxe dont j'imagine aujourd'hui qu'il devait être affreux, j'eus la cruauté de ne faire que des critiques et m'inquiétai de l'argent dépensé.

C'est alors que ma mère triomphante me rendit des comptes que, d'ailleurs, elle ne me devait pas (puisque le plus gros de la fortune venait de sa famille). Cinquante mille francs de rente, sans compter les coupes de bois, constituaient à cette époque, et surtout en province, une « jolie » fortune, dont tout autre garçon se serait servi pour se pousser, pour s'élever jusqu'à la première société de la ville. Ce n'était point l'ambition qui me faisait défaut ; mais j'aurais été bien en peine de dissimuler à mes camarades de la Faculté de droit mes sentiments hostiles.

C'étaient presque tous des fils de famille, élevés chez les jésuites et à qui, lycéen et petit-fils d'un berger, je ne pardonnais pas l'affreux sentiment d'envie que leurs manières m'inspiraient, bien qu'ils m'apparussent comme des esprits inférieurs. Envier des êtres que l'on méprise, il y a dans cette honteuse passion de quoi empoisonner toute une vie.

Je les enviais et je les méprisais ; et leur dédain (peut-être imaginaire) exaltait encore ma rancœur. Telle était ma nature que je ne songeais pas un seul instant à les gagner et que je m'enfonçais plus avant chaque jour dans le parti de leurs adversaires. La haine de la religion, qui a été si longtemps ma passion dominante, dont tu as tellement souffert et qui nous a rendus à jamais ennemis, cette haine prit naissance à la Faculté de droit, en 1879 et en 1880, au moment du vote de l'article 7[1], l'année des fameux décrets et de l'expulsion des jésuites.

Jusque-là j'avais vécu indifférent à ces questions. Ma mère n'en parlait jamais que pour dire : « Je suis bien tranquille, si des gens comme nous ne sont pas sauvés, c'est que personne ne le sera. » Elle m'avait fait baptiser. La Première Communion au lycée me sembla une formalité ennuyeuse dont je n'ai gardé qu'un souvenir confus. En tout cas, elle ne fut suivie d'aucune autre. Mon ignorance était profonde en ces matières. Les prêtres, dans la rue, quand

1. *L'article 7 :* du projet de loi de Jules Ferry... L'*article* fut rejeté en mars 1879. Des *fameux décrets* promulgués en 1880, l'un soumettait à autorisation les congrégations enseignantes. L'autre, expulsant les jésuites, ne fut appliqué qu'en juin 1890.

j'étais enfant, m'apparaissaient comme des personnages déguisés, des espèces de masques. Je ne pensais jamais à ces sortes de problèmes et lorsque je les abordai enfin, ce fut du point de vue de la politique.

Je fondai un cercle d'études qui se réunissait au café Voltaire[1], et où je m'exerçais à la parole. Si timide dans le privé, je devenais un autre homme dans les débats publics. J'avais des partisans, dont je jouissais d'être le chef, mais au fond je ne les méprisais pas moins que les bourgeois. Je leur en voulais de manifester naïvement les misérables mobiles qui étaient aussi les miens, et dont ils m'obligeaient à prendre conscience. Fils de petits fonctionnaires, anciens boursiers, garçons intelligents et ambitieux mais pleins de fiel, ils me flattaient sans m'aimer. Je leur offrais quelques repas qui faisaient date et dont ils parlaient longtemps après. Mais leurs manières me dégoûtaient. Il m'arrivait de ne pouvoir retenir une moquerie qui les blessait mortellement et dont ils me gardaient rancune.

Pourtant ma haine antireligieuse était sincère. Un certain désir de justice sociale me tourmentait aussi. J'obligeai ma mère à mettre bas les maisons de torchis où nos métayers vivaient, mal nourris de cruchade[2] et de pain noir. Pour la première fois, elle essaya de me résister : « Pour la reconnaissance qu'ils t'en auront... »

Mais je ne fis rien de plus. Je souffrais de reconnaître que nous avions, mes adversaires et moi, une passion commune : la terre, l'argent. Il y a les classes possédantes et il y a les autres. Je compris que je serais toujours du côté des possédants. Ma fortune était égale ou supérieure à celle de tous ces garçons gourmés qui détournaient, croyais-je, la tête en me voyant et qui sans doute n'eussent pas refusé ma main tendue. Il ne manquait d'ailleurs pas de gens, à droite et à gauche, pour me reprocher, dans les réunions publiques, mes deux mille hectares de bois et mes vignobles.

Pardonne-moi de m'attarder ainsi. Sans tous ces détails, peut-être ne comprendrais-tu pas ce qu'a été notre rencontre, pour le garçon ulcéré que j'étais, ce que fut notre amour. Moi, fils de paysans, et dont la mère avait « porté le fou-

---

1. Un *Cercle Voltaire* a existé à Bordeaux, au début du siècle. Il se réunissait cours d'Aquitaine. Le préfet Lutaud en était l'âme. 2. *Cruchade* : bouillie de semoule, cuite à l'eau, qui constituait l'aliment de base du paysan landais.

lard[1] », épouser une demoiselle Fondaudège[2] ! Cela passait l'imagination, c'était inimaginable...

III

Je me suis interrompu d'écrire parce que la lumière baissait et que j'entendais parler au-dessous de moi. Non que vous fissiez beaucoup de bruit. Au contraire : vous parliez à voix basse et c'est cela qui me trouble. Autrefois, depuis cette chambre, je pouvais suivre vos conversations. Mais maintenant, vous vous méfiez, vous chuchotez. Tu m'as dit, l'autre jour, que je devenais dur d'oreille. Mais non : j'entends le grondement du train sur le viaduc. Non, non, je ne suis pas sourd. C'est vous qui baissez la voix et qui ne voulez pas que je surprenne vos paroles. Que me cachez-vous ? Les affaires ne vont pas ? Et ils sont tous là, autour de toi, la langue tirée : le gendre qui est dans les rhums et le petit-gendre qui ne fait rien, et notre fils Hubert, l'agent de change... Il a pourtant l'argent de tout le monde à sa disposition, ce garçon qui donne du vingt pour cent !

Ne comptez pas sur moi : je ne lâcherai pas le morceau. « Ce serait si simple de couper des pins... » vas-tu me souffler ce soir. Tu me rappelleras que les deux filles d'Hubert habitent chez leurs beaux-parents depuis leur mariage, parce qu'elles n'ont pas d'argent pour se meubler. « Nous avons au grenier des tas de meubles qui s'abîment, ça ne nous coûterait rien de les leur prêter... » Voilà ce que tu vas me demander, tout à l'heure. « Elles nous en veulent ; elles ne mettent plus les pieds ici. Je suis privé de mes petits-enfants... » C'est de cela qu'il est question entre vous et dont vous parlez à voix basse.

···

Je relis ces lignes écrites hier soir dans une sorte de délire. Comment ai-je pu céder à cette fureur ? Ce n'est plus une lettre, mais un journal interrompu, repris... Vais-je effacer

1. *Porter le foulard :* dans la bouche des notables ou des nantis, l'expression renvoie un personnage à des origines paysannes. 2. *Fondaudège :* nom d'une rue de Bordeaux.

cela ? Tout recommencer ? Impossible : le temps me presse. Ce que j'ai écrit est écrit[1]. D'ailleurs, que désirai-je, sinon m'ouvrir tout entier devant toi, t'obliger à me voir jusqu'au fond ? Depuis trente ans, je ne suis plus rien à tes yeux qu'un appareil distributeur de billets de mille francs, un appareil qui fonctionne mal et qu'il faut secouer sans cesse, jusqu'au jour où on pourra enfin l'ouvrir, l'éventrer, puiser à pleines mains dans le trésor qu'il renferme.

De nouveau je cède à la rage. Elle me ramène au point où je m'étais interrompu : il faut remonter à la source de cette fureur, me rappeler cette nuit fatale... Mais d'abord, souviens-toi de notre première rencontre.

J'étais à Luchon, avec ma mère, en août 83[2]. L'hôtel Sacarron de ce temps-là était plein de meubles rembourrés, de poufs, d'isards empaillés. Les tilleuls des allées d'Étigny, c'est toujours leur odeur que je sens, après tant d'années, quand les tilleuls fleurissent. Le trot menu des ânes, les sonnailles, les claquements de fouets m'éveillaient le matin. L'eau de la montagne ruisselait jusque dans les rues. Des petits marchands criaient les croissants et les pains au lait. Des guides passaient à cheval, je regardais partir les cavalcades.

Tout le premier était habité par les Fondaudège. Ils occupaient l'appartement du roi Léopold[3]. « Fallait-il qu'ils fussent dépensiers, ces gens-là ! » disait ma mère. Car cela ne les empêchait pas d'être toujours en retard quand il s'agissait de payer (ils avaient loué les vastes terrains que nous possédions aux docks, pour entredéposer[4] des marchandises).

Nous dînions à la table d'hôte ; mais vous, les Fondaudège, vous étiez servis à part. Je me rappelle cette table ronde, près des fenêtres : ta grand-mère, obèse, qui cachait un crâne chauve sous des dentelles noires où tremblait du jais. Je croyais toujours qu'elle me souriait : mais c'était la forme de ses yeux minuscules et la fente démesurée de sa bouche qui donnaient cette illusion. Une religieuse la ser-

---

1. Réponse de Pilate aux grands prêtres (*Jean*, 19, 22). 2. Séjour estival cher aux Mauriac, au début du siècle. 3. Léopold II, roi des Belges (1835-1909), descendait à cet hôtel, aujourd'hui disparu, en compagnie de sa maîtresse, la baronne de Vaughan. 4. Les dictionnaires de langue ignorent ce verbe, de sens transparent.

vait[1], figure bouffie, bilieuse, enveloppée de linges empesés. Ta mère... comme elle était belle ! Vêtue de noir, toujours en deuil de ses deux enfants perdus. Ce fut elle, et non toi, que d'abord j'admirai à la dérobée. La nudité de son cou, de ses bras et de ses mains me troublait. Elle ne portait aucun bijou. J'imaginais des défis stendhaliens[2] et me donnais jusqu'au soir pour lui adresser la parole ou lui glisser une lettre. Pour toi, je te remarquais à peine. Je croyais que les jeunes filles ne m'intéressaient pas. Tu avais d'ailleurs cette insolence de ne jamais regarder les autres, qui était une façon de les supprimer.

Un jour, comme je revenais du Casino, je surpris ma mère en conversation avec Mme Fondaudège, obséquieuse, trop aimable, comme quelqu'un qui désespère de s'abaisser au niveau de son interlocuteur. Au contraire, maman parlait fort : c'était un locataire qu'elle tenait entre ses pattes et les Fondaudège n'étaient rien de plus à ses yeux que des payeurs négligents. Paysanne, terrienne, elle se méfiait du négoce et de ces fragiles fortunes sans cesse menacées. Je l'interrompis comme elle disait : « Bien sûr, j'ai confiance en la signature de M. Fondaudège, mais... »

Pour la première fois, je me mêlai à une conversation d'affaires. Mme Fondaudège obtint le délai qu'elle demandait. J'ai bien souvent pensé, depuis, que l'instinct paysan de ma mère ne l'avait pas trompée : ta famille m'a coûté assez cher et si je me laissais dévorer, ton fils, ta fille, ton petit-gendre auraient bientôt fait d'anéantir ma fortune, de l'engouffrer dans leurs affaires. Leurs affaires ! Un bureau au rez-de-chaussée, un téléphone, une dactylo... Derrière ce décor, l'argent disparaît par paquets de cent mille. Mais je m'égare... Nous sommes en 1883, à Bagnères-de-Luchon.

Je voyais maintenant cette famille puissante me sourire. Ta grand-mère ne s'interrompait pas de parler, parce qu'elle était sourde. Mais depuis qu'il m'était donné d'échanger, après les repas, quelques propos avec ta mère, elle

1. Ainsi qu'était servie Irma Coiffard, la grand-mère maternelle de Mauriac, dont ce portrait physique fait revivre bien des traits. 2. *Défis stendhaliens* : souvenir du *Rouge et le Noir* (I, 9). Julien Sorel se donne un quart d'heure pour prendre la main de Mme de Rênal sous peine de mort. On notera une réminiscence de Flaubert dans la phrase qui précède : « La vue de votre pied me trouble », disait Frédéric à Mme Arnoux, dans le dernier chapitre de *L'Éducation sentimentale*. Ce passage poursuit encore le journaliste de 1967. Voir *B.N.,* IV, p. 496.

m'ennuyait et dérangeait les romanesques idées que je m'étais faites à son sujet. Tu ne m'en voudras pas de rappeler que sa conversation était plate, qu'elle habitait un univers si borné et usait d'un vocabulaire si réduit qu'au bout de trois minutes je désespérais de soutenir la conversation.

Mon attention, détournée de la mère, se fixa sur la fille. Je ne m'aperçus pas tout de suite qu'on ne mettait aucun obstacle à nos entretiens. Comment aurais-je pu imaginer que les Fondaudège voyaient en moi un parti avantageux ? Je me souviens d'une promenade dans la vallée du Lys. Ta grand-mère au fond de la victoria, avec la religieuse ; et nous deux sur le strapontin. Dieu sait que les voitures ne manquaient pas à Luchon ! Il fallait être une Fondaudège pour y avoir amené son équipage.

Les chevaux allaient au pas, dans un nuage de mouches. La figure de la sœur était luisante ; ses yeux mi-clos. Ta grand-mère s'éventait avec un éventail acheté sur les allées d'Étigny et où était dessiné un matador estoquant un taureau noir. Tu avais des gants longs malgré la chaleur. Tout était blanc sur toi, jusqu'à tes bottines aux hautes tiges. Tu étais « vouée au blanc[1] », me disais-tu, depuis la mort de tes deux frères. J'ignorais ce que signifiait « être vouée au blanc ». J'ai su, depuis, combien, dans ta famille, on avait de goût pour ces dévotions un peu bizarres. Tel était alors mon état d'esprit que je trouvais à cela une grande poésie. Comment te faire comprendre ce que tu avais suscité en moi ? Tout d'un coup, j'avais la sensation de ne plus déplaire, je ne déplaisais plus, je n'étais pas odieux. Une des dates importantes de ma vie fut ce soir où tu me dis : « C'est extraordinaire, pour un garçon, d'avoir de si grands cils ! »

Je cachais soigneusement mes idées avancées. Je me rappelle, durant cette promenade, comme nous étions descendus tous les deux pour alléger la voiture, qu'à une montée, ta grand-mère et la religieuse prirent leur chapelet, et du haut de son siège, le vieux cocher, dressé depuis des années, répondait aux *Ave Maria*. Toi-même, tu souriais en me regardant. Mais je demeurais imperturbable. Il ne me coûtait pas de vous accompagner, le dimanche, à la messe d'onze heures. Aucune idée métaphysique ne se rattachait pour moi

1. *Vouée au blanc :* cette couleur était choisie par les parents, à la suite d'un vœu, pour mettre l'enfant sous la protection de la Vierge.

à cette cérémonie. C'était le culte d'une classe, auquel j'étais fier de me sentir agrégé, une sorte de religion des ancêtres à l'usage de la bourgeoisie, un ensemble de rites dépourvus de toute signification autre que sociale.

Comme parfois tu me regardais à la dérobée, le souvenir de ces messes demeure lié à cette merveilleuse découverte que je faisais : être capable d'intéresser, de plaire, d'émouvoir. L'amour que j'éprouvais se confondait avec celui que j'inspirais, que je croyais inspirer. Mes propres sentiments n'avaient rien de réel. Ce qui comptait, c'était ma foi en l'amour que tu avais pour moi. Je me reflétais dans un autre être et mon image ainsi reflétée n'offrait rien de repoussant. Dans une détente délicieuse, je m'épanouissais. Je me rappelle ce dégel de tout mon être sous ton regard, ces émotions jaillissantes, ces sources délivrées. Les gestes les plus ordinaires de tendresse, une main serrée, une fleur gardée dans un livre, tout m'était nouveau, tout m'enchantait.

Seule, ma mère n'avait pas le bénéfice de ce renouvellement. D'abord parce que je la sentais hostile au rêve (que je croyais fou) qui se formait lentement en moi. Je lui en voulais de n'être pas éblouie. « Tu ne vois pas que ces gens cherchent à t'attirer ? » répétait-elle, sans se douter qu'elle risquait ainsi de détruire mon immense joie d'avoir plu enfin à une jeune fille. Il existait une jeune fille au monde à qui je plaisais et qui peut-être souhaitait de m'épouser : je le croyais, malgré la méfiance de ma mère ; car vous étiez trop grands, trop puissants, pour avoir quelque avantage à notre alliance. Il n'empêche que je nourrissais une rancune presque haineuse contre ma mère qui mettait en doute mon bonheur.

Elle n'en prenait pas moins ses informations, ayant des intelligences dans les principales banques. Je triomphai, le jour où elle dut reconnaître que la maison Fondaudège, malgré quelques embarras passagers, jouissait du plus grand crédit. « Ils gagnent un argent fou, mais ils mènent trop grand train, disait maman. Tout passe dans les écuries, dans la livrée. Ils préfèrent jeter de la poudre aux yeux, plutôt que de mettre de côté... »

Les renseignements des banques achevèrent de me rassurer sur mon bonheur. Je tenais la preuve de votre désintéressement : les tiens me souriaient parce que je leur plaisais ; il me semblait, soudain, naturel de plaire à tout le monde. Ils me laissaient seul avec toi, le soir, dans les allées du Casino. Qu'il est étrange, dans ces commencements de la vie où un peu de bonheur nous est départi, qu'aucune voix ne vous avertisse : « Aussi vieux que tu vives, tu n'auras pas d'autre joie au monde que ces quelques heures. Savoure-les jusqu'à la lie, parce qu'après cela, il ne reste rien pour toi. Cette première source rencontrée est aussi la dernière. Étanche ta soif, une fois pour toutes : tu ne boiras plus. »

Mais je me persuadais au contraire que c'était le commencement d'une longue vie passionnée, et je n'étais pas assez attentif à ces soirs où nous demeurions, immobiles, sous les feuillages endormis.

Il y eut pourtant des signes, mais que j'interprétais mal. Te rappelles-tu cette nuit, sur un banc (dans l'allée en lacets qui montait derrière les Thermes) ? Soudain, sans cause apparente, tu éclatas en sanglots. Je me rappelle l'odeur de tes joues mouillées, l'odeur de ce chagrin inconnu. Je croyais aux larmes de l'amour heureux. Ma jeunesse ne savait pas interpréter ces râles, ces suffocations. Il est vrai que tu me disais : « Ce n'est rien, c'est d'être auprès de vous... »

Tu ne mentais pas, menteuse. C'était bien parce que tu te trouvais auprès de moi que tu pleurais, – auprès de moi et non d'un autre, et non près de celui dont tu devais enfin me livrer le nom quelques mois plus tard, dans cette chambre où j'écris, où je suis un vieillard près de mourir, au milieu d'une famille aux aguets, qui attend le moment de la curée.

Et moi, sur ce banc, dans les lacets de Superbagnères, j'appuyais ma figure entre ton épaule et ton cou, je respirais cette petite fille en larmes. L'humide et tiède nuit pyrénéenne, qui sentait les herbages mouillés et la menthe, avait pris aussi de ton odeur. Sur la place des Thermes, que nous dominions, les feuilles des tilleuls autour du kiosque à musique étaient éclairées par les réverbères. Un vieil Anglais de l'hôtel attrapait, avec un long filet, les papillons de nuit qu'ils attiraient. Tu me disais : « Prêtez-moi votre mouchoir... » Je t'essuyai les yeux et cachai ce mouchoir entre ma chemise et ma poitrine.

C'est assez dire que j'étais devenu un autre. Mon visage même, une lumière l'avait touché. Je le comprenais aux regards des femmes. Aucun soupçon ne me vint, après ce soir de larmes. D'ailleurs, pour un soir comme celui-là, combien y en eut-il où tu n'étais que joie, où tu t'appuyais à moi, où tu t'attachais à mon bras ! Je marchais trop vite et tu t'essoufflais à me suivre. J'étais un fiancé chaste. Tu intéressais une part intacte de moi-même. Pas une fois je n'eus la tentation d'abuser de la confiance des tiens dont j'étais à mille lieues de croire qu'elle pût être calculée.

Oui, j'étais un autre homme, au point qu'un jour – après quarante années, j'ose enfin te faire cet aveu dont tu n'auras plus le goût de triompher, quand tu liras cette lettre – un jour, sur la route de la vallée du Lys, nous étions descendus de la victoria. Les eaux ruisselaient ; j'écrasais du fenouil entre mes doigts ; au bas des montagnes, la nuit s'accumulait, mais, sur les sommets, subsistaient des camps de lumière... J'eus soudain la sensation aiguë, la certitude presque physique qu'il existait un autre monde, une réalité dont nous ne connaissions que l'ombre...

Ce ne fut qu'un instant, – et qui, au long de ma triste vie, se renouvela à de très rares intervalles. Mais sa singularité même lui donne à mes yeux une valeur accrue. Et c'est pourquoi, plus tard, dans le long débat religieux qui nous a déchirés, il me fallut écarter un tel souvenir... Je t'en devais l'aveu... Mais il n'est pas temps encore d'aborder ce sujet.

Inutile de rappeler nos fiançailles. Un soir, elles furent conclues ; et cela se fit sans que je l'eusse voulu. Tu interprétas, je crois, une parole que j'avais dite dans un tout autre sens que celui que j'y avais voulu mettre : je me trouvais lié à toi et n'en revenais pas moi-même. Inutile de rappeler tout cela. Mais il y a une horreur sur laquelle je me condamne à arrêter ma pensée.

Tu m'avais tout de suite averti d'une de tes exigences. «Dans l'intérêt de la bonne entente», tu te refusais à faire ménage commun avec ma mère et même à habiter la même maison. Tes parents et toi-même, vous étiez décidés à ne pas transiger là-dessus.

Comme après tant d'années, elle demeure présente à ma mémoire, cette chambre étouffante de l'hôtel, cette fenêtre ouverte sur les allées d'Étigny! La poussière d'or, les claquements de fouet, les grelots, un air de tyrolienne montaient à travers les jalousies fermées. Ma mère, qui avait la migraine, était étendue sur le sofa, vêtue d'une jupe et d'une camisole (elle n'avait jamais su ce qu'était un déshabillé, un peignoir, une robe de chambre). Je profitai de ce qu'elle me disait qu'elle nous laisserait les salons du rez-de-chaussée et qu'elle se contenterait d'une chambre au troisième :

« Écoute, maman. Isa pense qu'il vaudrait mieux... » À mesure que je parlais, je regardais à la dérobée cette vieille figure, puis je détournais les yeux. De ses doigts déformés, maman froissait le feston de la camisole. Si elle s'était débattue, j'aurais trouvé à quoi me prendre, mais son silence ne donnait aucune aide à ma colère.

Elle feignait de ne pas être atteinte et de n'être même pas surprise. Elle parla enfin, cherchant des mots qui pussent me faire croire qu'elle s'était attendue à notre séparation.

« J'habiterai presque toute l'année Aurigne[1], disait-elle, c'est la plus habitable de nos métairies, et je vous laisserai Calèse. Je ferai construire un pavillon à Aurigne : il me suffit de trois pièces. C'est ennuyeux de faire cette dépense alors que, l'année prochaine, je serai peut-être morte. Mais tu pourras t'en servir plus tard, pour la chasse à la palombe. Ce serait commode d'habiter là, en octobre. Tu n'aimes pas la chasse, mais tu peux avoir des enfants qui en aient le goût. »

Aussi loin qu'allât mon ingratitude, impossible d'atteindre l'extrémité de cet amour. Délogé de ses positions, il se reformait ailleurs. Il s'organisait avec ce que je lui laissais, il s'en arrangeait. Mais, le soir, tu me demandas :

« Qu'a donc votre mère ? »

Elle reprit dès le lendemain, son aspect habituel. Ton père arriva de Bordeaux avec sa fille aînée et son gendre. On avait dû les tenir au courant. Ils me toisaient. Je croyais les entendre s'interroger les uns les autres : « Le trouves-tu "sortable" ?... La mère n'est pas possible... » Je n'oublierai jamais l'étonnement que me causa ta sœur, Marie-Louise, que vous appeliez Marinette, ton aînée d'un an et qui avait l'air d'être ta cadette, gracile, avec ce long cou, ce trop lourd chignon, ces yeux d'enfant. Le vieillard à qui ton père l'avait livrée, le baron Philipot, me fit horreur. Mais depuis qu'il est mort, j'ai souvent pensé à ce sexagénaire comme à l'un des hommes les plus malheureux que j'aie jamais connus. Quel martyre cet imbécile a-t-il subi, pour que sa jeune

1. *Aurigne :* graphie archaïque d'*Origne,* commune de la lande, proche de Saint-Symphorien.

femme oubliât qu'il était un vieillard ! Un corset le serrait à l'étouffer. Le col empesé, haut et large, escamotait les bajoues et les fanons. La teinture luisante des moustaches et des favoris faisait ressortir les ravages de la chair violette. Il écoutait à peine ce qu'on lui disait, cherchant toujours une glace ; et quand il l'avait trouvée, rappelle-toi nos rires, si nous surprenions le coup d'œil que le malheureux donnait à son image, ce perpétuel examen qu'il s'imposait. Son râtelier lui défendait de sourire. Ses lèvres étaient scellées par une volonté jamais défaillante. Nous avions remarqué aussi ce geste, lorsqu'il se coiffait de son cronstadt, pour ne pas déranger l'extraordinaire mèche qui, partie de la nuque, s'éparpillait sur le crâne comme le delta d'un maigre fleuve.

Ton père, qui était son contemporain, en dépit de la barbe blanche, de la calvitie, du ventre, plaisait encore aux femmes et, même dans les affaires, s'entendait à charmer. Ma mère seule lui résista. Le coup que je venais de lui porter l'avait peut-être durcie. Elle discutait chaque article du contrat comme elle eût fait pour une vente ou pour un bail. Je feignais de m'indigner de ses exigences et la désavouais, – secrètement heureux de savoir mes intérêts en bonnes mains. Si aujourd'hui ma fortune est nettement séparée de la tienne, si vous avez si peu de prise sur moi, je le dois à ma mère qui exigea le régime dotal le plus rigoureux, comme si j'eusse été une fille résolue à épouser un débauché.

Du moment que les Fondaudège ne rompaient pas devant ces exigences, je pouvais dormir tranquille : ils tenaient à moi, croyais-je, parce que tu tenais à moi.

Maman ne voulait pas entendre parler d'une rente ; elle exigeait que ta dot fût versée en espèces. «Ils me donnent en exemple le baron Philipot, disait-elle, qui a pris l'aînée sans un sou... Je le pense bien ! Pour avoir livré cette pauvre petite à ce vieux, il fallait qu'ils eussent quelque avantage ! Mais nous, c'est une autre affaire : ils croyaient que je serais éblouie par leur alliance : ils ne me connaissent pas...»

Nous affections, nous, les «tourtereaux», de nous désintéresser du débat. J'imagine que tu avais autant de confiance dans le génie de ton père que moi dans celui de ma mère. Et après tout, peut-être ne savions-nous, ni l'un ni l'autre, à quel point nous aimions l'argent...

Non, je suis injuste. Tu ne l'as jamais aimé qu'à cause des enfants. Tu m'assassinerais, peut-être, afin de les enrichir, mais tu t'enlèverais pour eux le pain de la bouche.

Alors que moi... j'aime l'argent, je l'avoue, il me rassure. Tant que je demeurerai le maître de la fortune, vous ne pouvez rien contre moi. « Il en faut si peu à notre âge », me répètes-tu. Quelle erreur ! Un vieillard n'existe que par ce qu'il possède. Dès qu'il n'a plus rien, on le jette au rebut. Nous n'avons pas le choix entre la maison de retraite, l'asile, et la fortune. Les histoires de paysans qui laissent mourir leurs vieux de faim après qu'ils les ont dépouillés, que de fois en ai-je surpris l'équivalent, avec un peu plus de formes et de manières, dans les familles bourgeoises ! Eh bien ! oui, j'ai peur de m'appauvrir. Il me semble que je n'accumulerai jamais assez d'or. Il vous attire, mais il me protège.

L'heure de l'angélus est passée et je ne l'ai pas entendu... mais il n'a pas sonné : c'est aujourd'hui le Vendredi saint. Les hommes de la famille vont arriver, ce soir, en auto ; je descendrai dîner. Je veux les voir tous réunis : je me sens plus fort contre tous que dans les conversations particulières. Et puis, je tiens à manger une côtelette[1], en ce jour de pénitence, non par bravade, mais pour vous signifier que j'ai gardé ma volonté intacte et que je ne céderai sur aucun point.

Toutes les positions que j'occupe depuis quarante-cinq ans, et dont tu n'as pu me déloger, tomberaient une à une si je faisais une seule concession. En face de cette famille nourrie de haricots et de sardines à l'huile, ma côtelette du Vendredi saint sera le signe qu'il ne reste aucune espérance de me dépouiller vivant.

IV

Je ne m'étais pas trompé. Ma présence au milieu de vous, hier soir, dérangeait vos plans. La table des enfants était seule joyeuse parce que, le soir du Vendredi saint, ils dînent avec du chocolat et des tartines beurrées. Je ne les distingue pas entre eux : ma petite-fille Janine a déjà un enfant qui marche... J'ai donné à tous le spectacle d'un excellent

1. Souvenir familial : Jacques Mauriac, le « grand-père anticlérical, plaisantait devant sa côtelette du vendredi » et, ajoute l'auteur du *Bloc-notes,* « ma mère le sommait de se taire "à cause des enfants" » (*B.N.,* IV, p. 341).

appétit. Tu as fait allusion à ma santé et à mon grand âge pour excuser la côtelette aux yeux des enfants. Ce qui m'a paru assez terrible, c'est l'optimisme d'Hubert. Il se dit assuré que la Bourse remontera avant peu comme un homme pour qui c'est une question de vie ou de mort. Il est tout de même mon fils. Ce quadragénaire est mon fils, je le sais, mais je ne le sens pas. Impossible de regarder cette vérité en face. Si ses affaires tournaient mal, pourtant ! Un agent de change, qui donne de tels dividendes, joue et risque gros... Le jour où l'honneur de la famille serait en jeu... L'honneur de la famille ! Voilà une idole à laquelle je ne sacrifierai pas. Que ma décision soit bien prise d'avance. Il faudrait tenir le coup, ne pas s'attendrir. D'autant qu'il restera toujours le vieil oncle Fondaudège qui marcherait, lui, si je ne marchais pas... mais je divague, je bats la campagne... ou plutôt, je me dérobe au rappel de cette nuit où tu as détruit, à ton insu, notre bonheur.

Il est étrange de penser que tu n'en as peut-être pas gardé le souvenir. Ces quelques heures de tièdes ténèbres, dans cette chambre, ont décidé de nos deux destins. Chaque parole que tu disais les séparait un peu plus, et tu ne t'es aperçue de rien. Ta mémoire, qu'encombrent mille souvenirs futiles, n'a rien retenu de ce désastre. Songe que pour toi, qui fais profession de croire à la vie éternelle, c'est mon éternité même que tu as engagée et compromise, cette nuit-là. Car notre premier amour m'avait rendu sensible à l'atmosphère de foi et d'adoration qui baignait ta vie. Je t'aimais et j'aimais les éléments spirituels de ton être. Je m'attendrissais quand tu t'agenouillais dans ta longue chemise d'écolière...

Nous habitions cette chambre où j'écris ces lignes. Pourquoi étions-nous venus au retour de notre voyage de noces, à Calèse, chez ma mère ? (Je n'avais pas accepté qu'elle nous donnât Calèse, qui était son œuvre et qu'elle chérissait.) Je me suis rappelé, depuis, pour en nourrir ma rancune, des circonstances qui d'abord m'avaient échappé ou dont j'avais détourné les yeux. Et d'abord, ta famille avait tiré prétexte de la mort d'un oncle à la mode de Bretagne pour supprimer les fêtes nuptiales. Il était évident qu'elle avait honte d'une alliance aussi médiocre. Le baron Philipot racontait partout qu'à Bagnères-de-Luchon sa petite belle-sœur s'était «toquée» d'un jeune homme d'ailleurs charmant, plein d'avenir et fort riche, mais d'une origine obscure. « Enfin, disait-il, ce n'est pas une famille. » Il parlait de moi comme si j'avais été un enfant naturel. Mais à tout prendre, il trouvait intéressant que je n'eusse pas de famille dont on pût rougir. Ma vieille mère était, en somme, présentable et semblait vouloir se tenir à sa place. Enfin tu étais, à l'entendre, une petite fille gâtée qui faisait de ses parents ce qu'elle voulait ; et ma fortune s'annonçait assez belle pour que les Fondaudège pussent consentir à ce mariage et fermer les yeux sur le reste.

Lorsque ces ragots me furent rapportés, ils ne m'apprirent rien qu'au fond je ne connusse déjà. Le bonheur me détournait d'y attacher aucune importance ; et il faut avouer que moi-même, j'avais trouvé mon compte à ces noces presque clandestines : où découvrir des garçons d'honneur dans la petite bande famélique dont j'avais été le chef ? Mon orgueil me défendait de faire des avances à mes ennemis d'hier. Ce mariage brillant aurait rendu le rapprochement facile ; mais je me noircis assez, dans cette confession, pour ne pas dissimuler ce trait de mon caractère : l'indépendance, l'inflexibilité. Je ne m'abaisse devant personne, je garde fidélité à mes idées. Sur ce point-là, mon mariage avait éveillé en moi quelques remords. J'avais promis à tes parents de ne rien faire pour te détourner des pratiques religieuses, mais ne m'étais engagé qu'à ne pas m'affilier à la franc-maçonnerie. D'ailleurs vous ne songiez à aucune autre exigence. En ces années-là, la religion ne concernait que les femmes. Dans ton monde, un mari « accompagnait sa femme à la messe » : c'était la formule reçue. Or, à Luchon, je vous avais déjà prouvé que je n'y répugnais pas.

Quand nous revînmes de Venise, en septembre 85, tes parents trouvèrent des prétextes pour ne pas nous recevoir dans leur château de Cenon[1] où leurs amis et ceux des Philipot ne laissaient aucune chambre vide. Nous trouvâmes donc avantageux de nous installer, pour un temps, chez ma mère. Le souvenir de notre dureté à son égard ne nous gênait en rien. Nous consentions à vivre auprès d'elle, dans la mesure où cela nous semblait commode.

Elle se garda bien de triompher. La maison était à nous, disait-elle. Nous pouvions recevoir qui il nous plairait ; elle

1. *Cenon* : commune de la banlieue est de Bordeaux.

se ferait petite, on ne la verrait pas. Elle disait : « Je sais disparaître. » Elle disait aussi : « Je suis tout le temps dehors. » En effet, elle s'occupait beaucoup des vignes, des chais, du poulailler, de la lessive. Après les repas, elle montait un instant dans sa chambre, s'excusait quand elle nous retrouvait au salon. Elle frappait avant d'entrer et je dus l'avertir que cela ne se faisait pas. Elle alla jusqu'à t'offrir de conduire le ménage, mais tu ne lui causas pas ce chagrin. Tu n'en avais d'ailleurs aucune envie. Ah ! ta condescendance à son égard ! cette humble gratitude qu'elle t'en gardait !

Tu ne me séparais pas d'elle autant qu'elle l'avait craint. Je me montrais même plus gentil qu'avant le mariage. Nos fous rires l'étonnaient : ce jeune mari heureux, c'était pourtant son fils, si longtemps fermé, si dur. Elle n'avait pas su me prendre, pensait-elle, je lui étais trop supérieur. Tu réparais le mal qu'elle avait fait.

Je me rappelle son admiration quand tu barbouillais de peinture des écrans et des tambourins, quand tu chantais ou que tu jouais au piano, en accrochant toujours aux mêmes endroits, une « romance sans paroles » de Mendelssohn.

Des amies jeunes filles venaient te voir parfois. Tu les avertissais : « Vous verrez ma belle-mère, c'est un type, une vraie dame de la campagne comme il n'y en a plus. » Tu lui trouvais beaucoup de *style*. Elle avait une façon de parler patois à ses domestiques que tu jugeais d'un très bon ton. Tu allais jusqu'à montrer le daguerréotype où maman, à quinze ans, porte encore le foulard. Tu avais un couplet sur les vieilles familles paysannes « plus nobles que bien des nobles »... Que tu étais conventionnelle en ce temps-là ! C'est la maternité qui t'a rendue à la nature.

Je recule toujours devant le récit de cette nuit. Elle était si chaude que nous n'avions pu laisser les persiennes closes malgré ton horreur des chauves-souris. Nous avions beau savoir que c'était le froissement des feuilles d'un tilleul contre la maison, il nous semblait toujours que quelqu'un respirait au fond de la chambre. Et parfois le vent imitait, dans les frondaisons, le bruit d'une averse. La lune, à son déclin, éclairait le plancher et les pâles fantômes de nos vêtements épars. Nous n'entendions plus la prairie murmurante dont le murmure s'était fait silence.

44

Tu me disais : « Dormons, il faudrait dormir... » Mais, autour de notre lassitude, une ombre rôdait. Du fond de l'abîme, nous ne remontions pas seuls. Il surgissait, ce Rodolphe inconnu, que j'éveillais dans ton cœur, dès que mes bras se refermaient sur toi.

Et quand je les rouvrais, nous devinions sa présence. Je ne voulais pas souffrir, j'avais peur de souffrir. L'instinct de conservation joue aussi pour le bonheur. Je savais qu'il ne fallait pas t'interroger. Je laissais ce prénom éclater comme une bulle à la surface de notre vie. Ce qui dormait sous les eaux endormies, ce principe de corruption, ce secret putride, je ne fis rien pour l'arracher à la vase. Mais toi, misérable, tu avais besoin de libérer par des paroles cette passion déçue et qui était restée sur sa faim. Il suffit d'une seule interrogation qui m'échappa :

« Mais enfin, ce Rodolphe, qui était-il ?

– Il y a des choses que j'aurais dû te dire... Oh ! rien de grave, rassure-toi. »

Tu parlais d'une voix basse et précipitée. Ta tête ne reposait plus au creux de mon épaule. Déjà l'espace infime qui séparait nos corps étendus était devenu infranchissable.

Le fils d'une Autrichienne et d'un grand industriel du Nord... Tu l'avais connu à Aix où tu avais accompagné ta grand-mère, l'année qui précéda notre rencontre à Luchon. Il arrivait de Cambridge. Tu ne me le décrivais pas, mais je lui attribuai d'un coup toutes les grâces dont je me savais démuni. Le clair de lune éclairait sur nos draps ma grande main noueuse de paysan, aux ongles courts. Vous n'aviez rien fait de vraiment mal, quoiqu'il fût, disais-tu, moins respectueux que je ne l'étais. De tes aveux, ma mémoire n'a rien retenu de précis. Que m'importait ? Il ne s'agissait pas de cela. Si tu ne l'avais pas aimé, je me fusse consolé d'une de ces brèves défaites où sombre, d'un seul coup, la pureté d'une enfant. Mais déjà je m'interrogeais : « Moins d'un an après ce grand amour, comment a-t-elle pu m'aimer ? » La terreur me glaçait : « Tout était faux, me disais-je, elle m'avait menti, je n'étais pas délivré. Comment avais-je pu croire qu'une jeune fille m'aimerait ! J'étais un homme qu'on n'aime pas ! »

Les étoiles de l'aube palpitaient encore. Un merle s'éveilla. Le souffle que nous entendions dans les feuilles, bien avant de le sentir sur nos corps, gonflait les rideaux, rafraîchissait mes yeux, comme au temps de mon bonheur. Ce bonheur existait, il y avait dix minutes, – et déjà je pensais : « Le temps de mon bonheur... » Je posai une question :

« Il n'a pas voulu de toi ? »

Tu te rebiffas, je me souviens. J'ai encore dans l'oreille cette voix spéciale que tu prenais alors, lorsque ta vanité était en jeu. Naturellement, il était au contraire très emballé, très fier d'épouser une Fondaudège. Mais ses parents avaient appris que tu avais perdu deux frères, tous deux emportés au moment de l'adolescence par la phtisie. Comme lui-même avait une santé fragile, sa famille fut irréductible.

Je t'interrogeais avec calme. Rien ne t'avertit de ce que tu étais en train de détruire.

« Tout cela, mon chéri, a été providentiel pour nous deux, me disais-tu. Tu sais comme mes parents sont fiers, – un peu ridicules, je le reconnais. Je peux bien te l'avouer : pour que notre bonheur ait été possible, il a fallu que ce mariage manqué leur ait porté à la tête. Tu n'ignores pas l'importance qu'on attache, dans notre monde, à ce qui touche la santé, dès qu'il s'agit de mariage. Maman s'imaginait que toute la ville connaissait mon aventure. Personne ne voudrait plus m'épouser. Elle avait cette idée fixe que je resterais fille. Quelle vie elle m'a fait mener pendant plusieurs mois ! Comme si je n'avais pas eu assez de mon chagrin... Elle avait fini par nous persuader, papa et moi, que je n'étais pas "mariable". »

Je retenais toute parole qui t'eût mise en défiance. Tu me répétais que tout cela avait été providentiel pour notre amour.

« Je t'ai aimé tout de suite, dès que je t'ai vu. Nous avions beaucoup prié à Lourdes avant d'aller à Luchon. J'ai compris, en te voyant, que nous étions exaucées. »

Tu ne pressentais pas l'irritation qu'éveillaient en moi de telles paroles. Vos adversaires se font en secret de la religion une idée beaucoup plus haute que vous ne l'imaginez et qu'ils ne le croient eux-mêmes. Sans cela, pourquoi seraient-ils blessés de ce que vous la pratiquez bassement ? À moins qu'il paraisse tout simple à vos yeux de demander même les biens temporels à ce Dieu que vous appelez Père ?... Mais qu'importe tout cela ? Il ressortait de tes propos que ta famille et toi vous étiez jetés avidement sur le premier limaçon rencontré[1].

À quel point notre mariage était disproportionné, je n'en avais jamais eu conscience jusqu'à cette minute. Il avait fallu que ta mère fût frappée de folie et qu'elle l'eût communiquée à ton père et à toi... Tu m'apprenais que les Philipot avaient été jusqu'à te menacer de reniement si tu m'épousais. Oui, à Luchon, tandis que nous nous moquions de cet imbécile, il avait tout fait pour décider les Fondaudège à une rupture. « Mais je tenais à toi, mon chéri, il en a été pour ses frais. »

Tu me répétas à plusieurs reprises que, certes, tu ne regrettais rien. Je te laissais parler. Je retenais mon souffle. Tu n'aurais pas été heureuse, assurais-tu, avec ce Rodolphe. Il était trop beau, il n'aimait pas, il se laissait aimer. N'importe qui te l'aurait pris.

Tu ne t'apercevais pas que ta voix même changeait dès que tu le nommais, – moins aiguë, avec une sorte de tremblement, de roucoulement, comme si d'anciens soupirs demeuraient en suspens dans ta poitrine, que le nom seul de Rodolphe libérait.

Il ne t'aurait pas rendue heureuse, parce qu'il était beau, charmant, aimé. Cela signifiait que moi, je serais ta joie grâce à mon visage ingrat, à cet abord revêche qui éloignait les cœurs. Il avait ce genre insupportable des garçons qui ont été à Cambridge, disais-tu, et qui singent les manières anglaises... Préférais-tu un mari incapable de choisir l'étoffe d'un costume, de nouer une cravate, – qui haïssait les sports, qui ne pratiquait pas cette frivolité savante, cet art d'éluder les propos graves, les confessions, les aveux, cette science de vivre heureux et avec grâce ? Non, tu l'avais pris, ce malheureux, parce qu'il se trouvait là, cette année où ta mère, en proie au retour d'âge, s'était persuadée que tu n'étais pas « mariable », – parce que tu ne voulais ni ne pouvais demeurer fille six mois de plus, parce qu'il avait assez d'argent pour que ce fût une suffisante excuse aux yeux du monde...

Je retenais ma respiration précipitée, je serrais les poings, je mordais ma lèvre inférieure. Quand il m'arrive

1. Allusion à la mésaventure du Héron de La Fontaine : « La faim le prit : il fut tout heureux et tout aise / De rencontrer un limaçon. » (*Fables*, VII, 4.)

aujourd'hui de me faire horreur à moi-même au point de ne pouvoir plus supporter mon cœur ni mon corps, ma pensée va à ce garçon de 1885, à cet époux de vingt-trois ans, les deux bras ramenés contre sa poitrine et qui étouffait avec rage son jeune amour.

Je grelottais. Tu t'en aperçus et t'interrompis.

« Tu as froid, Louis ? »

Je répondis que ce n'était qu'un frisson. Ce n'était rien. « Tu n'es pas jaloux, au moins ? Ce serait trop bête... » Je ne mentis pas en te jurant qu'il n'y avait pas en moi trace de jalousie. Comment aurais-tu compris que le drame se jouait au-delà de toute jalousie ?

Bien loin de pressentir à quelle profondeur j'étais touché, tu t'inquiétais pourtant de mon silence. Ta main chercha mon front dans l'ombre, caressa mon visage. Bien qu'il ne fût mouillé d'aucune larme, peut-être cette main ne reconnut-elle pas les traits familiers, dans cette dure face aux mâchoires serrées. Pour allumer la bougie, tu te couchas à demi sur moi ; tu n'arrivais pas à faire prendre l'allumette. J'étouffais sous ton corps odieux.

« Qu'as-tu ? Ne reste pas sans rien dire : tu me fais peur. »

Je feignis l'étonnement. Je t'assurai que je n'avais rien qui pût t'inquiéter.

« Que tu es bête, mon chéri, de me faire peur ! J'éteins. Je dors. »

Tu ne parlas plus. Je regardais naître ce jour nouveau, ce jour de ma nouvelle vie. Les hirondelles criaient dans les tuiles. Un homme traversait la cour, traînant ses sabots. Tout ce que j'entends encore après quarante-cinq années, je l'entendais : les coqs, les cloches, un train de marchandises sur le viaduc ; et tout ce que je respirais, je le respire encore : ce parfum que j'aime, cette odeur de cendre du vent lorsqu'il y avait eu, du côté de la mer, des landes incendiées. Soudain, je me redressai à demi : « Isa, le soir où tu as pleuré, le soir où nous étions sur ce banc, dans les lacets de Superbagnères, c'était à cause de lui ? »

Comme tu ne répondais rien, je saisis ton bras que tu dégageas, avec un grognement presque animal. Tu te retournas sur le flanc. Tu dormais dans tes longs cheveux. Saisie par la fraîcheur de l'aube, tu avais tiré les draps, en désordre, sur ton corps ramassé, pelotonné comme dorment les jeunes bêtes. À quoi bon te tirer de ce sommeil d'enfant ? Ce que je voulais apprendre de ta bouche, ne le savais-je déjà ?

Je me levai sans bruit, j'allai pieds nus jusqu'à la glace de l'armoire et me contemplai, comme si j'eusse été un autre, ou plutôt comme si j'étais redevenu moi-même : l'homme qu'on n'avait pas aimé, celui pour qui personne au monde n'avait souffert. Je m'apitoyais sur ma jeunesse ; ma grande main de paysan glissa le long de ma joue non rasée, déjà assombrie d'une barbe dure, aux reflets roux.

Je me vêtis en silence et descendis au jardin. Maman était dans l'allée des roses. Elle se levait avant les domestiques pour aérer la maison. Elle me dit : « Tu profites de la fraîcheur ? »

Et, me montrant la brume qui couvrait la plaine : « Il fera accablant aujourd'hui. À huit heures, je fermerai tout. » Je l'embrassai avec plus de tendresse que d'habitude. Elle dit à mi-voix : « Mon chéri... » Mon cœur (cela t'étonne que je parle de mon cœur ?), mon cœur était près d'éclater. Des mots hésitants me vinrent aux lèvres... Par où commencer ? Qu'aurait-elle compris ? Le silence est une facilité à laquelle je succombe toujours.

Je descendis vers la terrasse. De grêles arbres à fruits se dessinaient vaguement au-dessus des vignes. L'épaule des collines soulevait la brume, la déchirait. Un clocher naissait du brouillard, puis l'église à son tour en sortait, comme un corps vivant. Toi qui t'imagines que je n'ai jamais rien compris à toutes ces choses... j'éprouvais pourtant, à cette minute, qu'une créature rompue comme je l'étais peut chercher la raison, le sens de sa défaite ; qu'il est possible que cette défaite renferme une signification, que les événements, surtout dans l'ordre du cœur, sont peut-être des messagers dont il faut interpréter le secret... Oui, j'ai été capable, à certaines heures de ma vie, d'entrevoir ces choses qui auraient dû me rapprocher de toi.

D'ailleurs, ce ne dut être, ce matin-là, que l'émotion de quelques secondes. Je me vois encore remontant vers la maison. Il n'était pas huit heures et, déjà, le soleil tapait dur. Tu étais à ta fenêtre, la tête penchée, tenant tes cheveux d'une main et de l'autre, tu les brossais. Tu ne me voyais pas. Je demeurai, un instant, la tête levée vers toi, en proie à une haine dont je crois sentir le goût d'amertume dans la bouche, après tant d'années.

Je courus jusqu'à mon bureau, j'ouvris le tiroir fermé à clef ; j'en tirai un petit mouchoir froissé, le même qui avait servi à essuyer tes larmes, le soir de Superbagnères, et que, pauvre idiot, j'avais pressé contre ma poitrine. Je le pris, j'y attachai une pierre, comme j'eusse fait à un chien vivant que j'aurais voulu noyer, et je le jetai dans cette mare que, chez nous, on appelle « gouttiu[1] ».

V

Alors s'ouvrit l'ère du grand silence qui, depuis quarante ans, n'a guère été rompu. Rien n'apparut au-dehors de cet écroulement. Tout continua comme du temps de mon bonheur. Nous n'en demeurâmes pas moins unis dans la chair, mais le fantôme de Rodolphe ne naissait plus de notre étreinte et tu ne prononças plus jamais le nom redoutable. Il était venu à ton appel, il avait rôdé autour de notre couche, il avait accompli son œuvre de destruction. Et maintenant il ne restait plus que de se taire et d'attendre la longue suite des effets et l'enchaînement des conséquences.

Peut-être sentais-tu le tort que tu avais eu de parler. Tu ne pensais pas que ce fût très grave, mais simplement que le plus sage était de bannir ce nom de nos propos. Je ne sais si tu t'aperçus que nous ne causions plus comme autrefois, la nuit. C'en était fini de nos conversations interminables. Nous ne disions plus rien qui ne fût concerté. Chacun de nous se tenait sur ses gardes.

Je m'éveillais au milieu de la nuit, j'étais réveillé par ma souffrance. Je t'étais uni comme le renard au piège. J'imaginais les propos que nous eussions échangés si je t'avais secouée brutalement, si je t'avais précipitée hors du lit : « Non, je ne t'ai pas menti, aurais-tu crié, puisque je t'aimais... – Oui, comme un pis-aller, et parce qu'il est toujours aisé d'avoir recours au trouble charnel qui ne signifie rien, pour faire croire à l'autre qu'on le chérit. Je n'étais pas un monstre : la première jeune fille venue qui m'eût aimé aurait fait de moi ce qui lui aurait plu. » Parfois je gémissais dans les ténèbres, et tu ne te réveillais pas.

1. *Gouttiu :* on notera, devant ce terme dialectal, l'effort de Mauriac pour l'expliquer à son lecteur.

Ta première grossesse rendit d'ailleurs toute explication inutile et changea peu à peu nos rapports. Elle s'était déclarée avant les vendanges. Nous revînmes à la ville, tu fis une fausse couche et dus demeurer, plusieurs semaines, étendue. Au printemps, tu étais de nouveau enceinte. Il fallait te ménager beaucoup. Alors commencèrent ces années de gestations, d'accidents, d'accouchements qui me fournirent de plus de prétextes qu'il n'était nécessaire pour m'éloigner de toi. Je m'enfonçai dans une vie de secrets désordres, très secrets, car je commençais à plaider beaucoup, que[1] j'étais « à mon affaire », comme disait maman, et qu'il s'agissait pour moi de sauver la face. J'avais mes heures, mes habitudes. La vie dans une ville de province développe, chez le débauché, l'instinct de ruse du gibier. Rassure-toi, Isa, je te ferai grâce de ce qui te fait horreur. Ne redoute aucune peinture de cet enfer où je descendais presque chaque jour. Tu m'y rejetas, toi qui m'en avais tiré.

Eussé-je été moins prudent, tu n'y aurais vu que du feu. Dès la naissance d'Hubert, tu trahis ta vraie nature : tu étais mère, tu n'étais que mère. Ton attention se détourna de moi. Tu ne me voyais plus ; il était vrai, à la lettre, que tu n'avais d'yeux que pour les petits. J'avais accompli, en te fécondant, ce que tu attendais de moi.

Tant que les enfants furent des larves et que je ne m'intéressai pas à eux, il ne put naître entre nous aucun conflit. Nous ne nous rencontrions plus que dans ces gestes rituels où les corps agissent par habitude, où un homme et une femme sont chacun à mille lieues de leur propre chair.

Tu ne commenças à t'apercevoir que j'existais que lorsqu'à mon tour je rôdai autour de ces petits. Tu ne commenças à me haïr que lorsque je prétendis avoir des droits sur eux. Réjouis-toi de l'aveu que j'ose te faire : l'instinct paternel ne m'y poussait pas. Très vite, j'ai été jaloux de cette passion qu'ils avaient éveillée en toi. Oui, j'ai cherché à te les prendre pour te punir. Je me donnais de hautes raisons, je mettais en avant l'exigence du devoir. Je ne voulais pas qu'une femme bigote faussât l'esprit de mes enfants. Telles étaient les raisons dont je me payais. Mais il s'agissait bien de cela !

Sortirai-je jamais de cette histoire ? Je l'ai commencée

1. *Que* de reprise, normal après *parce que,* mais insolite après *car.*

pour toi ; et déjà il m'apparaît invraisemblable que tu puisses me suivre plus longtemps. Au fond, c'est pour moi-même que j'écris. Vieil avocat, je mets en ordre mon dossier, je classe les pièces de ma vie, de ce procès perdu. Ces cloches... Demain, Pâques. Je descendrai en l'honneur de ce saint jour, je te l'ai promis. « Les enfants se plaignent de ne pas te voir », me disais-tu, ce matin. Notre fille Geneviève était avec toi, debout auprès de mon lit. Tu es sortie, pour que nous restions seuls, elle et moi : elle avait quelque chose à me demander. Je vous avais entendues chuchotant dans le couloir. « Il vaut mieux que ce soit toi qui parles la première », disais-tu à Geneviève... Il s'agit de son gendre, bien sûr, de Phili, cette gouape. Que je suis devenu fort pour détourner la conversation, pour empêcher la question d'être posée ! Geneviève est sortie sans avoir rien pu me dire. Je sais ce qu'elle veut. J'ai tout entendu, l'autre jour : quand la fenêtre du salon est ouverte, au-dessous de la mienne, je n'ai qu'à me pencher un peu. Il s'agit d'avancer les capitaux dont Phili a besoin pour acheter un quart d'agent de change. Un placement comme un autre, bien sûr... Comme si je ne voyais pas venir le grain, comme s'il ne fallait pas, maintenant, mettre son argent sous clef... S'ils savaient tout ce que j'ai réalisé, le mois dernier, flairant la baisse...

Ils sont tous partis pour les vêpres. Pâques a vidé la maison, les champs. Je demeure seul, vieux Faust séparé de la joie du monde par l'atroce vieillesse[1]. Ils ne savent pas ce qu'est la vieillesse. Pendant le déjeuner, ils étaient tous attentifs à recueillir ce qui tombait de mes lèvres touchant la Bourse, les affaires. Je parlais surtout pour Hubert, pour qu'il enraye s'il est encore temps. De quel air anxieux il m'écoutait... En voilà un qui ne cache pas son jeu ! Il laissait vide l'assiette que tu lui remplissais, avec cette obstination des pauvres mères qui voient leur fils dévoré par un souci et qui les font manger de force, comme si c'était cela de gagné, comme si c'était autant de pris ! Et il te rabrouait, comme autrefois je rabrouais maman.

Et le soin du jeune Phili pour remplir mon verre ! et le faux intérêt de sa femme, la petite Janine : « Grand-père,

---

1. Sur cet emprunt au début de *Faust*, voir la phrase de Goethe, prise pour épigraphe du *Jeudi saint*, ch. IV, *O.C.*, XI, p. 171 : « dans un torrent de larmes délicieuses tout un monde inconnu se révélait à moi ».

vous avez tort de fumer. Même une seule cigarette, c'est trop. Êtes-vous sûr qu'on ne s'est pas trompé, que c'est bien du café décaféiné ?» Elle joue mal, pauvre petite, elle parle faux. Sa voix, l'émission de sa voix, la livre tout entière. Toi aussi, jeune femme, tu étais affectée. Mais dès ta première grossesse, tu redevins toi-même. Janine, elle, sera jusqu'à la mort une dame qui se tient au courant, répète ce qu'elle a entendu qui lui a paru être distingué, emprunte des opinions sur tout et ne comprend rien à rien. Comment Phili, si nature, lui, un vrai chien, supporte-t-il de vivre avec cette petite idiote ? Mais non ; tout est faux en elle, sauf sa passion. Elle ne joue mal que parce que rien ne compte à ses yeux, rien n'existe que son amour.

Après le déjeuner, nous étions tous assis sur le perron[1]. Janine et Phili regardaient Geneviève, leur mère, d'un air suppliant ; et à son tour, elle se tournait vers toi. Tu as fait un signe imperceptible de dénégation. Alors Geneviève s'est levée, et m'a demandé :

«Papa, veux-tu faire un tour avec moi ?»

Comme je vous fais peur à tous ! J'ai eu pitié d'elle ; bien que j'eusse d'abord été résolu à ne pas bouger, je me suis levé, j'ai pris son bras. Nous avons fait le tour de la prairie. La famille, depuis le perron, nous observait. Elle est entrée tout de suite dans le vif :

«Je voudrais te parler de Phili.»

Elle tremblait. C'est affreux de faire peur à ses enfants. Mais croyez-vous qu'on soit libre, à soixante-huit ans, de ne pas avoir un air implacable ? À cet âge, l'expression des traits ne changera plus. Et l'âme se décourage quand elle ne peut s'exprimer au-dehors... Geneviève se débarrassait en hâte de ce qu'elle avait préparé. Il s'agit bien du quart d'agent de change. Elle a insisté sur ce qui pouvait le plus sûrement m'indisposer : à l'entendre, le désœuvrement de Phili compromettait l'avenir du ménage. Phili commençait à se déranger. Je lui ai répondu que, pour un garçon tel que son gendre, son «quart d'agent de change» ne servirait jamais qu'à lui fournir des alibis. Elle l'a défendu. Tout le monde l'aime, ce Phili. «Il ne fallait pas être plus sévère pour lui que ne l'était Janine...» Je protestai que je ne le

1. *Perron* : à la différence du chalet de Saint-Symphorien, la «chartreuse» de Malagar n'en possède pas. «Dans la plupart de mes romans, je n'ai pas hésité à en construire un. Réparation imaginaire et qui ne coûte rien.» (*Journal II*, in *O.C.*, XI, p. 106.)

jugeais ni ne le condamnais. La carrière amoureuse de ce monsieur ne m'intéressait en rien.

« Est-ce qu'il s'intéresse à moi ? Pourquoi m'intéresserais-je à lui ?

– Il t'admire beaucoup... »

Cet impudent mensonge m'a servi à placer ce que j'avais en réserve :

« N'empêche, ma fille, que ton Phili ne m'appelle que le "vieux crocodile[1]". Ne proteste pas, je l'ai entendu dans mon dos, bien des fois... Je ne le démentirai pas : crocodile je suis, crocodile je resterai. Il n'y a rien à attendre d'un vieux crocodile, rien, que sa mort. Et même mort, ai-je eu l'imprudence d'ajouter, même mort, il peut encore faire des siennes. » (Que je regrette d'avoir dit cela, de lui avoir mis la puce à l'oreille !)

Geneviève était atterrée, protestait, s'imaginant que j'attachais de l'importance à l'injure de ce surnom. C'est la jeunesse de Phili qui m'est odieuse. Comment eût-elle imaginé ce que représente, aux yeux d'un vieillard haï et désespéré, ce garçon triomphant, qui a été saoulé, dès l'adolescence, de ce dont je n'aurai pas goûté une seule fois en un demi-siècle de vie ? Je déteste, je hais les jeunes gens. Mais celui-ci, plutôt qu'un autre. Comme un chat entre silencieusement par la fenêtre, il a pénétré à pas de velours dans ma maison, attiré par l'odeur. Ma petite-fille n'apportait pas une très belle dot, mais elle avait, en revanche, de magnifiques « espérances ». Les espérances de nos enfants ! Pour les cueillir, ils doivent nous passer sur le corps.

Comme Geneviève reniflait, s'essuyait les yeux, je lui dis d'un ton insinuant :

« Mais enfin, tu as un mari, un mari qui est dans les rhums. Ce brave Alfred n'a qu'à faire une position à son gendre. Pourquoi serais-je plus généreux que vous ne l'êtes vous-mêmes ? »

Elle changea de ton pour me parler du pauvre Alfred : quel dédain ! quel dégoût ! À l'entendre, c'était un timoré qui réduisait, chaque jour davantage, ses affaires. Dans cette maison, naguère si importante, il n'y avait plus, aujourd'hui, place pour deux.

Je la félicitai d'avoir un mari de cette espèce : quand la tempête approche, il faut carguer ses toiles. L'avenir était à

---

1. *Crocodile* : vestige du premier titre retenu pour le roman.

ceux qui, comme Alfred, voyaient petit. Aujourd'hui, le manque d'envergure est la première qualité dans les affaires. Elle crut que je me moquais, bien que ce soit ma pensée profonde, moi qui tiens mon argent sous clef et qui ne courrais même pas le risque de la Caisse d'Épargne.

Nous remontions vers la maison. Geneviève n'osait plus rien dire. Je ne m'appuyais plus à son bras. La famille, assise en rond, nous regardait venir et déjà, sans doute, interprétait les signes néfastes. Notre retour interrompait évidemment une discussion entre la famille d'Hubert et celle de Geneviève. Oh! la belle bataille autour de mon magot si jamais je consentais à m'en dessaisir! Seul, Phili était debout. Le vent agitait ses cheveux rebelles. Il portait une chemise ouverte, aux manches courtes. J'ai horreur de ces garçons de maintenant, de ces filles athlétiques. Ses joues d'enfant se sont empourprées lorsqu'à la sotte question de Janine : «Eh bien! vous avez bavardé?», je répondis doucement : «Nous avons parlé d'un vieux crocodile...»

Encore une fois, ce n'est pas pour cette injure que je le hais. Ils ne savent pas ce qu'est la vieillesse. Vous ne pouvez imaginer ce supplice[1] : ne rien avoir eu de la vie et ne rien attendre de la mort. Qu'il n'y ait rien au-delà du monde, qu'il n'existe pas d'explication, que le mot de l'énigme ne nous soit jamais donné... Mais toi, tu n'as pas souffert ce que j'ai souffert, tu ne souffriras pas ce que je souffre. Les enfants n'attendent pas ta mort. Ils t'aiment à leur manière; ils te chérissent. Tout de suite ils ont pris ton parti. Je les aimais. Geneviève, cette grosse femme de quarante ans qui, tout à l'heure, essayait de m'extorquer quatre cents billets de mille pour sa gouape de gendre, je me la rappelle petite fille sur mes genoux. Dès que tu la voyais dans mes bras, tu l'appelais... Mais je n'arriverai jamais au bout de cette confession si je continue de mêler ainsi le présent au passé. Je vais m'efforcer d'y introduire un peu d'ordre.

1. Souvenir d'une formule de Michelet, citée par Daniel Halévy (*Jules Michelet*, Hachette, 1928, p. 68), que Mauriac qualifie de «cri terrible» en le reproduisant dans *Dieu et Mammon* : « À l'entrée de ce grand supplice qu'on appelle la vieillesse. » (*O.R.T.C.*, II, p. 794.)

VI

Il ne me semble pas que je t'ai haïe dès la première année qui suivit la nuit désastreuse. Ma haine est née, peu à peu, à mesure que je me rendais mieux compte de ton indifférence à mon égard, et que rien n'existait à tes yeux hors ces petits êtres vagissants, hurleurs et avides. Tu ne t'apercevais même pas qu'à moins de trente ans, j'étais devenu un avocat d'affaires surmené et salué déjà comme un jeune maître dans ce Barreau, le plus illustre de France après celui de Paris. À partir de l'affaire Villenave (1893) je me révélai en outre comme un grand avocat d'assises (il est très rare d'exceller dans les deux genres) et tu fus la seule à ne pas te rendre compte du retentissement universel de ma plaidoirie. Ce fut aussi l'année où notre mésentente devint une guerre ouverte.

Cette fameuse affaire Villenave, si elle consacra mon triomphe, resserra l'étau qui m'étouffait : peut-être m'était-il resté quelque espoir ; elle m'apporta la preuve que je n'existais pas à tes yeux.

Ces Villenave[1], – te rappelles-tu seulement leur histoire ? – après vingt ans de mariage, s'aimaient d'un amour qui était passé en proverbe. On disait «unis comme les Villenave». Ils vivaient avec un fils unique, âgé d'une quinzaine d'années, dans leur château d'Ornon, aux portes de la ville, recevaient peu, se suffisaient l'un à l'autre. «Un amour comme on en voit dans les livres», disait ta mère, dans une de ces phrases toutes faites dont sa petite-fille Geneviève a hérité le secret. Je jurerais que tu as tout oublié de ce drame. Si je te le raconte, tu vas te moquer de moi, comme lorsque je rappelais, à table, le souvenir de mes examens et de mes concours... mais tant pis ! Un matin, le domestique, qui faisait les pièces du bas, entend un coup de revolver au premier étage, un cri d'angoisse ; il se précipite ; la chambre de ses maîtres est fermée. Il surprend des voix basses, un sourd remue-ménage ; des pas précipités dans le cabinet de toilette. Au bout d'un instant, comme il agitait toujours le loquet, la porte s'ouvrit. Villenave était étendu sur le lit, en chemise, couvert de sang. Mme de Villenave, les cheveux défaits,

1. *Villenave d'Ornon,* commune de banlieue, au sud-est de Bordeaux. Rien n'a encore été découvert, dans la chronique des années 90, qui pût correspondre à l'affaire Villenave.

vêtue d'une robe de chambre, se tenait debout au pied du lit, un revolver à la main. Elle dit :

« J'ai blessé monsieur de Villenave, appelez en hâte le médecin, le chirurgien et le commissaire de police. Je ne bouge pas d'ici. » On ne put rien obtenir d'elle que cet aveu : « J'ai blessé mon mari », ce qui fut confirmé par M. de Villenave, dès qu'il fut en état de parler. Lui-même se refusa à tout autre renseignement.

L'accusée ne voulut pas choisir d'avocat. Gendre d'un de leurs amis, je fus commis d'office pour sa défense, mais dans mes quotidiennes visites à la prison, je ne tirai rien de cette obstinée. Les histoires les plus absurdes couraient la ville à son sujet ; pour moi, dès le premier jour, je ne doutai pas de son innocence : elle se chargeait elle-même, et le mari qui la chérissait acceptait qu'elle s'accusât. Ah ! le flair des hommes qui ne sont pas aimés pour dépister la passion chez autrui ! L'amour conjugal possédait entièrement cette femme. Elle n'avait pas tiré sur son mari. Lui avait-il fait un rempart de son corps, pour la défendre contre quelque amoureux éconduit ? Personne n'était entré dans la maison depuis la veille. Il n'y avait aucun habitué qui fréquentât chez eux... enfin, je ne vais tout de même pas te rapporter cette vieille histoire.

Jusqu'au matin du jour où je devais plaider, j'avais décidé de m'en tenir à une attitude négative et de montrer seulement que Mme de Villenave ne pouvait pas avoir commis le crime dont elle s'accusait. Ce fut, à la dernière minute, la déposition du jeune Yves, son fils, ou plutôt (car elle fut insignifiante et n'apporta aucune lumière) le regard suppliant et impérieux dont le couvait sa mère, jusqu'à ce qu'il eût quitté la barre des témoins, et l'espèce de soulagement qu'elle manifesta alors, voilà ce qui déchira soudain le voile : je dénonçai le fils, cet adolescent malade, jaloux de son père trop aimé. Je me jetai, avec une logique passionnée, dans cette improvisation aujourd'hui fameuse où le professeur F...[1] a, de son propre aveu, trouvé en germe l'essentiel de son système, et qui a renouvelé à la fois la psychologie de l'adolescence et la thérapeutique de ses névroses.

Si je rappelle ce souvenir, ma chère Isa, ce n'est pas que

---

1. F. comme *Freud*. Le complexe d'Œdipe apparut dans une des lettres de Freud à Fliess en 1897, quatre ans après cette affaire imaginaire. Voir l'étude de Paul Croc, « Mauriac et Freud », in *François Mauriac,* L'Herne, p. 220.

je cède à l'espérance de susciter, après quarante ans, une admiration que tu n'as pas ressentie au moment de ma victoire, et lorsque les journaux des deux mondes publièrent mon portrait. Mais en même temps que ton indifférence, dans cette heure solennelle de ma carrière, me donnait la mesure de mon abandon et de ma solitude, j'avais eu pendant des semaines, sous les yeux, j'avais tenu entre les quatre murs d'une cellule cette femme qui se sacrifiait, bien moins pour sauver son propre enfant, que pour sauver le fils de son mari, l'héritier de son nom. C'était lui, la victime, qui l'avait suppliée : « Accuse-toi... » Elle avait porté l'amour jusqu'à cette extrémité de faire croire au monde qu'elle était une criminelle, qu'elle était l'assassin de l'homme qu'elle aimait uniquement. L'amour conjugal, non l'amour maternel, l'avait poussée... (Et la suite l'a bien prouvé : elle s'est séparée de son fils et sous divers prétextes a vécu toujours éloignée de lui.) J'aurais pu être un homme aimé comme l'était Villenave. Je l'ai beaucoup vu, lui aussi, au moment de l'affaire. Qu'avait-il de plus que moi ? Assez beau, racé, sans doute, mais il ne devait pas être bien intelligent. Son attitude hostile à mon égard, après le procès, l'a prouvé. Et moi, je possédais une espèce de génie. Si j'avais eu, à ce moment, une femme qui m'eût aimé, jusqu'où ne serais-je pas monté ? On ne peut tout seul garder la foi en soi-même. Il faut que nous ayons un témoin de notre force : quelqu'un qui marque les coups, qui compte les points, qui nous couronne au jour de la récompense, – comme autrefois, à la distribution des prix, chargé de livres, je cherchais des yeux maman dans la foule et au son d'une musique militaire, elle déposait des lauriers d'or sur ma tête frais tondue.

À l'époque de l'affaire Villenave, elle commença de baisser. Je ne m'en aperçus que peu à peu : l'intérêt qu'elle apportait à un petit chien noir[1], qui aboyait furieusement dès que j'approchais, fut le premier signe de sa déchéance. À chaque visite, il n'était guère question que de cet animal. Elle n'écoutait plus ce que je lui disais de moi.

D'ailleurs, maman n'aurait pu remplacer l'amour qui m'eût sauvé, à ce tournant de mon existence. Son vice qui était de trop aimer l'argent, elle me l'avait légué ; j'avais cette passion dans le sang. Elle aurait mis tous ses efforts à

1. Trait encore emprunté à la grand-mère Coiffard. Voir *Nouveaux Mémoires intérieurs*, in *O.A.,* p. 736.

me maintenir dans un métier où, comme elle disait, « je gagnais gros ». Alors que les lettres m'attiraient, que j'étais sollicité par les journaux et par toutes les grandes revues, qu'aux élections, les partis de gauche m'offraient une candidature à La Bastide[1] (celui qui l'accepta à ma place fut élu sans difficulté), je résistai à mon ambition parce que je ne voulais pas renoncer à « gagner gros ».

C'était ton désir aussi, et tu m'avais laissé entendre que tu ne quitterais jamais la province. Une femme qui m'eût aimé aurait chéri ma gloire. Elle m'aurait appris que l'art de vivre consiste à sacrifier une passion basse à une passion plus haute. Les journalistes imbéciles, qui font semblant de s'indigner parce que tel avocat profite de ce qu'il est député ou ministre pour glaner quelques menus profits, feraient bien mieux d'admirer la conduite de ceux qui ont su établir entre leurs passions une hiérarchie intelligente, et qui ont préféré la gloire politique aux affaires les plus fructueuses. La tare dont tu m'aurais guéri, si tu m'avais aimé, c'était de ne rien mettre au-dessus du gain immédiat, d'être incapable de lâcher la petite et médiocre proie des honoraires pour l'ombre de la puissance, car il n'y a pas d'ombre sans réalité ; l'ombre est une réalité. Mais quoi ! Je n'avais rien que cette consolation de « gagner gros », comme l'épicier du coin.

Voilà ce qui me reste : ce que j'ai gagné, au long de ces années affreuses, cet argent dont vous avez la folie de vouloir que je me dépouille. Ah ! l'idée même m'est insupportable que vous en jouissiez après ma mort. Je t'ai dit en commençant que mes dispositions avaient d'abord été prises pour qu'il ne vous en restât rien. Je t'ai laissé entendre que j'avais renoncé à cette vengeance... Mais c'était méconnaître ce mouvement de marée qui est celui de la haine dans mon cœur. Et tantôt elle s'éloigne, et je m'attendris... Puis elle revient, et ce flot bourbeux me recouvre.

Depuis aujourd'hui, depuis cette journée de Pâques, après cette offensive pour me dépouiller, au profit de votre Phili, et lorsque j'ai revu, au complet, cette meute familiale assise en rond devant la porte et m'épiant, je suis obsédé par la vision des partages, – de ces partages qui vous jetteront les uns contre les autres : car vous vous battrez comme des

1. *La Bastide* : quartier ouvrier de Bordeaux, sur la rive droite.

chiens autour de mes terres, autour de mes titres. Les terres
seront à vous, mais les titres n'existent plus. Ceux dont je
te parlais, à la première page de cette lettre, je les ai vendus,
la semaine dernière, au plus haut : depuis, ils baissent chaque
jour. Tous les bateaux sombrent, dès que je les abandonne ;
je ne me trompe jamais. Les millions liquides, vous les aurez
aussi, vous les aurez si j'y consens. Il y a des jours où je
décide que vous n'en retrouverez pas un centime...

J'entends votre troupeau chuchotant qui monte l'escalier.
Vous vous arrêtez ; vous parlez sans crainte que je m'éveille
(il est entendu que je suis sourd) ; je vois sous la porte la
lueur de vos bougies. Je reconnais le fausset de Phili (on
dirait qu'il mue encore) et soudain des rires étouffés, les
gloussements des jeunes femmes. Tu les grondes ; tu vas
leur dire : « Je vous assure qu'il ne dort pas... » Tu
t'approches de ma porte ; tu écoutes ; tu regardes par la
serrure : ma lampe me dénonce. Tu reviens vers la meute ;
tu dois leur souffler : « Il veille encore, il vous écoute... »
Ils s'éloignent sur leurs pointes. Les marches de l'escalier
craquent ; une à une, les portes se ferment. Dans la nuit de
Pâques, la maison est chargée de couples. Et moi, je pourrais
être le tronc vivant de ces jeunes rameaux. La plupart des
pères sont aimés. Tu étais mon ennemie et mes enfants sont
passés à l'ennemi.
C'est à cette guerre qu'il faut en venir maintenant. Je n'ai
plus la force d'écrire. Et pourtant je déteste de me coucher,
de m'étendre, même lorsque l'état de mon cœur me le
permet. À mon âge, le sommeil attire l'attention de la mort.
Tant que je resterai debout, il me semble qu'elle ne peut pas
venir. Ce que je redoute d'elle, est-ce l'angoisse physique,
l'angoisse du dernier hoquet ? Non, mais c'est qu'elle est ce
qui n'existe pas, ce qui ne peut se traduire que par le signe –.

VII

Tant que nos trois petits demeurèrent dans les limbes de
la première enfance, notre inimitié resta donc voilée :
l'atmosphère chez nous était pesante. Ton indifférence à
mon égard, ton détachement de tout ce qui me concernait
t'empêchaient d'en souffrir et même de la sentir. Je n'étais

d'ailleurs jamais là. Je déjeunais seul à onze heures, pour arriver au Palais avant midi. Les affaires me prenaient tout entier et le peu de temps dont j'eusse pu disposer en famille, tu devines à quoi je le dépensais. Pourquoi cette débauche affreusement simple, dépouillée de tout ce qui, d'habitude, lui sert d'excuse, réduite à sa pure horreur, sans ombre de sentiment, sans le moindre faux-semblant de tendresse ? J'aurais pu avoir aisément de ces aventures que le monde admire. Un avocat de mon âge, comment n'eût-il pas connu certaines sollicitations ? Bien des jeunes femmes, au-delà de l'homme d'affaires, voulaient émouvoir l'homme... Mais j'avais perdu la foi dans les créatures, ou plutôt dans mon pouvoir de plaire à aucune d'elles. À première vue, je décelais l'intérêt qui animait celles dont je sentais la complicité, dont je percevais l'appel. L'idée préconçue qu'elles cherchent toutes à s'assurer une position me glaçait. Pourquoi ne pas avouer qu'à la certitude tragique d'aimer quelqu'un qu'on n'aime pas, s'ajoutait la méfiance du riche qui a peur d'être dupe, qui redoute qu'on l'exploite ? Toi, je t'avais «pensionnée»; tu me connaissais trop pour attendre de moi un sou de plus que la somme fixée. Elle était assez ronde et tu ne la dépassais jamais. Je ne sentais aucune menace de ce côté-là. Mais les autres femmes ! J'étais de ces imbéciles qui se persuadent qu'il existe d'une part les amoureuses désintéressées, et de l'autre les rouées qui ne cherchent que l'argent. Comme si, dans la plupart des femmes, l'inclination amoureuse n'allait de pair avec le besoin d'être soutenues, protégées, gâtées ! À soixante-huit ans, je revois avec une lucidité qui, à certaines heures, me ferait hurler, tout ce que j'ai repoussé, non par vertu, mais par méfiance et ladrerie. Les quelques liaisons ébauchées tournaient court, soit que mon esprit soupçonneux interprétât mal la plus innocente demande, soit que je me rendisse odieux par ces manies que tu connais trop bien : ces discussions au restaurant ou avec les cochers au sujet des pourboires. J'aime à savoir d'avance ce que je dois payer. J'aime que tout soit tarifé ; oserais-je avouer cette honte ? Ce qui me plaisait dans la débauche, c'était peut-être qu'elle fût à prix fixe. Mais chez un tel homme, quel lien pourrait subsister entre le désir du cœur et le plaisir ? Les désirs du cœur, je n'imaginais plus qu'ils pussent être jamais comblés ; je les étouffais à peine nés. J'étais passé maître dans l'art de détruire tout sentiment, à cette minute exacte où la volonté joue un rôle décisif dans l'amour, où au bord de la passion, nous demeurons encore libres de nous abandonner ou de nous reprendre. J'allais au plus simple, – à ce qui s'obtient pour un prix convenu. Je déteste qu'on me roule ; mais ce que je dois, je le paye. Vous dénoncez mon avarice ; il n'empêche que je ne puis souffrir d'avoir des dettes : je règle tout comptant ; mes fournisseurs le savent et me bénissent. L'idée m'est insupportable de devoir la moindre somme. C'est ainsi que j'ai compris « l'amour » : donnant, donnant... Quel dégoût !

Non, j'appuie sur le trait ; je me salis moi-même : j'ai aimé, peut-être ai-je été aimé... En 1909, au déclin de ma jeunesse. À quoi bon passer cette aventure sous silence ? Tu l'as connue, tu as su t'en souvenir le jour où tu m'as mis le marché en main.

J'avais sauvé cette petite institutrice à l'instruction (elle était poursuivie pour infanticide). Elle s'est d'abord donnée par gratitude ; mais ensuite... Oui, oui, j'ai connu l'amour, cette année-là ; c'est mon insatiabilité qui a tout perdu. Ce n'était pas assez de la maintenir dans la gêne, presque dans la misère ; il fallait qu'elle fût toujours à ma disposition, qu'elle ne vît personne, que je pusse la prendre, la laisser, la retrouver, au hasard de mes caprices, et durant mes rares loisirs. C'était ma chose. Mon goût de posséder, d'user, d'abuser, s'étend aux humains. Il m'aurait fallu des esclaves. Une seule fois, j'ai cru avoir trouvé cette victime, à la mesure de mon exigence. Je surveillais jusqu'à ses regards... Mais j'oubliais ma promesse de ne pas t'entretenir de ces choses. Elle est partie pour Paris, elle n'en pouvait plus.

« S'il n'y avait que nous avec qui tu ne pusses t'entendre, m'as-tu souvent répété, mais tout le monde te redoute et te fuit, Louis, tu le vois bien ! » Oui, je le voyais... Au Palais, j'ai toujours été un solitaire. Ils m'ont élu le plus tard possible au Conseil de l'Ordre. Après tous les crétins qu'ils m'ont préférés, je n'aurais pas voulu du Bâtonnat. Au fond, en ai-je jamais eu envie ? Il aurait fallu représenter, recevoir. Ce sont des honneurs qui coûtent gros ; le jeu n'en vaut pas la chandelle. Toi, tu le désirais à cause des enfants. Jamais tu n'as rien désiré pour toi-même : « Fais-le pour les enfants. »

L'année qui suivit notre mariage, ton père eut sa première attaque, et le château de Cenon nous fut fermé. Très vite, tu adoptas Calèse. De moi, tu n'as vraiment accepté que mon pays. Tu as pris racine dans ma terre sans que nos racines se puissent rejoindre. Tes enfants ont passé dans cette maison, dans ce jardin, toutes leurs vacances. Notre petite Marie y est morte ; et bien loin que cette mort t'en ait donné l'horreur, tu attaches à la chambre où elle a souffert un caractère sacré. C'est ici que tu as couvé ta couvée, que tu as soigné les maladies, que tu as veillé près des berceaux, que tu as eu maille à partir avec des nurses et des institutrices. C'est entre ces pommiers que les cordes tendues supportaient les petites robes de Marie, toutes ces candides lessives. C'est dans ce salon que l'abbé Ardouin[1] groupait autour du piano les enfants et leur faisait chanter des chœurs qui n'étaient pas toujours des cantiques, pour éviter ma colère.

Fumant devant la maison, les soirs d'été, j'écoutais leurs voix pures, cet air de Lulli : « Ah ! que ces bois, ces rochers, ces fontaines... » Calme bonheur dont je me savais exclu, zone de pureté et de rêve qui m'était interdite. Tranquille amour, vague assoupie qui venait mourir à quelques pas de mon rocher.

J'entrais au salon, et les voix se taisaient. Toute conversation s'interrompait à mon approche. Geneviève s'éloignait avec un livre. Seule, Marie n'avait pas peur de moi ; je l'appelais et elle venait ; je la prenais de force dans mes bras, mais elle s'y blottissait volontiers. J'entendais battre son cœur d'oiseau. À peine lâchée, elle s'envolait dans le jardin... Marie !

Très tôt, les enfants s'inquiétèrent de mon absence à la messe, de ma côtelette du vendredi. Mais la lutte entre nous deux, sous leurs regards, ne connut qu'un petit nombre d'éclats terribles, où je fus le plus souvent battu. Après chaque défaite, une guerre souterraine se poursuivait. Calèse en fut le théâtre, car à la ville je n'étais jamais là. Mais les vacances du Palais coïncidant avec celles du collège, août et septembre nous réunissaient ici.

Je me rappelle ce jour où nous nous heurtâmes de front (à propos d'une plaisanterie que j'avais faite devant Gene-

1. *L'abbé Ardouin* : nom de l'homme d'affaires de Claire Mauriac. Le précepteur de ses enfants était en réalité l'abbé Carreyre, un sulpicien. Sur ce prêtre et son rôle, voir *Bloc-notes*, III, pp. 180-184 et « Souvenirs de Jean Carreyre », in *Nouveaux Cahiers François Mauriac*, 1, Grasset, 1993, pp. 145-169.

viève qui récitait son Histoire Sainte) : je revendiquai mon droit de défendre l'esprit de mes enfants, et tu m'opposas le devoir de protéger leur âme. J'avais été battu, une première fois, en acceptant qu'Hubert fût confié aux Pères jésuites, et les petites aux Dames du Sacré-Cœur. J'avais cédé au prestige qu'ont gardé toujours à mes yeux les traditions de la famille Fondaudège. Mais j'avais soif de revanche ; et aussi, ce qui m'importait, ce jour-là, c'était d'avoir mis le doigt sur le seul sujet qui pût te jeter hors des gonds, sur ce qui t'obligeait à sortir de ton indifférence, et qui me valait ton attention, fût-elle haineuse. J'avais enfin trouvé un lieu de rencontre. Enfin, je te forçais à en venir aux mains. Naguère, l'irréligion n'avait été pour moi qu'une forme vide où j'avais coulé mes humiliations de petit paysan enrichi, méprisé par ses camarades bourgeois ; je l'emplissais maintenant de ma déception amoureuse et d'une rancune presque infinie.

La dispute se ralluma pendant le déjeuner (je te demandai quel plaisir pouvait prendre l'Être éternel à te voir manger de la truite saumonée plutôt que du bœuf bouilli). Tu quittas la table. Je me souviens du regard de nos enfants. Je te rejoignis dans ta chambre. Tes yeux étaient secs ; tu me parlas avec le plus grand calme. Je compris, ce jour-là, que ton attention ne s'était pas détournée de ma vie autant que je l'avais cru. Tu avais mis la main sur des lettres : de quoi obtenir une séparation. « Je suis restée avec toi à cause des enfants. Mais si ta présence doit être une menace pour leur âme, je n'hésiterai pas. »

Non, tu n'aurais pas hésité à me laisser, moi et mon argent. Aussi intéressée que tu fusses, il n'était pas de sacrifice à quoi tu n'aurais consenti pour que demeurât intact, dans ces petits, le dépôt du dogme, cet ensemble d'habitudes, de formules, – cette folie.

Je ne détenais pas encore la lettre d'injures que tu m'adressas après la mort de Marie. Tu étais la plus forte. Ma position, d'ailleurs, eût été dangereusement ébranlée par un procès entre nous : à cette époque, et en province, la société ne plaisantait pas sur ce sujet. Le bruit courait déjà que j'étais franc-maçon ; mes idées me mettaient en marge du monde ; sans le prestige de ta famille, elles m'eussent fait le plus grand tort. Et surtout... en cas de séparation, il aurait fallu rendre les Suez de ta dot. Je m'étais accoutumé à considérer ces valeurs comme miennes. L'idée d'avoir à y renoncer m'était horrible (sans compter la rente que nous faisait ton père).

Je filai doux, et souscrivis à toutes tes exigences, mais je décidai de consacrer mes loisirs à la conquête des enfants. Je pris cette résolution au début d'août 1896 ; ces tristes et ardents étés d'autrefois se confondent dans mon esprit, et les souvenirs que je te rappelle ici s'étendent environ sur cinq années (1895-1900).

Je ne croyais pas qu'il fût difficile de reprendre en main ces petits. Je comptais sur le prestige du père de famille, sur mon intelligence. Un garçon de dix ans, deux petites filles, ce ne serait qu'un jeu, pensai-je, de les attirer à moi. Je me souviens de leur étonnement et de leur inquiétude, le jour où je leur proposai de faire avec papa une grande promenade. Tu étais assise dans la cour, sous le tilleul argenté ; ils t'interrogèrent du regard. « Mais, mes chéris, vous n'avez pas à me demander la permission. »

Nous partîmes. Comment faut-il parler aux enfants ? Moi qui suis accoutumé à tenir tête au Ministère public, ou au défenseur quand je plaide pour la partie civile, à toute une salle hostile, et qu'aux assises le président redoute, les enfants m'intimident, les enfants et aussi les gens du peuple, même ces paysans dont je suis le fils. Devant eux je perds pied, je balbutie.

Les petits étaient gentils avec moi, mais sur leurs gardes. Tu avais occupé d'avance ces trois cœurs, tu en tenais les issues. Impossible d'y avancer sans ta permission. Trop scrupuleuse pour me diminuer à leurs yeux, tu ne leur avais pas caché qu'il fallait beaucoup prier pour « pauvre papa[1] ». Quoi que je fisse, j'avais ma place dans leur système du monde : j'étais le pauvre papa pour lequel il faut beaucoup prier et dont il faut obtenir la conversion. Tout ce que je pouvais dire ou insinuer touchant la religion, renforçait l'image naïve qu'ils se faisaient de moi.

Ils vivaient dans un monde merveilleux, jalonné de fêtes pieusement célébrées. Tu obtenais tout d'eux en leur parlant de la Première Communion qu'ils venaient de faire, ou à

1. *Pauvre papa :* telle était l'expression dont Claire Mauriac, devant ses enfants, désignait leur père défunt. Voir *Commencements d'une vie,* in *O.A.,* p. 69.

laquelle ils se préparaient. Lorsqu'ils chantaient, le soir, sur le perron de Calèse, ce n'était pas toujours des airs de Lulli qu'il me fallait entendre, mais des cantiques. Je voyais de loin votre groupe confus et, quand il y avait clair de lune, je distinguais trois petites figures levées. Mes pas, sur le gravier, interrompaient les chants.

Chaque dimanche, le remue-ménage des départs pour la messe m'éveillait. Tu avais toujours peur de la manquer. Les chevaux s'ébrouaient. On appelait la cuisinière qui était en retard. Un des enfants avait oublié son paroissien. Une voix aiguë criait : «C'est quel dimanche après la Pentecôte ?»

Au retour, ils venaient m'embrasser et me trouvaient encore au lit. La petite Marie, qui avait dû réciter à mon intention toutes les prières qu'elle avait apprises, me regardait attentivement dans l'espoir, sans doute, de constater une légère amélioration de mon état spirituel.

Elle seule ne m'irritait pas. Alors que ses deux aînés s'installaient déjà dans les croyances que tu pratiquais, avec cet instinct bourgeois du confort qui leur ferait, plus tard, écarter toutes les vertus héroïques, toute la sublime folie chrétienne, il y avait au contraire, chez Marie, une ferveur touchante, une tendresse de cœur pour les domestiques, pour les métayers, pour les pauvres. On disait d'elle : «Elle donnerait tout ce qu'elle a ; l'argent ne lui tient pas aux doigts. C'est très joli, mais ce sera tout de même à surveiller...» On disait encore : «Personne ne lui résiste, pas même son père.» Elle venait d'elle-même sur mes genoux, le soir. Une fois, elle s'endormit contre mon épaule. Ses boucles chatouillaient ma joue. Je souffrais de l'immobilité et j'avais envie de fumer. Je ne bougeai pas cependant. Quand, à neuf heures, sa bonne vint la chercher, je la montai jusqu'à sa chambre, et vous me regardiez tous avec stupeur, comme si j'avais été ce fauve qui léchait les pieds des petites martyres[1]. Peu de jours après, le matin du 14 août, Marie me dit (tu sais comme font les enfants) : «Promets-moi de faire ce que je vais te demander... promets d'abord, je te dirai après...» Elle me rappela que tu chantais, le lendemain, à la messe d'onze heures, et que ce serait gentil de venir t'entendre. «Tu as promis ! tu as promis ! répétait-elle en m'embrassant. C'est juré !»

---

1. Mauriac pense à sainte Blandine. Cf. *Bloc-notes*, III, p. 59.

Elle prit le baiser que je lui rendis pour un acquiescement. Toute la maison était avertie. Je me sentais observé. Monsieur irait à la messe demain, lui qui ne mettait jamais les pieds à l'église ! C'était un événement d'une portée immense.

Je me mis à table, le soir, dans un état d'irritation que je ne pus longtemps dissimuler. Hubert te demanda je ne sais plus quel renseignement au sujet de Dreyfus. Je me souviens d'avoir protesté avec fureur contre ce que tu lui répondis. Je quittai la table et ne reparus pas. Ma valise prête, je pris, à l'aube du 15 août, le train de six heures et passai une journée terrible dans un Bordeaux étouffant et désert[1].

Il est étrange qu'après cela vous m'ayez revu à Calèse. Pourquoi ai-je toujours passé mes vacances avec vous au lieu de voyager ? Je pourrais imaginer de belles raisons. Au vrai, il s'agissait pour moi de ne pas faire double dépense. Je n'ai jamais cru qu'il fût possible de partir en voyage et de prodiguer tant d'argent sans avoir, au préalable, renversé la marmite et fermé la maison. Je n'aurais pris aucun plaisir à courir les routes, sachant que je laissais derrière moi tout le train du ménage. Je finissais donc par revenir au râtelier commun. Du moment que ma pitance était servie à Calèse, comment serais-je allé me nourrir ailleurs ? Tel était l'esprit d'économie que ma mère m'avait légué et dont je faisais une vertu.

Je rentrai donc, mais dans un état de rancœur contre lequel Marie même demeura sans pouvoir. Et j'inaugurai contre toi une nouvelle tactique. Bien loin d'attaquer de front tes croyances, je m'acharnais, dans les moindres circonstances, à te mettre en contradiction avec ta foi. Ma pauvre Isa, aussi bonne chrétienne que tu fusses, avoue que j'avais beau jeu. Que charité soit synonyme d'amour, tu l'avais oublié, si tu l'avais jamais su. Sous ce nom, tu englobais un certain nombre de devoirs envers les pauvres dont tu t'acquittais avec scrupule, en vue de ton éternité. Je reconnais que tu as beaucoup changé sur ce chapitre : maintenant, tu soignes les cancéreuses, c'est entendu ! Mais, à cette époque, les pauvres – tes pauvres – une fois secourus, tu ne t'en trouvais

---

1. Épisode inspiré par une dérobade de l'oncle Louis Mauriac : « Un jour du 15 août, nous espérâmes qu'il assisterait à la grand-messe où ma mère devait chanter la prière d'Élisabeth de *Tannhäuser*. Mais à la dernière seconde il ne put s'y résoudre. » (*Nouveaux Mémoires intérieurs, O.A.*, p. 728.)

que plus à l'aise pour exiger ton dû des créatures vivant sous ta dépendance. Tu ne transigeais pas sur le devoir des maîtresses de maison qui est d'obtenir le plus de travail pour le moins d'argent possible. Cette misérable vieille qui passait, le matin, avec sa voiture de légumes, et à qui tu aurais fait la charité largement si elle t'avait tendu la main, ne te vendait pas une salade que tu n'eusses mis ton honneur à rogner de quelques sous son maigre profit.

Les plus timides invites des domestiques et des travailleurs pour une augmentation de salaire suscitaient d'abord en toi une stupeur, puis une indignation dont la véhémence faisait ta force et t'assurait toujours le dernier mot. Tu avais une espèce de génie pour démontrer à ces gens qu'ils n'avaient besoin de rien. Dans ta bouche, une énumération indéfinie multipliait les avantages dont ils jouissaient : « Vous avez le logement, une barrique de vin, la moitié d'un cochon que vous nourrissez avec mes pommes de terre, un jardin pour faire venir des légumes. » Les pauvres diables n'en revenaient pas d'être si riches. Tu assurais que ta femme de chambre pouvait mettre intégralement à la Caisse d'Épargne les quarante francs que tu lui allouais par mois : « Elle a toutes mes vieilles robes, tous mes jupons, tous mes souliers. À quoi lui servirait l'argent ? Elle en ferait des cadeaux à sa famille... »

D'ailleurs tu les soignais avec dévouement s'ils étaient malades ; tu ne les abandonnais jamais ; et je reconnais qu'en général tu étais toujours estimée et souvent même aimée de ces gens qui méprisent les maîtres faibles. Tu professais, sur toutes ces questions, les idées de ton milieu et de ton époque. Mais tu ne t'étais jamais avoué que l'Évangile les condamne. « Tiens, disais-je, je croyais que le Christ avait dit... » Tu t'arrêtais court, déconcertée, furieuse à cause des enfants. Tu finissais toujours par tomber dans le panneau. « Il ne faut pas prendre au pied de la lettre... », balbutiais-tu. Sur quoi je triomphais aisément et t'accablais d'exemples pour te prouver que la sainteté consiste justement à suivre l'Évangile au pied de la lettre. Si tu avais le malheur de protester que tu n'étais pas une sainte, je te citais le précepte : « Soyez parfaits comme votre Père céleste est parfait[1]. »

Avoue, ma pauvre Isa, que je t'ai fait du bien à ma façon et que, si aujourd'hui tu soignes les cancéreux, ils me le

1. *Matthieu*, 5, 48.

doivent en partie ! À cette époque, ton amour pour tes enfants t'accaparait tout entière ; ils dévoraient tes réserves de bonté, de sacrifice. Ils t'empêchaient de voir les autres hommes. Ce n'était pas seulement de moi qu'ils t'avaient détournée, mais du reste du monde. À Dieu même, tu ne pouvais plus parler que de leur santé et de leur avenir. C'était là que j'avais la partie belle. Je te demandais s'il ne fallait pas, du point de vue chrétien, souhaiter pour eux toutes les croix, la pauvreté, la maladie. Tu coupais court : « Je ne te réponds plus, tu parles de ce que tu ne connais pas... »

Mais, pour ton malheur, il y avait là le précepteur des enfants, un séminariste de vingt-trois ans, l'abbé Ardouin, dont j'invoquais sans pitié le témoignage et que j'embarrassais fort, car je ne le faisais intervenir que lorsque j'étais sûr d'avoir raison, et il était incapable, dans ces sortes de débats, de ne pas livrer toute sa pensée. À mesure que l'affaire Dreyfus se développa, j'y trouvai mille sujets de dresser contre toi le pauvre abbé. « Pour un misérable juif, désorganiser l'armée... », disais-tu. Cette seule parole déchaînait ma feinte indignation et je n'avais de cesse que je n'eusse obligé l'abbé Ardouin à confesser qu'un chrétien ne peut souscrire à la condamnation d'un innocent, fût-ce pour le salut du pays.

Je n'essayais d'ailleurs pas de vous convaincre, toi et les enfants, qui ne connaissiez l'Affaire que par les caricatures des bons journaux[1]. Vous formiez un bloc inentamable. Même quand j'avais l'air d'avoir raison, vous ne doutiez pas que ce ne fût à force de ruse. Vous en étiez venus à garder le silence devant moi. À mon approche, comme il arrive encore aujourd'hui, les discussions s'arrêtaient net ; mais quelquefois vous ne saviez pas que je me cachais derrière un massif d'arbustes, et tout à coup j'intervenais avant que vous ayez pu battre en retraite et vous obligeais à accepter le combat.

« C'est un saint garçon, disais-tu de l'abbé Ardouin, mais un véritable enfant qui ne croit pas au mal. Mon mari joue avec lui comme le chat avec la souris ; voilà pourquoi il le supporte malgré son horreur des soutanes. »

Au vrai, j'avais consenti d'abord à la présence d'un précepteur ecclésiastique, parce qu'aucun civil n'aurait accepté cent cinquante francs pour toutes les vacances. Les premiers

1. Dont *Le Pèlerin*, cité sur le manuscrit et reçu chez les Mauriac.

jours, j'avais pris ce grand jeune homme noir et myope, perclus de timidité, pour un être insignifiant et je n'y prêtais pas plus d'attention qu'à un meuble. Il faisait travailler les enfants, les emmenait en promenade, mangeait peu, et ne disait mot. Il montait dans sa chambre, la dernière bouchée avalée. Parfois, quand la maison était vide, il se mettait au piano. Je n'entends rien à la musique, mais, comme tu disais : « Il faisait plaisir. »

Sans doute n'as-tu pas oublié un incident dont tu ne t'es jamais douté qu'il créa, entre l'abbé Ardouin et moi, un secret courant de sympathie. Un jour, les enfants signalèrent l'approche du curé. Aussitôt, selon ma coutume, je pris la fuite du côté des vignes. Mais Hubert vint m'y rejoindre de ta part : le curé avait une communication urgente à me faire. Je repris, en maugréant, le chemin de la maison, car je redoutais fort ce petit vieillard. Il venait, me dit-il, décharger sa conscience. Il nous avait recommandé l'abbé Ardouin comme un excellent séminariste dont le sous-diaconat avait été remis pour des raisons de santé. Or, il venait d'apprendre, au cours de la retraite ecclésiastique, que ce retard devait être attribué à une mesure disciplinaire. L'abbé Ardouin, quoique très pieux, était fou de musique, et il avait découché, entraîné par un de ses camarades, pour entendre, au Grand Théâtre, un concert de charité. Bien qu'ils fussent en civil, on les avait reconnus et dénoncés. Ce qui mit le comble au scandale, ce fut que l'interprète de *Thaïs*, Mme Georgette Lebrun[1], figurait au programme ; à l'aspect de ses pieds nus, de sa tunique grecque, maintenue sous les bras par une ceinture d'argent (« et c'était tout, disait-on, pas même de minuscules épaulettes »), il y avait eu un « oh ! » d'indignation. Dans la loge de l'*Union*, un vieux monsieur s'écria : « C'est tout de même un peu fort... où sommes-nous ? » Voilà ce qu'avaient vu l'abbé Ardouin et son camarade ! L'un des délinquants fut chassé sur l'heure. Celui-ci avait été pardonné : c'était un sujet hors ligne ; mais ses supérieurs l'avaient retardé de deux ans[2].

1. C'est la cantatrice Georgette Leblanc qui avait interprété, lors d'un concert du « Cercle philharmonique », *La Jeune Religieuse* de Schubert, dans le même appareil, au grand scandale des Bordelais. Voir notre *Mauriac avant Mauriac*, p. 89. 2. Mésaventure survenue à un ami de l'abbé Jean Mauriac « très pieux et très candide », qui avait assisté à une représentation de *Faust*.

Nous fûmes d'accord pour protester que l'abbé gardait toute notre confiance. Mais le curé n'en témoigna pas moins, désormais, une grande froideur au séminariste qui, disait-il, l'avait trompé. Tu te rappelles cet incident, mais ce que tu as toujours ignoré, c'est que ce soir-là, comme je fumais sur la terrasse, je vis venir vers moi, dans le clair de lune, la maigre silhouette du coupable. Il m'aborda avec gaucherie et me demanda pardon de s'être introduit chez moi sans m'avoir averti de son indignité. Comme je lui assurais que son escapade me le rendait plutôt sympathique, il protesta avec une soudaine fermeté et plaida contre lui-même. Je ne pouvais, disait-il, mesurer l'étendue de sa faute : il avait péché à la fois contre l'obéissance, contre sa vocation, contre les mœurs. Il avait commis le péché de scandale ; ce ne serait pas trop de toute sa vie pour réparer ce qu'il avait fait... Je vois encore cette longue échine courbée, son ombre, dans le clair de lune, coupée en deux par le parapet de la terrasse.

Aussi prévenu que je fusse contre les gens de sa sorte, je ne pouvais soupçonner, devant tant de honte et de douleur, la moindre hypocrisie. Il s'excusait de son silence à notre égard sur la nécessité où il se fût trouvé de demeurer pendant deux mois à la charge de sa mère, très pauvre veuve qui faisait des journées à Libourne. Comme je lui répondais qu'à mon avis rien ne l'obligeait à nous avertir d'un incident qui concernait la discipline du séminaire, il me prit la main et me dit ces paroles inouïes, que j'entendais pour la première fois de ma vie et qui me causèrent une sorte de stupeur :

« Vous êtes très bon. »

Tu connais mon rire, ce rire qui, même au début de notre vie commune, te portait sur les nerfs, – si peu communicatif que, dans ma jeunesse, il avait le pouvoir de tuer autour de moi toute gaîté. Il me secouait, ce soir-là, devant ce grand séminariste interdit. Je pus enfin parler :

« Vous ne savez pas, monsieur l'abbé, à quel point ce que vous dites est drôle. Demandez à ceux qui me connaissent si je suis bon. Interrogez ma famille, mes confrères : la méchanceté est ma raison d'être. »

Il répondit avec embarras qu'un vrai méchant ne parle pas de sa méchanceté.

« Je vous défie bien, ajoutai-je, de trouver dans ma vie ce que vous appelez un acte bon. »

Il me cita alors, faisant allusion à mon métier, la parole du Christ : « J'étais prisonnier et vous m'avez visité[1]... »

« J'y trouve mon avantage, monsieur l'abbé. J'agis par intérêt professionnel. Naguère encore, je payais les geôliers pour que mon nom fût glissé, en temps utile, à l'oreille des prévenus... ainsi, vous voyez ! »

Je ne me souviens plus de sa réponse. Nous marchions sous les tilleuls. Que tu aurais été étonnée si je t'avais dit que je trouvais quelque douceur à la présence de cet homme en soutane ! c'était vrai pourtant.

Il m'arrivait de me lever avec le soleil et de descendre pour respirer l'air froid de l'aube. Je regardais l'abbé partir pour la messe, d'un pas rapide, si absorbé qu'il passait parfois à quelques mètres de moi sans me voir. C'était l'époque où je t'accablais de mes moqueries, où je m'acharnais à te mettre en contradiction avec tes principes... Il n'empêche que je n'avais pas une bonne conscience : je feignais de croire, à chaque fois que je te prenais en flagrant délit d'avarice ou de dureté, qu'aucune trace de l'esprit du Christ ne subsistait plus parmi vous, et je n'ignorais pas que, sous mon toit, un homme vivait selon cet esprit, à l'insu de tous.

VIII

Il y eut pourtant une circonstance où je n'eus pas à me forcer pour me trouver horrible : En 96 ou 97, tu dois te rappeler la date exacte, notre beau-frère, le baron Philipot, mourut. Ta sœur Marinette, en s'éveillant, le matin, lui parla et il ne répondit pas. Elle ouvrit les volets, vit les yeux révulsés du vieillard, sa mâchoire inférieure décrochée, et ne comprit pas tout de suite qu'elle avait dormi, pendant plusieurs heures, à côté d'un cadavre.

Je doute qu'aucun de vous ait senti l'horreur du testament de ce misérable : il laissait à sa femme une fortune énorme à condition qu'elle ne se remariât pas. Dans le cas contraire, la plus grosse part en devait revenir à des neveux.

« Il va falloir beaucoup l'entourer, répétait ta mère. Heu-

1. *Matthieu,* 25, 36.

reusement que nous sommes une famille où l'on se tient les uns les autres. Il ne faut pas laisser seule cette petite. »

Marinette avait une trentaine d'années, à cette époque, mais rappelle-toi son aspect de jeune fille. Elle s'était laissée marier docilement à un vieillard, l'avait subi sans révolte. Vous ne doutiez pas qu'elle dût se soumettre aisément aux obligations du veuvage. Vous comptiez pour rien la secousse de la délivrance, cette brusque sortie du tunnel, en pleine lumière.

Non, Isa, ne crains pas que j'abuse de l'avantage qui m'est ici donné. Il était naturel de souhaiter que ces millions demeurassent dans la famille et que nos enfants en eussent le profit. Vous jugiez que Marinette ne devait pas perdre le bénéfice de ces dix années d'asservissement à un vieux mari. Vous agissiez en bons parents. Rien ne vous paraissait plus naturel que le célibat. Te souvenais-tu d'avoir été naguère une jeune femme ? Non, c'était un chapitre fini ; tu étais mère, le reste n'existait plus, ni pour toi, ni pour les autres. Votre famille n'a jamais brillé par l'imagination : sur ce point, vous ne vous mettiez à la place ni des bêtes, ni des gens.

Il fut entendu que Marinette passerait à Calèse le premier été qui suivit son veuvage. Elle accepta avec joie, non qu'il y eût entre vous beaucoup d'intimité, mais elle aimait nos enfants, surtout la petite Marie. Pour moi, qui la connaissais à peine, je fus d'abord sensible à sa grâce ; plus âgée que toi d'une année, elle paraissait de beaucoup ta cadette. Tu étais demeurée lourde des petits que tu avais portés ; elle était sortie en apparence intacte du lit de ce vieillard. Son visage était puéril. Elle se coiffait avec le chignon haut, selon la mode d'alors, et ses cheveux d'un blond sombre moussaient sur sa nuque. (Cette merveille oubliée aujourd'hui : une nuque mousseuse.) Ses yeux un peu trop ronds lui donnaient l'air d'être toujours étonnée. Par jeu, j'entourais de mes deux mains « sa taille de guêpe » ; mais l'épanouissement du buste et des hanches aurait paru aujourd'hui presque monstrueux : les femmes d'alors ressemblaient à des fleurs forcées.

Je m'étonnais que Marinette fût si gaie. Elle amusait beaucoup les enfants, organisait des parties de cache-cache dans le grenier, jouait le soir aux tableaux vivants. « Elle est un peu évaporée, disais-tu, elle ne se rend pas compte de sa situation. »

C'était déjà trop que d'avoir consenti à ce qu'elle portât des robes blanches dans la semaine ; mais tu jugeais inconvenant qu'elle assistât à la messe sans son voile et que son manteau ne fût pas bordé de crêpe. La chaleur ne te semblait pas être une excuse.

Le seul divertissement qu'elle eût goûté avec son mari était l'équitation. Jusqu'à son dernier jour, le baron Philipot, sommité du concours hippique, n'avait presque jamais manqué sa promenade matinale à cheval. Marinette fit venir à Calèse sa jument et comme personne ne pouvait l'accompagner, elle montait seule, ce qui te semblait doublement scandaleux : une veuve de trois mois ne doit pratiquer aucun exercice, mais se promener à cheval sans garde du corps, cela dépassait les bornes.

« Je lui dirai ce que nous en pensons en famille », répétais-tu. Tu le lui disais, mais elle n'en faisait qu'à sa tête. De guerre lasse, elle me demanda de l'escorter. Elle se chargeait de me procurer un cheval très doux. (Naturellement tous les frais lui incomberaient.)

Nous partions dès l'aube, à cause des mouches, et parce qu'il fallait faire deux kilomètres au pas avant d'atteindre les premiers bois de pins. Les chevaux nous attendaient devant le perron. Marinette tirait la langue aux volets clos de ta chambre, en épinglant à son amazone une rose trempée d'eau, « pas du tout pour veuve », disait-elle. La cloche de la première messe battait à petits coups. L'abbé Ardouin nous saluait timidement et disparaissait dans la brume qui flottait sur les vignes.

Jusqu'à ce que nous ayons atteint les bois, nous causions. Je m'aperçus que j'avais quelque prestige aux yeux de ma belle-sœur, – bien moins à cause de ma situation au Palais que pour les idées subversives dont je me faisais, en famille, le champion. Tes principes ressemblaient trop à ceux de son mari. Pour une femme, la religion, les idées sont toujours quelqu'un[1] : tout prend figure à ses yeux, – figure adorable ou haïe.

1. Souvenir d'une boutade d'Anna de Noailles : « Le catholicisme, c'est ma belle-mère », plusieurs fois citée par Mauriac. Cf. *Ce qui était perdu*, in *O.R.T.C.*, II, p. 347 et *B.N.*, III, p. 384.

Il n'eût tenu qu'à moi de pousser mon avantage auprès de cette petite révoltée. Mais voilà ! tant qu'elle s'irritait contre vous, j'atteignais sans peine à son diapason, mais il m'était impossible de la suivre dans le dédain qu'elle manifestait à l'endroit des millions qu'elle perdrait en se remariant. J'aurais eu tout intérêt à parler comme elle et à jouer les nobles cœurs ; mais il m'était impossible de feindre, je ne pouvais même pas faire semblant de l'approuver quand elle comptait pour rien la perte de cet héritage. Faut-il tout dire ? je n'arrivais pas à chasser l'hypothèse de sa mort qui ferait de nous ses héritiers. (Je ne pensais pas aux enfants, mais à moi.)

J'avais beau m'y préparer d'avance, répéter ma leçon, c'était plus fort que ma volonté : « Sept millions ! Marinette, vous n'y songez pas, on ne renonce pas à sept millions. Il n'existe pas un homme au monde qui vaille le sacrifice d'une parcelle de cette fortune ! » Et comme elle prétendait mettre le bonheur au-dessus de tout, je lui assurai que personne n'était capable d'être heureux après le sacrifice d'une pareille somme.

« Ah ! s'écriait-elle, vous avez beau les haïr, vous appartenez bien à la même espèce. »

Elle partait au galop et je la suivais de loin. J'étais jugé, j'étais perdu. Ce goût maniaque de l'argent, de quoi ne m'aura-t-il pas frustré ! J'aurais pu trouver en Marinette une petite sœur, une amie... Et vous voudriez que je vous sacrifie ce à quoi j'ai tout sacrifié ? Non, non, mon argent m'a coûté trop cher pour que je vous en abandonne un centime avant le dernier hoquet.

Et pourtant, vous ne vous lassez pas. Je me demande si la femme d'Hubert, dont j'ai subi la visite dimanche, était déléguée par vous, ou si elle est venue de son propre mouvement. Cette pauvre Olympe ! (Pourquoi Phili l'a-t-il surnommée Olympe ? Mais nous avons oublié son vrai prénom...) Je croirais plutôt qu'elle ne vous a rien dit de sa démarche. Vous ne l'avez pas adoptée, ce n'est pas une femme de la famille. Cette personne indifférente à tout ce qui ne constitue pas son étroit univers, à tout ce qui ne la touche pas directement, ne connaît aucune des lois de la *gens*[1] ; elle ignore que je suis l'ennemi. Ce n'est pas de sa part bienveillance ou sympathie naturelle : elle ne pense jamais aux autres, fût-ce pour les haïr. « Il est toujours très convenable avec moi », proteste Olympe quand on prononce mon nom devant elle. Elle ne sent pas mon âpreté. Et comme il m'arrive, par esprit de contradiction, de la défendre contre vous tous, elle se persuade qu'elle m'attire.

À travers ses propos confus, j'ai discerné qu'Hubert avait enrayé à temps, mais que tout son avoir personnel et la dot de sa femme avaient été engagés pour sauver la charge. « Il dit qu'il retrouvera forcément son argent, mais il aurait besoin d'une avance... Il appelle ça une avance d'hoirie... »

Je hochais la tête, j'approuvais, je feignais d'être à mille lieues de comprendre ce qu'elle voulait. Comme j'ai l'air innocent, à ces moments-là !

Si la pauvre Olympe savait ce que j'ai sacrifié à l'argent lorsque je détenais encore un peu de jeunesse ! Dans ces matinées de ma trente-cinquième année, nous revenions, ta sœur et moi, au pas de nos chevaux, sur la route déjà chaude entre les vignes sulfatées. À cette jeune femme moqueuse, je parlais des millions qu'il ne fallait pas perdre. Lorsque j'échappais à la hantise de ces millions menacés, elle riait de moi avec une gentillesse dédaigneuse. En voulant me défendre, je m'enferrais davantage :

« C'est dans votre intérêt que j'insiste, Marinette. Croyez-vous que je sois un homme que l'avenir de ses enfants obsède ? Isa, elle, ne veut pas que votre fortune leur passe sous le nez. Mais moi... »

Elle riait et, serrant un peu les dents, me glissait : « C'est vrai que vous êtes assez horrible. »

Je protestais que je ne pensais qu'à son bonheur. Elle secouait la tête avec dégoût. Au fond, sans qu'elle l'avouât, c'était la maternité, plus que le mariage, qui lui faisait envie.

Bien qu'elle me méprisât, lorsque après le déjeuner, en dépit de la chaleur, je quittais la maison obscure et glaciale où la famille somnolait, répandue sur les divans de cuir et

---

1. *Gens* : Mauriac se sert de ce mot latin en le détournant de son sens premier de *race* pour l'appliquer au type de famille bourgeoise dont il dénonce le conformisme, sinon le pharisaïsme : « les saintes femmes de la famille ».

sur les chaises de paille, lorsque j'entrouvrais les volets pleins de la porte-fenêtre et me glissais dans l'azur en feu, je n'avais pas besoin de me retourner, je savais qu'elle allait venir aussi ; j'entendais son pas sur le gravier. Elle marchait mal, tordait ses hauts talons sur la terre durcie. Nous nous accoudions au parapet de la terrasse. Elle jouait à tenir le plus longtemps possible, sur la pierre brûlante, son bras nu.

La plaine, à nos pieds, se livrait au soleil dans un silence aussi profond que lorsqu'elle s'endort dans le clair de lune. Les landes formaient à l'horizon un immense arc noir où le ciel métallique pesait. Pas un homme, pas une bête ne sortirait avant la quatrième heure. Des mouches vibraient sur place, non moins immobiles que cette unique fumée dans la plaine, que ne défaisait aucun souffle.

Je savais que cette femme, qui était là, debout, ne pouvait pas m'aimer, qu'il n'y avait rien en moi qui ne lui fût odieux. Mais nous respirions seuls, dans cette propriété perdue, au milieu d'une torpeur infranchissable. Ce jeune être souffrant, étroitement surveillé par une famille, cherchait mon regard aussi inconsciemment qu'un héliotrope se tourne vers le soleil. Pourtant, à la moindre parole trouble, je n'aurais reçu d'autre réponse qu'une moquerie. Je sentais bien qu'elle eût repoussé avec dégoût le plus timide geste. Ainsi demeurions-nous l'un près de l'autre, au bord de cette cuve immense où la vendange future fermentait dans le sommeil des feuilles bleuies.

Et toi, Isa, que pensais-tu de ces sorties du matin et de ces colloques, à l'heure où le reste du monde s'assoupit ? Je le sais, parce qu'un jour, je l'ai entendu. Oui, à travers les volets fermés du salon, je t'ai entendue dire à ta mère, en séjour à Calèse (et venue sans doute pour renforcer la surveillance autour de Marinette) :

« Il a une mauvaise influence sur elle, au point de vue des idées... mais pour le reste, il l'occupe, et c'est sans inconvénient.

— Oui, il l'occupe ; c'est l'essentiel », répondit ta mère.

Vous vous réjouissiez de ce que j'occupais Marinette. « Mais à la rentrée, répétiez-vous, il faudra trouver autre chose. » Quelque mépris que je t'aie inspiré, Isa, je t'ai méprisée plus encore pour des paroles comme celles-là. Sans doute n'imaginais-tu pas qu'il pût y avoir le moindre péril. Les femmes ne se souviennent pas de ce qu'elles n'éprouvent plus.

Après le déjeuner, au bord de la plaine, il est vrai que rien ne pouvait arriver ; car pour vide que fût le monde, nous étions tous deux comme sur le devant d'une scène. N'y aurait-il eu qu'un paysan qui ne s'abandonnât pas à la sieste, il aurait vu, aussi immobiles que les tilleuls cet homme et cette femme debout face à la terre incandescente, et qui n'eussent pu faire le moindre geste sans se toucher.

Mais nos promenades nocturnes n'étaient pas moins innocentes. Je me souviens d'un soir d'août. Le dîner avait été orageux à cause de Dreyfus. Marinette, qui représentait avec moi le parti de la révision, me dépassait maintenant dans l'art de débusquer l'abbé Ardouin, de l'obliger à prendre parti. Comme tu avais parlé avec exaltation d'un article de Drumont[1], Marinette, avec sa voix d'enfant du catéchisme, demanda :

« Monsieur l'abbé, est-il permis de haïr les Juifs ? »

Ce soir-là, pour notre plus grande joie, il n'avait pas eu recours à de vagues défaites. Il parla de la grandeur du peuple élu, de son rôle auguste de témoin, de sa conversion prédite, annonciatrice de la fin des temps. Et comme Hubert avait protesté qu'il fallait haïr les bourreaux de Notre-Seigneur, l'abbé répondit que chacun de nous avait le droit de haïr un seul bourreau du Christ : « Nous-même, et pas un autre... »

Déconcertée, tu repartis qu'avec ces belles théories, il ne restait plus qu'à livrer la France à l'étranger. Heureusement pour l'abbé, tu en vins à Jeanne d'Arc, qui vous réconcilia. Sur le perron, un enfant s'écriait :

« Oh ! le beau clair de lune ! »

J'allai à la terrasse. Je savais que Marinette me suivrait. Et en effet, j'entendis sa voix essoufflée : « Attendez-moi... » Elle avait mis autour de son cou un « boa ».

La pleine lune se levait à l'est. La jeune femme admirait les longues ombres obliques des charmes sur l'herbe. Les maisons des paysans recevaient la clarté sur leurs faces closes. Des chiens aboyaient. Elle me demanda si c'était la lune qui rendait les arbres immobiles. Elle me dit que tout était créé, dans une nuit pareille, pour le tourment des isolés. « Un décor vide ! » disait-elle. Combien de visages joints, à cette heure, d'épaules rapprochées ! Quelle complicité ! Je

1. *Drumont :* le polémiste antisémite de *La Libre Parole.*

voyais nettement une larme au bord de ses cils. Dans l'immobilité du monde, il n'y avait de vivant que son souffle. Elle était toujours un peu haletante... Que reste-t-il de toi, ce soir, Marinette, morte en 1900 ? Que reste-t-il d'un corps enseveli depuis trente années ? Je me souviens de ton odeur nocturne. Pour croire à la résurrection de la chair, peut-être faut-il avoir vaincu la chair. La punition de ceux qui en ont abusé est de ne pouvoir plus même imaginer qu'elle ressuscitera.

Je pris sa main comme j'aurais fait à un enfant malheureux ; et comme une enfant elle appuya sa tête contre mon épaule. Je la recevais parce que j'étais là ; l'argile reçoit une pêche qui se détache[1]. La plupart des êtres humains ne se choisissent guère plus que les arbres qui ont poussé côte à côte et dont les branches se confondent par leur seule croissance.

Mais mon infamie, à cette minute, ce fut de penser à toi, Isa, de rêver d'une vengeance possible : me servir de Marinette pour te faire souffrir. Aussi brièvement que l'idée en ait occupé mon esprit, il est pourtant vrai que j'ai conçu ce crime. Nous fîmes quelques pas incertains hors de la zone du clair de lune, vers le bosquet de grenadiers et de seringas. Le destin voulut que j'entendisse alors un bruit de pas dans l'allée des vignes, – cette allée que suivait chaque matin l'abbé Ardouin pour se rendre à la messe. C'était lui sans doute... Je pensais à cette parole qu'il m'avait adressée un soir : « Vous êtes très bon... » S'il avait pu lire dans mon cœur à cette minute ! La honte que j'en éprouvai me sauva peut-être ?

Je ramenai Marinette dans la lumière, la fis s'asseoir sur le banc. Je lui essuyai les yeux avec mon mouchoir. Je lui disais ce que j'aurais dit à Marie si elle était tombée et si je l'avais relevée, dans l'allée des tilleuls. Je feignis de ne m'être pas aperçu de ce qu'il pouvait y avoir eu de trouble dans son abandon et dans ses larmes.

1. Yves Le Hir, qui note par ailleurs que le flirt d'Isa porte le même nom que l'amant d'Emma Bovary : *Rodolphe,* voit dans cette phrase une réminiscence de Flaubert : « On entendait par moments une pêche mûre qui tombait toute seule de l'espalier. – Ah ! la belle nuit ! dit Rodolphe. » (*Madame Bovary,* II, 12.) Voir *Travaux du Centre d'études et de recherches sur François Mauriac,* n° 19, juin 1986, p. 58.

IX

Le lendemain matin, elle ne monta pas à cheval. Je me rendis à Bordeaux (j'y allais passer deux jours chaque semaine, malgré les vacances du Palais, afin de ne pas interrompre mes consultations).

Lorsque je repris le train pour rentrer à Calèse, le Sud-express était en gare et mon étonnement fut vif d'apercevoir, derrière les glaces du wagon sur lequel était écrit *Biarritz*, Marinette, sans voile, vêtue d'un tailleur gris. Je me souviens qu'une amie la pressait depuis longtemps de venir la rejoindre à Saint-Jean-de-Luz. Elle regardait un journal illustré et ne vit pas mes signes. Le soir, lorsque je te fis mon rapport, tu prêtas peu d'attention à ce que tu ne croyais être qu'une courte fugue. Tu me dis que Marinette avait reçu, peu après mon départ, un télégramme de son amie. Tu semblais surprise que je ne fusse pas au courant. Peut-être nous avais-tu soupçonnés d'une rencontre clandestine à Bordeaux ? La petite Marie, d'ailleurs, était couchée avec la fièvre ; elle souffrait, depuis plusieurs jours, d'un dévoiement qui t'inquiétait. C'est une justice à te rendre, lorsqu'un de tes enfants était malade, rien ne comptait plus.

Je voudrais passer vite sur ce qui a suivi. Après plus de trente années, je ne saurais, sans un immense effort, y arrêter ma pensée. Je sais ce dont tu m'as accusé. Tu as osé me déclarer en face que je n'avais pas voulu de consultation. Sans aucun doute, si nous avions fait venir le professeur Arnozan[1], il aurait reconnu un état typhique dans cette prétendue grippe. Mais rappelle tes souvenirs. Une seule fois, tu m'as dit : « Si nous appelions Arnozan ? » Je t'ai répondu :

« Le Dr Aubrou assure qu'il soigne plus de vingt cas de la même grippe dans le village... » Tu n'as pas insisté. Tu prétends m'avoir supplié, le lendemain encore, de télégraphier à Arnozan. Je m'en souviendrais si tu l'avais fait. Il est vrai que j'ai tellement remâché ces souvenirs, pendant des jours et des nuits, que je ne m'y retrouve plus. Mettons que je sois avare... mais pas au point de lésiner quand il s'agissait de la santé de Marie. C'était d'autant moins vrai-

1. Xavier Arnozan, mort en 1928, avait enseigné à la Faculté de médecine jusqu'en 1922.

semblable que le professeur Arnozan travaillait pour l'amour de Dieu et des hommes : si je ne l'ai pas appelé, c'est que nous demeurions persuadés qu'il s'agissait d'une simple grippe « qui s'était portée sur l'intestin ». Cet Aubrou faisait manger Marie pour qu'elle ne s'affaiblît pas. C'est lui qui l'a tuée, ce n'est pas moi. Non, nous étions d'accord, tu n'as pas insisté pour faire venir Arnozan, menteuse. Je ne suis pas responsable de la mort de Marie. C'est horrible que de m'en avoir accusé ; et tu le crois ! et tu l'as toujours cru !

Cet été implacable ! le délire de cet été, la férocité des cigales... Nous ne pouvions pas arriver à nous procurer de la glace. J'essuyais, pendant des après-midi sans fin, sa petite figure suante qui attirait les mouches. Arnozan est venu trop tard. On a changé le régime alors qu'elle était cent fois perdue. Elle délirait, peut-être, quand elle répétait : « Pour papa ! pour papa ! » Tu te rappelles de quel accent elle criait : « Mon Dieu, je ne suis qu'une enfant... » et elle se reprenait : « Non, je peux encore souffrir. » L'abbé Ardouin lui faisait boire de l'eau de Lourdes. Nos têtes se rapprochaient au-dessus de ce corps exténué, nos mains se touchaient. Quand ce fut fini, tu m'as cru insensible.

Veux-tu savoir ce qui se passait en moi ? C'est une chose étrange que toi, la chrétienne, tu n'aies pu te détacher du cadavre. On te suppliait de manger, on te répétait que tu avais besoin de toutes tes forces. Mais il aurait fallu t'entraîner hors de la chambre par violence. Tu demeurais assise tout contre le lit, tu touchais le front, les joues froides d'un geste tâtonnant. Tu posais tes lèvres sur les cheveux encore vivants ; et parfois tu tombais à genoux, non pour prier, mais pour appuyer ton front contre les dures petites mains glacées.

L'abbé Ardouin te relevait, te parlait de ces enfants à qui il faut ressembler pour entrer dans le royaume du Père[1] : « Elle est vivante, elle vous voit, elle vous attend. » Tu hochais la tête ; ces mots n'atteignaient même pas ton cerveau ; ta foi ne te servait à rien. Tu ne pensais qu'à cette chair de ta chair qui allait être ensevelie et qui était au moment de pourrir ; tandis que moi, l'incrédule, j'éprouvais devant ce qui restait de Marie tout ce que signifie le mot « dépouille ». J'avais le sentiment irrésistible d'un départ,

1. Paraphrase de *Matthieu*, 18, 2.

d'une absence. Elle n'était plus là ; ce n'était plus elle. « Vous cherchez Marie ? elle n'est plus ici[1]... »

Plus tard, tu m'as accusé d'oublier vite. Je sais pourtant ce qui s'est rompu en moi lorsque je l'ai embrassée, une dernière fois, dans son cercueil. Mais ce n'était plus elle. Tu m'as méprisé de ce que je ne t'accompagnais pas au cimetière presque chaque jour. « Il n'y met jamais les pieds, répétais-tu. Et pourtant Marie était la seule qu'il parût aimer un peu... Il n'a pas de cœur. »

Marinette revint pour l'enterrement, mais repartit trois jours après. La douleur t'aveuglait, tu ne voyais pas la menace qui, de ce côté-là, se dessinait. Et même tu avais l'air d'être soulagée par le départ de ta sœur. Nous apprîmes, deux mois plus tard, ses fiançailles avec cet homme de lettres, ce journaliste rencontré à Biarritz. Il n'était plus temps de parer le coup. Tu fus implacable – comme si une haine refoulée éclatait soudain contre Marinette ; tu n'as pas voulu connaître cet « individu », – un homme ordinaire, pareil à beaucoup d'autres ; son seul crime était de frustrer nos enfants d'une fortune dont il n'avait d'ailleurs pas le bénéfice, puisque les neveux Philipot en recevaient la plus grande part.

Mais tu ne raisonnes jamais ; tu n'as pas éprouvé l'ombre d'un scrupule ; je n'ai connu personne qui fût plus que toi sereinement injuste. Dieu sait de quelles peccadilles tu te confessais ! et il n'est pas une seule des Béatitudes dont tu n'aies passé ta vie à prendre le contre-pied. Il ne te coûte rien d'accumuler de fausses raisons pour rejeter les objets de ta haine. À propos du mari de ta sœur, que tu n'avais jamais vu et dont tu ne connaissais rien : « Elle a été, à Biarritz, la victime d'un aigrefin, d'une espèce de rat d'hôtel... » disais-tu.

Quand la pauvre petite est morte en couches (ah ! je ne voudrais pas te juger aussi durement que tu m'as jugé moi-même à propos de Marie !) ce n'est pas assez de dire que tu n'as guère manifesté de chagrin. Les événements t'avaient donné raison ; ça ne pouvait pas finir autrement ; elle était allée à sa perte ; tu n'avais rien à te reprocher ; tu avais fait tout ton devoir ; la malheureuse savait bien que sa famille lui demeurait toujours ouverte, qu'on l'attendait, qu'elle

---

1. Souvenir des paroles des anges aux saintes femmes, *Marc,* 16, 6.

n'avait qu'un signe à faire. Du moins tu pouvais te rendre justice : tu n'avais pas été complice. Il t'en avait coûté de demeurer ferme : « mais il y a des occasions où il faut savoir se marcher sur le cœur ».

Non, je ne t'accablerai pas. Je reconnais que tu as été bonne pour le fils de Marinette, pour le petit Luc, lorsque ta mère n'a plus été là qui, jusqu'à sa mort, s'était occupée de lui. Tu t'en chargeais pendant les vacances ; tu allais le voir, une fois chaque hiver, dans ce collège aux environs de Bayonne : « Tu faisais ton devoir, puisque le père ne faisait pas le sien... »

Je ne t'ai jamais dit comment je l'ai connu, le père de Luc, à Bordeaux, en septembre 1914. Je cherchais à me procurer un coffre dans une banque ; les Parisiens en fuite les avaient tous pris. Enfin le directeur du Crédit Lyonnais m'avertit qu'un de ses clients regagnait Paris et consentirait peut-être à me céder le sien. Quand il me le nomma, je vis qu'il s'agissait du père de Luc. Ah ! non, ce n'était pas le monstre que tu imaginais. Je cherchai en vain, dans cet homme de trente-huit ans, étique, hagard, rongé par la terreur des conseils de révision, celui que quatorze ans plus tôt, j'avais entrevu à l'enterrement de Marinette et avec qui j'avais eu une conversation d'affaires. Il me parla à cœur ouvert. Il vivait maritalement auprès d'une femme dont il voulait épargner le contact à Luc. C'était dans l'intérêt du petit qu'il l'avait abandonné à sa grand-mère Fondaudège... Ma pauvre Isa, si vous aviez su, toi et les enfants, ce que j'ai offert à cet homme, ce jour-là ! Je peux bien te le dire maintenant. Il aurait gardé le coffre à son nom ; j'aurais eu sa procuration. Toute ma fortune mobilière aurait été là, avec un papier attestant qu'elle appartenait à Luc. Tant que j'aurais vécu, son père n'aurait pas touché au coffre. Mais après ma mort, il en aurait pris possession et vous ne vous seriez douté de rien...

Évidemment je me livrais à cet homme, moi et ma fortune. Faut-il que je vous aie haïs à ce moment-là ! Eh bien, il n'a pas voulu marcher. Il n'a pas osé. Il a parlé de son honneur.

Comment ai-je été capable de cette folie ? À cette époque, les enfants approchaient de la trentaine, ils étaient mariés, définitivement de ton côté, tournés contre moi en toute occasion. Vous agissiez en secret ; j'étais l'ennemi. Dieu sait qu'avec eux, avec Geneviève surtout, tu ne t'entendais guère. Tu lui reprochais de te laisser toujours seule, de ne te demander conseil sur rien, mais contre moi le front se rétablissait. Tout se passait d'ailleurs en sourdine, sauf dans les occasions solennelles : c'est ainsi qu'il y eut des batailles terribles au moment du mariage des enfants. Je ne voulais pas donner de dot, mais une rente. Je refusais de faire connaître aux familles intéressées l'état de ma fortune. J'ai tenu bon, j'ai été le plus fort, la haine me soutenait, – la haine mais aussi l'amour, l'amour que j'avais pour le petit Luc. Les familles ont passé outre, tout de même, parce qu'elles ne doutaient pas que le magot ne fût énorme.

Mais mon silence vous inquiétait. Vous cherchiez à savoir. Geneviève me prenait parfois par la tendresse : pauvre lourdaude que j'entendais venir de loin avec ses gros sabots ! Souvent, je lui disais : « À ma mort, vous me bénirez », rien que pour le plaisir de voir ses yeux briller de convoitise. Elle te répétait ces paroles merveilleuses. Toute la famille entrait en transe. Pendant ce temps je cherchais le moyen de ne vous laisser que ce qu'il était impossible de cacher. Je ne pensais qu'au petit Luc. J'ai même eu l'idée d'hypothéquer les terres...

Eh bien, malgré tout, il m'est arrivé une fois de me laisser prendre à vos simagrées : l'année qui suivit la mort de Marie. J'étais tombé malade. Certains symptômes rappelaient ceux du mal qui avait emporté notre petite fille. Je déteste qu'on me soigne, j'ai horreur des médecins et des remèdes. Tu n'eus de cesse que je ne me fusse résigné à garder le lit et à faire venir Arnozan.

Tu me soignais avec dévouement, cela va sans dire, mais même avec inquiétude, et parfois, quand tu m'interrogeais sur ce que j'éprouvais, il me semblait discerner, dans ta voix, de l'angoisse. Tu avais, en me tâtant le front, le même geste que pour les petits. Tu voulus coucher dans ma chambre. Si la nuit je m'agitais, tu te levais et m'aidais à boire. « Elle tient à moi, me disais-je, qui l'aurait cru... ? À cause de ce que je gagne peut-être ? » Mais non, tu n'aimes pas l'argent pour lui-même... À moins que ce ne fût parce que la position des enfants serait, par ma mort, diminuée ? Voilà qui offrait plus de vraisemblance. Mais ce n'était pas encore cela.

Après qu'Arnozan m'eut examiné, tu lui parlas sur le perron, avec ces éclats de voix qui, si souvent, t'ont trahie :

« Dites bien à tout le monde, docteur, que Marie est morte de la typhoïde. À cause de mes deux pauvres frères, on fait courir le bruit que c'est la phtisie qui l'a emportée. Les gens sont méchants, ils n'en veulent pas démordre. Je tremble que cela ne porte le plus grand tort à Hubert et à Geneviève. Si mon mari avait été gravement malade, cela aurait donné du corps à tous ces potins. Il m'a fait bien peur pendant quelques jours ; je pensais à mes pauvres petits. Vous savez qu'il a eu, lui aussi, un poumon atteint avant son mariage. Ça s'est su ; tout se sait ; les gens aiment tellement ça ! Même s'il était mort d'une maladie infectieuse, le monde n'aurait pas voulu le croire, pas plus qu'il ne l'a cru pour Marie. Et mes pauvres petits en eussent fait encore les frais. J'enrageais quand je le voyais se soigner si mal. Il refusait de se mettre au lit ! Comme si c'était de lui seul qu'il s'agissait ! Mais il ne pense jamais aux autres, pas même à ses enfants... Non, non, docteur, un homme comme vous ne peut pas croire qu'il existe des hommes comme lui. Vous êtes pareil à l'abbé Ardouin, vous ne croyez pas au mal. »

Je riais tout seul, dans mon lit, et quand tu es rentrée, tu m'en as demandé la raison. Je t'ai répondu par ces mots, d'un usage courant entre nous : « Pour rien. – Pourquoi ris-tu ? – Pour rien. – À quoi penses-tu ? – À rien. »

X

Je reprends ce cahier après une crise qui m'a tenu près d'un mois sous votre coupe. Dès que la maladie me désarme, le cercle de famille se resserre autour de mon lit. Vous êtes là, vous m'observez.

L'autre dimanche, Phili est venu pour me tenir compagnie. Il faisait chaud : je répondais par monosyllabes ; j'ai perdu les idées... Pendant combien de temps ? Je ne saurais le dire. Le bruit de sa voix m'a réveillé. Je le voyais dans la pénombre, les oreilles droites. Ses yeux de jeune loup luisaient. Il portait au poignet, au-dessus du bracelet-montre, une chaîne d'or. Sa chemise était entrouverte sur une poitrine d'enfant. De nouveau, je me suis assoupi. Le craquement de ses souliers m'a réveillé, mais je l'observais à travers les cils. Il tâtait de la main mon veston, à l'endroit de la poche intérieure qui contient mon portefeuille. Malgré de fous battements de cœur, je m'obligeai à demeurer immobile. S'était-il méfié ? Il est revenu à sa place.

J'ai fait semblant de me réveiller ; je lui ai demandé si j'avais dormi longtemps. «Quelques minutes à peine, grand-père.» J'ai éprouvé cette terreur des vieillards isolés qu'un jeune homme épie. Suis-je fou ? Il me semble que celui-là serait capable de me tuer. Hubert a reconnu, un jour, que Phili était capable de tout[1].

Isa, vois comme j'ai été malheureux. Il sera trop tard, quand tu liras ceci, pour me montrer de la pitié. Mais il m'est doux d'espérer que tu en éprouveras un peu. Je ne crois pas à ton enfer éternel, mais je sais ce que c'est que d'être un damné sur la terre, un réprouvé, un homme qui, où qu'il aille, fait fausse route ; un homme dont la route a toujours été fausse ; quelqu'un qui ne sait pas vivre, non pas comme l'entendent les gens du monde : quelqu'un qui manque de savoir-vivre au sens absolu. Isa, je souffre. Le vent du sud brûle l'atmosphère. J'ai soif, et je n'ai que l'eau tiède du cabinet de toilette. Des millions, mais pas un verre d'eau fraîche[2].

Si je supporte la présence, terrifiante pour moi, de Phili, c'est peut-être qu'il me rappelle un autre enfant, celui qui aurait dépassé la trentaine aujourd'hui, ce petit Luc, notre neveu. Je n'ai jamais nié ta vertu ; cet enfant t'a donné l'occasion de l'exercer. Tu ne l'aimais pas : il n'avait rien des Fondaudège, ce fils de Marinette, ce garçon aux yeux de jais, aux cheveux plantés bas et ramenés sur les tempes comme des «rouflaquettes», disait Hubert. Il travaillait mal, à ce collège de Bayonne où il était pensionnaire. Mais cela, disais-tu, ne te concernait pas. C'était bien assez que de te charger de lui pendant les vacances.

Non, ce n'était pas les livres qui l'intéressaient. Dans ce pays sans gibier, il trouvait le moyen d'abattre, presque chaque jour, sa proie. Le lièvre, l'unique lièvre de chaque année, qui gîtait dans les règes, il finissait toujours par nous l'apporter : je vois encore son geste joyeux, dans la grande allée des vignes, son poing serré tenant les oreilles de la bête au museau sanglant. À l'aube, je l'entendais partir.

1. Ce personnage de «jeune loup» intéresse tellement le romancier qu'il en fera bientôt l'amant «criminel» de Thérèse Desqueyroux dans la nouvelle : *Thérèse chez le docteur* (1933). 2. Souvenir de la parabole du mauvais riche, *Luc*, 16, 24.

J'ouvrais ma fenêtre ; et sa voix fraîche me criait dans le brouillard : « Je vais lever mes lignes de fond. »

Il me regardait en face, il soutenait mon regard, il n'avait pas peur de moi ; l'idée même ne lui en serait pas venue.

Si, après quelques jours d'absence, je survenais sans avoir averti et que je reniflais, dans la maison, une odeur de cigare ; si je surprenais le salon sans tapis, et tous les signes d'une fête interrompue (dès que j'avais tourné les talons, Geneviève et Hubert invitaient des amis, organisaient des « descentes », malgré mon interdiction formelle ; et tu étais complice de leur désobéissance « parce que, disais-tu, il faut bien rendre ses politesses... »), dans ces cas-là, c'était toujours Luc qu'on envoyait vers moi, pour me désarmer. Il trouvait comique la terreur que j'inspirais : « Je suis entré au salon pendant qu'ils étaient en train de tourner et j'ai crié : "Voilà l'oncle ! il arrive par le raccourci..." Si tu les avais vus tous détaler ! Tante Isa et Geneviève transportaient les sandwiches dans l'office. Quelle pagaïe ! »

Le seul être au monde, ce petit garçon, pour lequel je ne fusse pas un épouvantail. Quelquefois, je descendais avec lui jusqu'à la rivière lorsqu'il pêchait à la ligne. Cet être toujours courant et bondissant pouvait demeurer, des heures, immobile, attentif, changé en saule, – et son bras avait des mouvements aussi lents et silencieux que ceux d'une branche. Geneviève avait raison de dire que ce ne serait pas un « littéraire ». Il ne se dérangeait jamais pour voir le clair de lune sur la terrasse. Il n'avait pas le sentiment de la nature parce qu'il était la nature même, confondu en elle, une de ses forces, une source vive entre les sources.

Je pensais à tous les éléments dramatiques de cette jeune vie : sa mère morte, ce père dont il ne fallait pas parler chez nous, l'internat, l'abandon. Il m'en aurait fallu bien moins pour que je déborde d'amertume et de haine. Mais la joie jaillissait de lui. Tout le monde l'aimait. Que cela me paraissait étrange, à moi que tout le monde haïssait ! Tout le monde l'aimait, même moi. Il souriait à tout le monde, et aussi à moi ; mais pas plus qu'aux autres.

Chez cet être tout instinct, ce qui me frappa davantage, à mesure qu'il grandissait, ce fut sa pureté, cette ignorance du mal, cette indifférence. Nos enfants étaient de bons enfants, je le veux bien. Hubert a eu une jeunesse modèle, comme tu dis. De ce côté-là, je reconnais que ton éducation a porté ses fruits. Si Luc avait eu le temps de devenir un homme, eût-il été de tout repos ? La pureté, chez lui, ne semblait acquise ni consciente : c'était la limpidité de l'eau dans les cailloux. Elle brillait sur lui, comme la rosée dans l'herbe. Si je m'y arrête, c'est qu'elle eut en moi un retentissement profond. Tes principes étalés, tes allusions, tes airs dégoûtés, ta bouche pincée n'auraient pu me donner le sens du mal, qui m'a été rendu, à mon insu, par cet enfant ; je ne m'en suis avisé que longtemps après. Si l'humanité porte au flanc, comme tu l'imagines, une blessure originelle, aucun œil humain ne l'aurait discernée chez Luc : il sortait des mains du potier, intact et d'une parfaite grâce. Mais moi, je sentais auprès de lui ma difformité.

Puis-je dire que je l'ai chéri comme un fils ? Non, car ce que j'aimais en lui, c'était de ne m'y pas retrouver. Je sais très bien ce qu'Hubert et Geneviève ont reçu de moi : leur âpreté, cette primauté, dans leur vie, des biens temporels, cette puissance de mépris (Geneviève traite Alfred, son mari, avec une implacabilité qui porte ma marque). Dans Luc, j'étais sûr de ne pas me cogner à moi-même.

Durant l'année, je ne pensais guère à lui. Son père le prenait pendant les fêtes du jour de l'An et de Pâques, et les grandes vacances nous le ramenaient. Il quittait le pays, en octobre, avec les autres oiseaux.

Était-il pieux ? Tu disais de lui : « Même sur une petite brute comme Luc, on retrouve l'influence des Pères. Il ne manque jamais sa communion du dimanche... Ah ! par exemple, son action de grâces est vite expédiée. Enfin, il n'est exigé de chacun que ce qu'il peut donner. » Il ne me parlait jamais de ces choses ; il n'y faisait aucune allusion. Ses propos touchaient tous à ce qu'il y a de plus concret. Parfois, quand il tirait de sa poche un couteau, un flotteur, un sifflet pour appeler les alouettes, son petit chapelet noir tombait dans l'herbe, qu'il ramassait prestement. Peut-être, le dimanche matin, semblait-il un peu plus tranquille que les autres jours, moins léger, moins impondérable et comme chargé d'une substance inconnue.

Entre tous les liens qui m'attachaient à Luc, il en est un qui t'étonnera peut-être : il m'arriva plus d'une fois, ces dimanches-là, de reconnaître dans ce jeune faon qui ne bondissait plus, le frère de la petite fille endormie douze années plus tôt, de notre Marie, si différente de lui pourtant, qui ne pouvait souffrir qu'on écrasât un insecte et dont le plaisir était de tapisser de mousse le creux d'un arbre et d'y placer une statue de la Vierge, tu te souviens ? Eh bien, dans le fils de Marinette, dans celui que tu appelais la petite brute, c'était notre Marie qui revivait pour moi, ou plutôt, la même source qui avait jailli en elle et qui était rentrée sous terre en même temps qu'elle, de nouveau sourdait à mes pieds.

Aux premiers jours de la guerre, Luc approchait de ses quinze ans. Hubert était mobilisé dans les services auxiliaires. Les conseils de révision, qu'il subissait avec philosophie, te donnaient de l'angoisse. Sur sa poitrine étroite qui fut, pendant des années, ton cauchemar, reposait maintenant ton espérance. Lorsque la monotonie des bureaux, et aussi quelques camouflets, lui inspirèrent le vif désir de s'engager, et qu'il eut fait de vaines démarches dans ce sens, tu en arrivas à parler ouvertement de ce que tu avais mis tant de soin à dissimuler : « Avec son atavisme... » répétais-tu.

Ma pauvre Isa, ne crains pas que je te jette la pierre. Je ne t'ai jamais intéressée, tu ne m'as jamais observé ; mais, durant cette période, moins qu'à aucune autre époque. Tu n'as jamais pressenti cette montée d'angoisse en moi, à mesure que les campagnes d'hiver se succédaient. Le père de Luc étant mobilisé dans un ministère, nous avions le petit avec nous, non seulement durant les grandes vacances, mais au jour de l'An et à Pâques. La guerre l'enthousiasmait. Il avait peur qu'elle finît avant qu'il eût atteint ses dix-huit ans. Lui qui, autrefois, n'ouvrait jamais un livre, il dévorait les ouvrages spéciaux, étudiait les cartes. Il développait son corps avec méthode. À seize ans, c'était déjà un homme, – un homme dur. En voilà un qui ne s'attendrissait pas sur les blessés ni sur les morts ! Des récits les plus noirs que je lui faisais lire touchant la vie aux tranchées, il tirait l'image d'un sport terrible et magnifique auquel on n'aurait pas toujours le droit de jouer : il fallait se hâter. Ah ! qu'il avait peur d'arriver trop tard ! Il avait déjà dans sa poche l'autorisation de son imbécile de père. Et moi, à mesure que se rapprochait le fatal anniversaire de janvier 18, je suivais en frémissant la carrière du vieux Clemenceau[1], je la surveillais, pareil à ces parents de prisonniers qui guettaient la chute de

1. Clemenceau, dès son arrivée à la Présidence du Conseil, en novembre 1917, combattit le défaitisme. Sa devise était : « Je fais la guerre. »

Robespierre, et qui espéraient que le tyran tomberait avant que leur fils passât en jugement.

Quand Luc fut au camp de Souges[1], pendant sa période d'instruction et d'entraînement, tu lui envoyais des lainages, des chatteries, mais tu avais des mots qui éveillaient en moi l'instinct du meurtre, ma pauvre Isa, quand tu disais : « Ce pauvre petit, ce serait bien triste, évidemment... mais lui, du moins, ne laisserait personne derrière lui... » Je reconnais qu'il n'y avait rien de scandaleux dans ces paroles.

Un jour, je compris qu'il n'y avait plus à espérer que la guerre finît avant le départ de Luc. Lorsque le front fut crevé au Chemin-des-Dames[2], il vint nous faire ses adieux, quinze jours plus tôt qu'il n'était prévu. Tant pis ! J'aurai le courage de rappeler ici un souvenir horrible, qui me réveille encore, la nuit, qui me fait crier. Ce jour-là, j'allai chercher dans mon cabinet une ceinture de cuir, commandée au bourrelier, d'après un modèle que je lui avais moi-même fourni. Je grimpai sur un escabeau et j'essayai d'attirer à moi la tête en plâtre de Démosthène qui surmonte ma bibliothèque. Impossible de la remuer. Elle était pleine de louis que j'y dissimulais depuis la mobilisation. Je plongeai ma main dans cet or qui était ce à quoi je tenais le plus au monde et j'en bourrai la ceinture de cuir. Quand je descendis de l'escabeau, ce boa engourdi, gorgé de métal, s'enroulait autour de mon cou, écrasait ma nuque.

Je le tendis d'un geste timide à Luc. Il ne comprit pas d'abord ce que je lui offrais.

« Que veux-tu que je fasse de ça, mon oncle ?

— Ça peut te servir dans les cantonnements, et si tu es prisonnier... et dans bien d'autres circonstances : on peut tout avec ça.

— Oh ! dit-il en riant, j'ai bien assez de mon barda... comment as-tu pu croire que je m'encombrerais de toute cette monnaie ? À la première montée en ligne, je serais obligé de la laisser dans les feuillées...

— Mais, mon petit, au début de la guerre, tous ceux qui en avaient emportaient de l'or.

---

1. *Souges* : c'est dans ce camp militaire, situé à l'est de Bordeaux, qu'André Lafon, un écrivain ami de Mauriac, vécut sous l'uniforme les derniers mois de sa vie. 2. Le 27 mai 1918.

90

– Parce qu'ils ne savaient pas ce qui les attendait, mon oncle. »

Il était debout au milieu de la pièce. Il avait jeté sur le divan la ceinture d'or. Ce garçon vigoureux, comme il paraissait frêle dans son uniforme trop grand pour lui ! Du col béant, émergeait son cou d'enfant de troupe. Les cheveux ras enlevaient à sa figure tout caractère particulier. Il était préparé pour la mort, il était « paré », pareil aux autres, indistinct, déjà anonyme, déjà disparu. Un instant son regard se fixa sur la ceinture, puis il le leva vers moi avec une expression de moquerie et de mépris. Il m'embrassa, pourtant. Nous descendîmes avec lui jusqu'à la porte de la rue. Il se retourna pour me crier « de rapporter tout ça à la Banque de France ». Je ne voyais plus rien. J'entendis que tu lui disais en riant :

« Ça, n'y compte pas trop ! c'est beaucoup lui demander ! »

La porte refermée, comme je demeurais immobile dans le vestibule, tu me dis :

« Avoue que tu savais qu'il n'accepterait pas ton or. C'était un geste de tout repos. »

Je me rappelai que la ceinture était restée sur le divan. Un domestique aurait pu l'y découvrir, on ne sait jamais. Je remontai en hâte, la chargeai de nouveau sur mes épaules, pour en vider le contenu dans la tête de Démosthène.

Je m'aperçus à peine de la mort de ma mère qui survint peu de jours après : elle était inconsciente depuis des années et ne vivait plus avec nous. C'est maintenant que je pense à elle, chaque jour, à la mère de mon enfance et de ma jeunesse : l'image de ce qu'elle était devenue s'est effacée. Moi qui déteste les cimetières, je vais quelquefois sur sa tombe. Je n'y apporte pas de fleurs depuis que je me suis aperçu qu'on les vole. Les pauvres viennent chiper les roses des riches pour le compte de leurs morts. Il faudrait faire la dépense d'une grille ; mais tout est si cher maintenant. Luc, lui, n'a pas eu de tombe. Il a disparu ; c'est un disparu. Je garde dans mon portefeuille la seule carte qu'il ait eu le temps de m'adresser : « Tout va bien, ai reçu envoi. Tendresses ». Il y a écrit : *tendresses*. J'ai tout de même obtenu ce mot de mon pauvre enfant.

XI

Cette nuit, une suffocation m'a réveillé. J'ai dû me lever, me traîner jusqu'à mon fauteuil et, dans le tumulte d'un vent furieux, j'ai relu ces dernières pages, stupéfait par ces bas-fonds en moi qu'elles éclairent. Avant d'écrire, je me suis accoudé à la fenêtre. Le vent était tombé. Calèse dormait dans un souffle et sous toutes les étoiles. Et soudain, vers trois heures après minuit, de nouveau cette bourrasque, ces roulements dans le ciel, ces lourdes gouttes glacées. Elles claquaient sur les tuiles au point que j'ai eu peur de la grêle ; j'ai cru que mon cœur s'arrêtait.

À peine la vigne a-t-elle « passé fleur[1] » ; la future récolte couvre le coteau ; mais il semble qu'elle soit là comme ces jeunes bêtes que le chasseur attache et abandonne dans les ténèbres pour attirer les fauves ; des nuées grondantes tournent autour des vignes offertes.

Que m'importent à présent les récoltes ? Je ne puis plus rien récolter au monde. Je puis seulement me connaître un peu mieux moi-même. Écoute, Isa. Tu découvriras après ma mort, dans mes papiers, mes dernières volontés. Elles datent des mois qui ont suivi la mort de Marie, lorsque j'étais malade et que tu t'inquiétais à cause des enfants. Tu y trouveras une profession de foi conçue à peu près en ces termes : « Si j'accepte, au moment de mourir, le ministère d'un prêtre, je proteste d'avance, en pleine lucidité, contre l'abus qu'on aura fait de mon affaiblissement intellectuel et physique pour obtenir de moi ce que ma raison réprouve. »

Eh bien, je te dois cet aveu : c'est au contraire quand je me regarde, comme je fais depuis deux mois, avec une attention plus forte que mon dégoût, c'est lorsque je me sens le plus lucide, que la tentation chrétienne me tourmente. Je ne puis plus nier qu'une route existe en moi qui pourrait mener à ton Dieu. Si j'atteignais à me plaire à moi-même, je combattrais mieux cette exigence. Si je pouvais me mépriser sans arrière-pensée, la cause à jamais serait entendue. Mais la dureté de l'homme que je suis, le dénuement affreux de son cœur, ce don qu'il détient d'inspirer la haine et de créer autour de soi le désert, rien de tout cela

---

1. *Passer fleur :* « se dit de la vigne dont la floraison passe sans qu'aucune intempérie empêche le grain de se former » (Littré). La récolte était donc prometteuse.

ne prévaut contre l'espérance... Vas-tu me croire, Isa ? Ce n'est peut-être pas pour vous, les justes, que ton Dieu est venu, s'il est venu, mais pour nous. Tu ne me connaissais pas, tu ne savais pas qui j'étais. Les pages que tu viens de lire, m'ont-elles rendu à tes yeux moins horrible ? Tu vois pourtant qu'il existe en moi une touche secrète, celle qu'éveillait Marie, rien qu'en se blottissant dans mes bras, et aussi le petit Luc, le dimanche, lorsqu'au retour de la messe, il s'asseyait sur le banc devant la maison, et regardait la prairie.

Oh ! ne crois pas surtout que je me fasse de moi-même une idée trop haute. Je connais mon cœur, ce cœur, ce nœud de vipères : étouffé sous elles, saturé de leur venin, il continue de battre au-dessous de ce grouillement. Ce nœud de vipères qu'il est impossible de dénouer, qu'il faudrait trancher d'un coup de couteau, d'un coup de glaive : « Je ne suis pas venu apporter la paix mais le glaive[1]. »

Demain, il se peut que je renie ce que je te confie ici, comme j'ai renié, cette nuit, mes dernières volontés d'il y a trente ans. J'ai paru haïr d'une inexpiable haine tout ce que tu professais, et je n'en continue pas moins de haïr ceux qui se réclament du nom chrétien ; mais n'est-ce pas que beaucoup rapetissent une espérance, qu'ils défigurent un visage, ce Visage, cette Face ? De quel droit les juger, me diras-tu, moi qui suis abominable ? Isa, n'y a-t-il pas dans ma turpitude je ne sais quoi qui ressemble, plus que ne fait leur vertu, au Signe que tu adores ? Ce que j'écris est sans doute, à tes yeux, un absurde blasphème. Il faudrait me le prouver. Pourquoi ne me parles-tu pas, pourquoi ne m'as-tu jamais parlé ? Peut-être existe-t-il une parole de toi qui me fendrait le cœur ? Cette nuit, il me semble que ce ne serait pas trop tard pour recommencer notre vie. Si je n'attendais pas ma mort, pour te livrer ces pages ? Si je t'adjurais, au nom de ton Dieu, de les lire jusqu'au bout ? Si je guettais le moment où tu aurais achevé la lecture ? Si je te voyais rentrer dans ma chambre, le visage baigné de larmes ? Si tu m'ouvrais les bras ? Si je te demandais pardon ? Si nous tombions aux genoux l'un de l'autre ?

La tempête semble finie. Les étoiles d'avant l'aube palpitent. Je croyais qu'il repleuvait, mais ce sont les feuilles

1. *Matthieu*, 10, 34.

qui s'égouttent. Si je m'étends sur ma couche, étoufferai-je ? Pourtant, je n'en puis plus d'écrire, et parfois je pose ma plume, je laisse rouler ma tête contre le dur dossier...

Un sifflement de bête, puis un fracas immense en même temps qu'un éclair ont rempli le ciel. Dans le silence de panique qui a suivi, des bombes, sur les coteaux, ont éclaté, que les vignerons lancent pour que les nuages de grêle s'écartent ou qu'ils se résolvent en eau. Des fusées ont jailli de ce coin de ténèbres où Barsac et Sauternes tremblent dans l'attente du fléau. La cloche de Saint-Vincent[1], qui éloigne la grêle, sonnait à toute volée, comme quelqu'un qui chante, la nuit, parce qu'il a peur. Et soudain, sur les tuiles, ce bruit comme d'une poignée de cailloux... Des grêlons ! Naguère, j'aurais bondi à la fenêtre. J'entendais claquer les volets des chambres. Tu as crié à un homme qui traversait la cour en hâte : «Est-ce grave ?» Il a répondu : «Heureusement elle est mêlée de pluie, mais il en tombe assez.» Un enfant effrayé courait pieds nus dans le couloir. J'ai calculé par habitude : «Cent mille francs perdus...» mais je n'ai pas bougé. Rien ne m'eût retenu, autrefois, de descendre, – comme lorsqu'on m'a retrouvé, une nuit, au milieu des vignes, en pantoufles, ma bougie éteinte à la main, recevant la grêle sur ma tête. Un profond instinct paysan me jetait en avant, comme si j'eusse voulu m'étendre et recouvrir de mon corps la vigne lapidée. Mais ce soir, me voici devenu étranger à ce qui était, au sens profond, mon bien. Enfin je suis détaché. Je ne sais quoi, je ne sais qui m'a détaché, Isa, des amarres sont rompues ; je dérive. Quelle force m'entraîne ? Une force aveugle ? Un amour ? Peut-être un amour...

1. *Saint-Vincent* : Saint-Maixant ? Sainte-Croix-du-Mont ?... On peut pencher pour le second village, dont les crus sont plus cotés. Le grand-père Mauriac y possédait des vignes.

DEUXIÈME PARTIE

XII

Comment ai-je pensé à mettre ce cahier dans mes bagages ? Qu'ai-je à faire maintenant de cette longue confession ? Tout est rompu avec les miens. Celle pour qui je me livrais, ici, jusqu'au fond, ne doit plus exister pour moi. À quoi bon reprendre ce travail ? C'est qu'à mon insu, sans doute, j'y trouvais un soulagement, une délivrance. Quel jour ouvrent sur moi les dernières lignes, écrites la nuit de la grêle ! N'étais-je pas au bord de la folie ? Non, non, ne parlons pas ici de folie. Que la folie ne soit pas même nommée. Ils seraient capables de s'en servir contre moi, si ces pages leur tombaient entre les mains. Elles ne s'adressent plus à personne. Il faudra les détruire dès que je me sentirai plus mal... À moins que je ne les lègue à ce fils inconnu que je suis venu chercher à Paris. Je brûlais de révéler son existence à Isa, dans les pages où je faisais allusion à mes amours de 1909, lorsque j'étais sur le point d'avouer que mon amie était partie enceinte, pour se cacher à Paris...

Je me suis cru généreux parce que j'envoyais à la mère et au petit, six mille francs par an, avant la guerre. L'idée ne m'est jamais venue d'augmenter cette somme. C'est ma faute si j'ai trouvé ici deux êtres asservis, diminués par de basses besognes. Sous prétexte qu'ils habitent ce quartier, je loge dans une maison de famille de la rue Bréa. Entre le lit et l'armoire, à peine ai-je la place de m'asseoir pour écrire. Et puis, quel vacarme ! De mon temps, Montparnasse était tranquille. Il semble maintenant peuplé de fous qui ne dorment jamais. La famille faisait moins de bruit devant le perron de Calèse, la nuit où j'ai vu de mes yeux, où j'ai entendu de mes oreilles... À quoi bon revenir là-dessus ? Ce serait pourtant une délivrance que de fixer ce souvenir atroce, fût-ce pour peu de temps... D'ailleurs, pourquoi détruirais-je ces pages ? Mon fils, mon héritier, a le droit de me connaître. Par cette confession, je réparerais, dans une faible mesure, l'éloignement où je l'ai tenu depuis qu'il est né.

Hélas, il m'a suffi de deux entrevues pour le juger. Il n'est pas homme à trouver dans cet écrit le moindre intérêt. Que peut-il y comprendre, cet employé, ce subalterne, cet abruti qui joue aux courses ?

Pendant le voyage de nuit entre Bordeaux et Paris, j'imaginais les reproches qu'il m'adresserait, je préparais ma défense. Comme on se laisse influencer par les poncifs du roman et du théâtre ! Je ne doutais pas d'avoir affaire au fils naturel plein d'amertume et de grandeur d'âme ! Tantôt je lui prêtais la dure noblesse de Luc, tantôt la beauté de Phili. J'avais tout prévu, sauf qu'il me ressemblerait. Existe-t-il des pères à qui l'on fait plaisir en leur disant « Votre fils vous ressemble » ?

J'ai mesuré la haine que je me porte en voyant se dresser ce spectre de moi-même. J'ai chéri, dans Luc, un fils qui ne me ressemblait pas. Sur ce seul point, Robert est différent de moi : il s'est montré incapable de passer le moindre examen. Il a dû y renoncer, après des échecs répétés. Sa mère, qui s'est saignée aux quatre veines, l'en méprise. Elle ne peut se retenir d'y faire sans cesse allusion ; il baisse la tête, ne se console pas de tout cet argent perdu. Par là, en revanche, il est bien mon fils. Mais ce que je lui apporte, cette fortune, dépasse son imagination misérable. Cela ne lui représente rien ; il n'y croit pas. À vrai dire, sa mère et lui ont peur : « Ce n'est pas légal... nous pouvons être pris... »

Cette grosse femme blême, aux cheveux décolorés, cette caricature de ce que j'ai aimé, fixe sur moi son œil encore très beau : « Si je vous avais croisé dans la rue, m'a-t-elle dit, je ne vous aurais pas reconnu... » Et moi, l'aurais-je reconnue ? Je redoutais sa rancune, ses représailles. J'avais tout redouté, mais non cette indifférence morne. Aigrie, abrutie par huit heures quotidiennes de machine à écrire[1], elle craint les histoires. Elle a gardé une méfiance maladive de la justice, avec qui elle a eu, autrefois, des démêlés. Je leur ai pourtant bien expliqué la manœuvre : Robert prend un coffre à son nom, dans un établissement de crédit ; j'y transporte ma fortune. Il me donne sa procuration pour l'ouvrir et s'engage à ne pas y toucher lui-même jusqu'à mon décès. Évidemment, j'exige qu'il me signe une déclaration, par laquelle il reconnaît que tout ce que renferme le coffre m'appartient. Je ne puis pourtant pas me livrer à cet inconnu. La mère et le fils m'objectent qu'à ma mort on retrouvera le papier. Ces idiots ne veulent pas s'en rapporter à moi.

J'ai essayé de leur faire comprendre qu'on peut se fier à un avoué de campagne comme Bourru, qui me doit tout, avec qui je fais des affaires depuis quarante ans. Il a en dépôt une enveloppe sur laquelle j'ai écrit : « À brûler le jour de ma mort » et qui sera brûlée, j'en suis sûr, avec tout ce qu'elle contient. C'est là que je mettrai la déclaration de Robert. Je suis d'autant plus assuré que Bourru la brûlera, que cette enveloppe scellée renferme des pièces qu'il a intérêt à voir disparaître.

Mais Robert et sa mère craignent qu'après ma mort Bourru ne brûle rien et les fasse chanter. J'ai pensé à cela aussi : je leur remettrai en main propre de quoi faire envoyer ledit Bourru aux galères, s'il bronche. Le papier sera brûlé par Bourru devant eux, et alors seulement ils lui rendront les armes dont je les aurai fournis. Que veulent-ils de plus ?

Ils ne comprennent rien, ils sont là, butés, cette idiote et cet imbécile, à qui j'apporte des millions et qui au lieu de tomber à mes genoux, comme je l'imaginais, discutent, ergotent... Et quand même il y aurait quelques risques ! le jeu en vaut la chandelle. Mais non, ils ne veulent pas signer de papier : « ce sera déjà bien assez délicat, pour les déclarations de revenus... nous aurons des embêtements... »

Ah ! faut-il que je haïsse les autres, pour ne pas leur claquer la porte au nez, à ces deux-là ! Des « autres » aussi, ils ont peur : « Ils découvriront le pot aux roses... ils nous feront un procès... » Déjà Robert et sa mère s'imaginent que

---

1. La mère de Robert, d'abord présentée comme institutrice, est-elle devenue secrétaire à Paris ? Voir *supra*, p. 62.

ma famille a alerté la police, que je suis surveillé. Ils ne consentent à me voir que de nuit et dans des quartiers excentriques. Comme si, avec ma santé, je pouvais veiller, passer ma vie en taxi ! Je ne crois pas que les autres se méfient : ce n'est pas la première fois que je voyage seul. Ils n'ont aucune raison de croire que l'autre nuit, à Calèse, j'assistais, invisible, à leur conseil de guerre. En tout cas, ils ne m'ont pas encore dépisté. Rien ne m'empêchera, cette fois, d'atteindre mon but. Du jour où Robert aura consenti à marcher, je pourrai dormir tranquille. Ce lâche ne commettra pas d'imprudence.

Ce soir, treize juillet, un orchestre joue en plein vent ; au bout de la rue Bréa, des couples tournent. Ô paisible Calèse ! Je me souviens de la dernière nuit que j'y ai vécu : j'avais pris, malgré la défense du docteur, un cachet de véronal et m'étais endormi profondément. Je m'éveillai en sursaut et regardai ma montre. Il était une heure après minuit. Je fus effrayé d'entendre plusieurs voix : ma fenêtre était restée ouverte ; il n'y avait personne dans la cour, ni au salon. Je passai dans le cabinet de toilette qui ouvre au nord, du côté du perron. C'était là que la famille, contre son habitude, s'était attardée. À cette heure avancée, elle ne se méfiait de personne : seules, les fenêtres des cabinets de toilette et du corridor donnent de ce côté-là.

La nuit était calme et chaude. Dans les intervalles de silence, j'entendais la respiration un peu courte d'Isa, un craquement d'allumette. Pas un souffle n'émouvait les ormeaux noirs. Je n'osais me pencher, mais je reconnaissais chaque ennemi à sa voix, à son rire. Ils ne discutaient pas. Une réflexion d'Isa ou de Geneviève était suivie d'un long silence. Puis soudain, sur un mot d'Hubert, Phili prenait feu, et ils parlaient tous à la fois.

« Es-tu bien sûre, maman, que le coffre-fort de son cabinet ne renferme que des papiers sans valeur ? Un avare est toujours imprudent. Rappelle-toi cet or qu'il voulait donner au petit Luc... Où le cachait-il ?

– Non, il sait que je connais le mot du coffre qui est : *Marie*. Il ne l'ouvre que lorsqu'il doit consulter une police d'assurance, une feuille d'impôt.

– Mais, ma mère, elle pourrait être révélatrice des sommes qu'il dissimule.

– Il n'y a là que des papiers qui concernent les immeubles, je m'en suis assurée.

100

– Et c'est terriblement significatif, vous ne trouvez pas ? On sent qu'il a pris toutes ses précautions. »

Phili, dans un bâillement, murmura : « Non ! mais quel crocodile ! Voilà bien ma veine d'être tombé sur un crocodile pareil.

– Et si vous voulez avoir mon avis, prononça Geneviève, vous ne trouverez rien non plus dans le coffre du Lyonnais... Que dis-tu, Janine ?

– Mais enfin, maman, on dirait, parfois, qu'il t'aime un peu. Quand vous étiez petits, il ne se montrait pas gentil quelquefois ? Non ? vous n'avez pas su le prendre. Vous n'avez pas été adroits. Il fallait tâcher de l'entourer, de faire sa conquête. Moi, j'y serais arrivée, j'en suis sûre, s'il n'avait une telle horreur de Phili. »

Hubert interrompit aigrement sa nièce :

« Il est certain que l'impertinence de ton mari nous aura coûté cher... »

J'entendis rire Phili. Je me penchai un peu. La flamme d'un briquet éclaira un instant ses mains unies, son menton mou, sa bouche épaisse.

« Allons donc, il ne m'a pas attendu pour avoir horreur de vous.

– Non, autrefois il nous détestait moins...

– Rappelez-vous ce que raconte bonne-maman, reprit Phili. Son attitude lorsqu'il a perdu une petite fille... Il avait l'air de s'en fiche... Il n'a jamais mis les pieds au cimetière...

– Non, Phili, vous allez trop loin. S'il a aimé quelqu'un au monde, c'est Marie. »

Sans cette protestation d'Isa, faite d'une voix faible et tremblante, je n'aurais pu me contenir. Je m'assis sur une chaise basse, le corps penché en avant, la tête contre l'appui de la fenêtre, Geneviève dit :

« Si Marie avait vécu, rien de tout cela ne serait arrivé. Il n'aurait pu que l'avantager...

– Allons donc ! il l'aurait prise en grippe comme les autres. C'est un monstre. Il n'a pas de sentiments humains... »

Isa a encore protesté :

« Je vous prie, Phili, de ne pas traiter ainsi mon mari devant moi et devant mes enfants. Vous lui devez le respect.

– Le respect ? le respect ? »

Je crus comprendre qu'il marmonnait : « Si vous croyez que c'est amusant pour moi d'être entré dans une pareille famille... » Sa belle-mère lui dit sèchement :

« Personne ne vous y a forcé.

– Mais on a fait luire à mes yeux des espérances... Allons, bon ! voilà Janine qui pleure. Quoi ? Qu'est-ce que j'ai dit d'extraordinaire ? »

Il grognait : « Oh ! là ! là », d'un ton excédé. Je n'entendis plus rien que Janine qui se mouchait. Une voix que je ne pus identifier murmura : « Que d'étoiles ! » L'horloge de Saint-Vincent sonna deux heures.

« Mes enfants, il faut aller dormir. »

Hubert protesta qu'on ne pouvait se séparer sans avoir rien décidé. Il était grand temps d'agir. Phili l'approuva. Il ne croyait pas que je pusse durer encore longtemps. Après, il n'y aurait plus rien à faire. Toutes mes mesures devaient être prises...

« Mais enfin, mes pauvres enfants, qu'attendez-vous de moi ? J'ai tout essayé. Je ne puis plus rien.

– Si ! dit Hubert. Tu peux fort bien... »

Que susurrait-il ? Ce que j'avais le plus d'intérêt à connaître m'échappait. À l'accent d'Isa, je compris qu'elle était choquée, scandalisée :

« Non, non, je n'aime pas beaucoup ça.

– Il ne s'agit pas de savoir ce que tu préfères, maman, mais de sauver notre patrimoine. »

Encore d'indistincts murmures, coupés par Isa :

« C'est bien dur, mon enfant.

– Vous ne pouvez pourtant pas, bonne-maman, rester plus longtemps sa complice. Il ne nous déshérite qu'avec votre permission. Votre silence l'approuve.

– Janine, ma chérie, comment oses-tu... »

Pauvre Isa qui avait passé tant de nuits au chevet de cette petite hurleuse, qui l'avait prise dans sa chambre parce que ses parents voulaient dormir et qu'aucune nurse ne la supportait plus... Janine parlait sec, d'un ton qui aurait suffi à me mettre hors de moi. Elle ajouta :

« Cela me fait de la peine de vous dire ces choses, bonne-maman. Mais c'est mon devoir. »

Son devoir ! Elle appelait de ce nom l'exigence de sa chair, sa terreur d'être lâchée par cette gouape dont j'entendais le rire idiot...

Geneviève approuva sa fille : il était certain que la faiblesse pouvait devenir une complicité. Isa soupira :

« Peut-être, mes enfants, le plus facile serait-il de lui écrire.

— Ah ! non ! pas de lettre, surtout ! protesta Hubert. Ce sont toujours les lettres qui nous perdent. J'espère, maman, que tu ne lui as pas écrit déjà ? »

Elle avoua que deux ou trois fois elle m'avait écrit.

« Pas de lettres de menaces ou d'injures ? »

Isa hésitait à avouer. Et moi, je riais... Oui, oui, elle m'avait écrit, des lettres que je gardais précieusement, deux qui contiennent des injures graves, et une troisième presque tendre, de quoi lui faire perdre tous les procès en séparation que ses imbéciles d'enfants pourraient lui persuader de m'intenter. Tous maintenant s'inquiétaient, comme lorsqu'un chien grogne et que le reste de la meute commence à gronder.

« Vous ne lui avez pas écrit, grand-mère ? Il ne détient aucune lettre dangereuse pour nous ?

— Non, je ne crois pas... C'est-à-dire qu'une fois, Bourru, ce petit avoué de Saint-Vincent que mon mari doit tenir d'une façon quelconque, m'a dit en larmoyant (mais c'est une canaille et un tartufe), il m'a dit : "Ah ! madame, vous avez été bien imprudente de lui écrire..."

— Qu'est-ce que tu lui as écrit ? Pas d'insultes, j'espère ?

— Une fois, des reproches un peu trop violents après la mort de Marie. Et une autre fois, en 1909 : il s'agissait d'une liaison plus sérieuse que les autres. »

Et comme Hubert grondait : « C'est très grave, c'est excessivement grave... », elle crut le rassurer en lui affirmant qu'elle avait bien arrangé les choses ensuite, qu'elle avait exprimé des regrets, reconnu ses torts.

« Ah ! ça ! par exemple, c'est le bouquet...

— Alors il n'a plus rien à craindre d'un procès en séparation...

— Mais qu'est-ce qui vous prouve, après tout, que ses intentions soient si noires ?

— Voyons ! Il faudrait être aveugle : le mystère impénétrable de ses opérations financières ; ses allusions ; le mot échappé à Bourru, devant témoin : "Ils en feront une gueule, à la mort du vieux..." »

Ils discutaient maintenant comme si la vieille femme n'eût pas été présente. Elle se leva de son fauteuil en gémissant. Elle avait tort, disait-elle, avec ses rhumatismes, de rester assise dehors, la nuit. Les enfants ne lui répondirent même pas. J'entendis les vagues « bonsoir » qu'ils lui adressèrent sans s'interrompre. C'était elle qui devait les embrasser à la ronde, ils ne se dérangèrent pas. Je me recouchai par prudence. Son pas lourd retentissait dans l'escalier. Elle alla jusqu'à ma porte, j'entendis son essoufflement. Elle posa sa bougie sur le plancher et ouvrit. Elle était tout près de mon lit. Elle se pencha sur moi, sans doute pour s'assurer que j'étais endormi. Comme elle resta longtemps ! J'avais peur de me trahir. Elle respirait à petits coups. Enfin, elle referma ma porte. Quand elle eut verrouillé la sienne, je regagnai, dans le cabinet de toilette, mon poste d'écoute...

Les enfants étaient encore là. Ils parlaient à mi-voix maintenant. Beaucoup de leurs paroles m'échappaient.

« Il n'était pas de son monde, disait Janine. Il y a eu ça aussi. Phili, mon chéri, tu tousses. Mets ton pardessus.

– Au fond, ce n'est pas sa femme qu'il déteste le plus, c'est nous. Quelle chose inimaginable ! On ne voit pas ça, même dans les livres. Nous n'avons pas à juger notre mère, conclut Geneviève, mais je trouve que maman ne lui en veut pas assez...

– Parbleu (c'était la voix de Phili), elle retrouvera toujours sa dot. Les Suez[1] du père Fondaudège... ça a dû grimper depuis 1884...

– Les Suez ! mais ils sont vendus... »

Je reconnus les hésitations, l'ânonnement du mari de Geneviève ; ce pauvre Alfred n'avait pas encore placé un mot. Geneviève, de ce ton aigre, criard, qu'elle lui réserve, l'interrompit :

« Tu es fou ? les Suez vendus ? »

Alfred raconta qu'au mois de mai, il était entré chez sa belle-mère au moment où elle signait des papiers et qu'elle lui avait dit : « Il paraît que c'est le moment de les vendre, ils sont au plus haut, ils vont baisser.

– Et tu ne nous as pas avertis ? cria Geneviève. Mais tu

---

1. Mauriac possédait lui-même des actions de la Compagnie du Canal. Voir une lettre à sa mère, où il se félicite d'une plus-value (*François Mauriac*, L'Herne, p. 168).

es complètement idiot. Il lui a fait vendre ses Suez ? Tu nous dis ça comme la chose la plus ordinaire...

— Mais, Geneviève, je croyais que ta mère vous tenait au courant. Du moment qu'elle est mariée sous le régime dotal...

— Oui, mais est-ce qu'il n'a pas empoché le bénéfice de l'opération ? Qu'en penses-tu, Hubert ? Dire qu'il ne nous a pas avertis ! Et j'aurai passé toute ma vie avec cet homme... »

Janine intervint pour les prier de parler plus bas : ils allaient réveiller sa petite fille. Pendant quelques minutes, je ne distinguai plus rien. Puis la voix d'Hubert se détacha de nouveau :

« Je pense à ce que vous disiez tout à l'heure. Nous ne pourrions rien tenter de ce côté-là, avec maman. Du moins faudrait-il l'y préparer peu à peu...

— Elle aimerait mieux ça peut-être que la séparation. Depuis que la séparation aboutit nécessairement au divorce, ça pose un cas de conscience... Évidemment, ce que proposait Phili choque de prime abord. Mais quoi ! nous ne serions pas juges. Ce n'est pas nous qui en déciderions en dernier ressort. Notre rôle consiste à provoquer la chose. Elle ne se produirait que si elle était reconnue nécessaire par les autorités compétentes.

— Et moi je vous répète que ce serait un coup d'épée dans l'eau », déclara Olympe.

Il fallait que la femme d'Hubert fût outrée pour élever ainsi la voix. Elle affirma que j'étais un homme pondéré, d'un jugement très sain, « avec lequel, ajouta-t-elle, je dois dire que je tombe souvent d'accord, et que je retournerais comme un gant, si vous ne défaisiez mon ouvrage... »

Je n'entendis point l'insolence que dut répondre Phili ; mais ils riaient tous, comme chaque fois qu'Olympe ouvre la bouche. Je saisis des bribes de phrases :

« Il y a cinq ans qu'il ne plaide plus, qu'il ne peut plus plaider.

— À cause de son cœur !

— Oui, maintenant. Mais lorsqu'il a quitté le Palais, il n'était pas encore très malade. La vérité est qu'il avait des démêlés avec ses confrères. Il y eut des scènes dans les pas-perdus, sur lesquelles j'ai recueilli déjà des témoignages... »

Je tendis vainement l'oreille. Phili et Hubert avaient rapproché leurs chaises. Je n'entendis qu'un murmure indistinct, puis cette exclamation d'Olympe :

« Allons donc ! le seul homme avec lequel je puisse ici parler de mes lectures, échanger des idées générales, vous voudriez... »

De la réponse de Phili je perçus le mot « maboule ». Un gendre d'Hubert, celui qui ne parle presque jamais, dit d'une voix étranglée :

« Je vous prie d'être poli avec ma belle-mère. »

Phili protesta qu'il plaisantait. N'étaient-ils pas tous les deux les victimes, dans cette affaire ? Comme le gendre d'Hubert assurait, d'une voix tremblante, qu'il ne se considérait pas comme une victime et qu'il avait épousé sa femme par amour, ils firent tous chorus : « Moi aussi ! moi aussi ! moi aussi ! » Geneviève dit railleusement à son mari :

« Ah ! toi aussi ! tu te vantes de m'avoir épousée sans connaître la fortune de mon père ? Mais rappelle-toi, ce soir de nos fiançailles, où tu m'as glissé : "Qu'est-ce que ça peut nous faire qu'il ne veuille rien nous en dire, puisque nous savons qu'elle est énorme !" »

Il y eut un éclat de rire général ; un brouhaha. Hubert éleva de nouveau la voix, parla seul quelques instants. Je n'entendis que la dernière phrase :

« C'est une question de justice, une question de moralité qui domine tout. Nous défendons le patrimoine, les droits sacrés de la famille. »

Dans le silence profond qui précède l'aube, leurs propos m'arrivaient plus distincts.

« Le faire suivre ? Il a trop d'accointances avec la police, j'en ai eu la preuve ; il serait averti... (et quelques instants après), on connaît sa dureté, sa rapacité ; on a mis en doute, il faut bien le dire, sa délicatesse dans deux ou trois affaires. Mais pour ce qui est du bon sens, de l'équilibre...

— En tout cas, on ne peut nier le caractère inhumain, monstrueux, antinaturel de ses sentiments à notre égard...

— Si tu crois, ma petite Janine, dit Alfred à sa fille, qu'ils suffiraient pour établir un diagnostic ? »

Je comprenais, j'avais compris. Un grand calme régnait en moi ; un apaisement né de cette certitude : c'étaient eux les monstres et moi la victime. L'absence d'Isa me faisait plaisir. Elle avait plus ou moins protesté, tant qu'elle avait

106

été là; et devant elle, ils n'eussent osé faire allusion à ces projets que je venais de surprendre et qui, d'ailleurs, ne m'effrayaient pas. Pauvres imbéciles! comme si j'étais homme à me laisser interdire ou enfermer! Avant qu'ils aient pu remuer le petit doigt, j'aurais vite fait de mettre Hubert dans une situation désespérée. Il ne se doute pas que je le tiens. Quant à Phili, je possède un dossier... La pensée ne m'avait jamais effleuré que je dusse m'en servir. Mais je ne m'en servirai pas: il me suffira de montrer les dents.

J'éprouvais, pour la première fois de ma vie, le contentement d'être le moins mauvais. Je n'avais pas envie de me venger d'eux. Ou du moins je ne voulais d'autre vengeance que de leur arracher cet héritage autour duquel ils séchaient d'impatience, suaient d'angoisse.

« Une étoile filante! cria Phili... Je n'ai pas eu le temps de faire un vœu.

— On n'a jamais le temps! » dit Janine.

Son mari reprit, avec cette gaîté d'enfant qu'il avait gardée:

« Quand tu en verras une, tu crieras: "Millions!"

— Quel idiot, ce Phili! »

Ils se levèrent tous. Les fauteuils de jardin raclèrent le gravier. J'entendis le bruit des verrous de l'entrée, des rires étouffés de Janine dans le couloir. Les portes des chambres se fermèrent une à une. Mon parti était pris. Depuis deux mois, je n'avais pas eu de crise. Rien ne m'empêchait d'aller à Paris. En général, je partais sans avertir. Mais je ne voulais pas que ce départ ressemblât à une fuite. Jusqu'au matin, je repris mes plans d'autrefois. Je les mis au point.

XIII

Je n'éprouvais, quand je fus debout, à midi, aucune fatigue. Bourru, appelé par un coup de téléphone, vint après déjeuner. Nous nous promenâmes de long en large, pendant près de trois quarts d'heure, sous les tilleuls. Isa, Geneviève et Janine nous observaient de loin et je jouissais de leur angoisse. Quel dommage que les hommes fussent à Bordeaux! Ils disent du vieux petit avoué: « Bourru est son âme damnée. » Misérable Bourru, que je tiens plus étroitement qu'un esclave ! Il fallait voir, ce matin-là, le pauvre diable se débattant pour que je ne livre pas d'armes contre lui à mon héritier éventuel... « Mais, lui disais-je, puisqu'il s'en dessaisira, dès que vous aurez brûlé la reconnaissance signée par lui... »

Au départ, il fit un salut profond aux dames qui répondirent à peine, et enfourcha pauvrement sa bicyclette. Je rejoignis les trois femmes et leur annonçai que je partais pour Paris, le soir même. Comme Isa protestait qu'il y avait de l'imprudence, dans mon état, à voyager seul :

« Il faut bien que je m'occupe de mes placements, répondis-je. Sans en avoir l'air, je pense à vous. »

Elles m'observaient, d'un air anxieux. Mon accent ironique me trahissait. Janine regarda sa mère, et s'enhardissant :

« Bonne-maman ou oncle Hubert pourrait vous remplacer, grand-père.

— C'est une idée, mon enfant... Quelle bonne idée ! mais voilà : j'ai toujours été habitué à tout faire par moi-même. Et puis, c'est mal, je le sais, mais je ne me fie à personne.

— Pas même à vos enfants ? Oh ! grand-père ! »

Elle appuyait sur « grand-père », d'un ton un peu précieux. Elle prenait un air câlin, irrésistible. Ah ! sa voix exaspérante, cette voix que j'avais entendue, dans la nuit, mêlée aux autres... Alors je me mis à rire, de ce rire dangereux qui me fait tousser, et qui, visiblement, les terrifiait. Je n'oublierai jamais cette pauvre figure d'Isa, son air exténué. Elle avait dû déjà subir des assauts. Janine allait probablement revenir à la charge, dès que j'aurais tourné les talons : « Ne le laissez pas partir, bonne-maman... »

Mais ma femme n'était pas d'attaque, elle n'en pouvait plus, à bout de course, recrue de fatigue. Je l'entendais, l'autre jour, dire à Geneviève : « Je voudrais me coucher, dormir, ne pas me réveiller... »

Elle m'attendrissait, maintenant, comme ma pauvre mère m'avait attendri. Les enfants poussaient contre moi cette vieille machine usée, incapable de servir. Sans doute l'aimaient-ils à leur manière ; ils l'obligeaient à consulter le médecin, à suivre des régimes. Sa fille et sa petite-fille s'étant éloignées, elle s'approcha de moi :

« Écoute, me dit-elle très vite, j'ai besoin d'argent.

— Nous sommes le dix. Je t'ai donné ton mois le premier.

— Oui, mais j'ai dû avancer de l'argent à Janine : ils sont très gênés. À Calèse, je fais des économies ; je te rendrai sur mon mois d'août... »

Je répondis que cela ne me regardait pas, que je n'avais pas à entretenir le nommé Phili.

« J'ai des notes en retard chez le boucher, chez l'épicier... Tiens, regarde. »

Elle les tira de son sac. Elle me faisait pitié. Je lui offris de signer des chèques, « comme ça, je serais sûr que l'argent n'irait pas ailleurs... » Elle y consentit. Je pris mon carnet de chèques et remarquai, dans l'allée des rosiers, Janine et sa mère qui nous observaient.

« Je suis sûr, dis-je, qu'elles s'imaginent que tu me parles d'autre chose... »

Isa tressaillit. Elle demanda à voix basse : « De quelle chose ? » À ce moment-là, je sentis ce resserrement à ma poitrine. Des deux mains ramenées, je fis le geste qu'elle connaissait bien. Elle se rapprocha :

« Tu souffres ? »

Je me raccrochai un instant à son bras. Nous avions l'air, au milieu de l'allée des tilleuls, de deux époux qui finissent de vivre après des années de profonde union. Je murmurai à voix basse : « Ça va mieux. » Elle devait penser que c'était le moment de parler, une occasion unique. Mais elle n'en avait plus la force. Je remarquai comme elle était, elle aussi, essoufflée. Tout malade que je fusse, moi, j'avais fait front. Elle s'était livrée, donnée ; il ne lui restait plus rien en propre.

Elle cherchait une parole, tournait les yeux, à la dérobée, du côté de sa fille et de sa petite-fille, pour se donner du courage. Je discernais, dans son regard levé vers moi, une lassitude sans nom, peut-être de la pitié et sûrement un peu de honte. Les enfants, cette nuit, avaient dû la blesser.

« Cela m'inquiète de te voir partir seul. »

Je lui répondis que, s'il m'arrivait malheur en voyage, ce ne serait pas la peine que l'on me transportât ici.

Et comme elle m'adjurait de ne pas faire allusion à ces choses, j'ajoutai :

« Ce serait une dépense inutile, Isa. La terre des cimetières est la même partout.

— Je suis comme toi, soupira-t-elle. Qu'*ils* me mettent où ils voudront. Autrefois, je tenais tellement à dormir près de Marie... mais que reste-t-il de Marie ? »

Cette fois encore, je compris que pour elle, sa petite Marie était cette poussière, ces ossements. Je n'osais protester que moi, depuis des années, je sentais vivre mon enfant, je la respirais ; qu'elle traversait souvent ma vie ténébreuse, d'un brusque souffle.

En vain Geneviève et Janine l'épiaient, Isa semblait lasse. Mesurait-elle le néant de ce pourquoi elle luttait depuis tant d'années ? Geneviève et Hubert, poussés eux-mêmes par leurs propres enfants, jetaient contre moi cette vieille femme, Isa Fondaudège, la jeune fille odorante des nuits de Bagnères.

Depuis bientôt un demi-siècle, nous nous affrontions. Et voici que dans cet après-midi pesant, les deux adversaires sentaient le lien que crée, en dépit d'une si longue lutte, la complicité de la vieillesse. En paraissant nous haïr, nous étions arrivés au même point. Il n'y avait rien, il n'y avait plus rien au-delà de ce promontoire où nous attendions de mourir. Pour moi, du moins. À elle, il restait son Dieu ; son Dieu devait lui rester. Tout ce à quoi elle avait tenu aussi âprement que moi-même, lui manquait d'un coup : toutes ces convoitises qui s'interposaient entre elle et l'Être infini. Le voyait-elle maintenant, Celui dont rien ne la séparait plus ? Non, il lui restait les ambitions, les exigences de ses enfants. Elle était chargée de leurs désirs. Il lui fallait recommencer d'être dure par procuration. Soucis d'argent, de santé, calculs de l'ambition et de la jalousie, tout était là, devant elle, comme ces devoirs d'écolier où le maître a écrit : *à refaire.*

Elle tourna de nouveau les yeux vers l'allée où Geneviève et Janine, armées de sécateurs, feignirent de nettoyer les rosiers. Du banc où je m'étais assis pour reprendre souffle, je regardais ma femme s'éloigner, tête basse, comme un enfant qui va être grondé. Le soleil trop chaud annonçait l'orage. Elle avançait du pas de ceux dont la marche est une souffrance. Il me semblait l'entendre geindre : «Ah ! mes pauvres jambes ! » Deux vieux époux ne se détestent jamais autant qu'ils l'imaginent.

Elle avait rejoint ses enfants qui, évidemment, lui adressaient des reproches. Soudain je la vis revenir vers moi, rouge, soufflante. Elle s'assit à mon côté et gémit :

«Ces temps orageux me fatiguent, j'ai beaucoup de tension, ces jours-ci... Écoute, Louis, il y a quelque chose qui m'inquiète... Les Suez de ma dot, comment en as-tu fait le remploi ? Je sais bien que tu m'as demandé de signer d'autres papiers... »

Je lui indiquai le chiffre de l'énorme bénéfice que j'avais réalisé pour elle, à la veille de la baisse. Je lui expliquai le remploi que j'en avais effectué en obligations :

« Ta dot a fait des petits, Isa. Même en tenant compte de la dépréciation du franc, tu seras éblouie. Tout est à ton nom, à la Westminster, ta dot initiale et les bénéfices... Les enfants n'auront rien à y voir... tu peux être tranquille. Je suis le maître de mon argent et de ce que mon argent a produit, mais ce qui vient de toi est à toi. Va rassurer ces anges de désintéressement, là-bas. »

Elle me prit le bras brusquement :

« Pourquoi les détestes-tu, Louis, pourquoi hais-tu ta famille ?

— C'est vous qui me haïssez. Ou plutôt, mes enfants me haïssent. Toi... tu m'ignores, sauf quand je t'irrite ou que je te fais peur.

— Tu pourrais ajouter : "ou que je te torture..." Crois-tu que je n'aie pas souffert autrefois?

— Allons donc ! tu ne voyais que les enfants...

— Il fallait bien me rattacher à eux. Que me restait-il en dehors d'eux ? (et à voix plus basse), tu m'as délaissée et trompée dès la première année, tu le sais bien.

— Ma pauvre Isa, tu ne me feras pas croire que mes fredaines t'aient beaucoup touchée... Dans ton amour-propre de jeune femme peut-être... »

Elle rit amèrement :

« Tu as l'air sincère ! Quand je pense que tu ne t'es même pas aperçu... »

Je tressaillis d'espérance. C'est étrange à dire, puisqu'il s'agissait de sentiments révolus, finis. L'espoir d'avoir été aimé, quarante années plus tôt, à mon insu... Mais non, je n'y croyais pas...

« Tu n'as pas eu un mot, un cri... Les enfants te suffisaient. »

Elle cacha sa figure dans ses deux mains. Je n'en avais jamais remarqué, comme ce jour-là, les grosses veines, les tavelures.

« Mes enfants ! quand je pense qu'à partir du moment où nous avons fait chambre à part, je me suis privée, pendant des années, d'en avoir aucun avec moi, la nuit, même quand ils étaient malades, parce que j'attendais, j'espérais toujours ta venue. »

Des larmes coulaient sur ses vieilles mains. C'était Isa ; moi seul pouvais retrouver encore, dans cette femme épaisse et presque infirme, la jeune fille vouée au blanc, sur la route de la vallée du Lys.

« C'est honteux et ridicule à mon âge de rappeler ces choses... Oui, surtout ridicule. Pardonne-moi, Louis. »

Je regardais les vignes, sans répondre. Un doute me vint, à cette minute-là. Est-il possible, pendant près d'un demi-siècle, de n'observer qu'un seul côté de la créature qui partage notre vie ? Se pourrait-il que nous fassions, par habitude, le tri de ses paroles et de ses gestes, ne retenant que ce qui nourrit nos griefs et entretient nos rancunes ? Tendance fatale à simplifier les autres ; élimination de tous les traits qui adouciraient la charge, qui rendraient plus humaine la caricature dont notre haine a besoin pour sa justification... Peut-être Isa vit-elle mon trouble ? Elle chercha trop vite à marquer un point.

« Tu ne pars pas ce soir ? »

Je crus discerner une lueur dans ses yeux, lorsqu'elle croyait « m'avoir eu ». Je jouai l'étonnement et répondis que je n'avais aucune raison pour remettre ce voyage. Nous remontâmes ensemble. À cause de mon cœur, nous ne prîmes pas par la pente des charmilles et suivîmes l'allée des tilleuls qui contourne la maison. Malgré tout, je demeurais incertain et troublé. Si je ne partais pas ? si je donnais à Isa ce cahier ? si... Elle appuya sa main sur mon épaule. Depuis combien d'années n'avait-elle pas fait ce geste ? L'allée débouche devant la maison, du côté du nord. Isa dit :

« Cazau ne range jamais les sièges de jardin... »

Je regardai distraitement. Les fauteuils vides formaient encore un cercle étroit. Ceux qui les avaient occupés avaient senti le besoin de se rapprocher pour se parler à voix basse. La terre était creusée par les talons. Partout, ces bouts de cigarettes que fume Phili. L'ennemi avait campé là, cette nuit ; il avait tenu conseil sous les étoiles. Il avait parlé ici, chez moi, devant les arbres plantés par mon père, de m'interdire ou de m'enfermer. Dans un soir d'humilité, j'ai comparé mon cœur à un nœud de vipères. Non, non : le nœud de vipères est en dehors de moi ; elles sont sorties de moi et elles s'enroulaient, cette nuit, elles formaient ce cercle hideux au bas du perron, et la terre porte encore leurs traces.

«Tu le retrouveras ton argent, Isa, pensais-je, ton argent que j'ai fait fructifier. Mais rien que cela, et pas autre chose. Et ces propriétés mêmes, je trouverai le joint pour qu'ils ne les aient pas. Je vendrai Calèse; je vendrai les landes. Tout ce qui vient de ma famille ira à ce fils inconnu, à ce garçon avec qui, dès demain, j'aurai une entrevue. Quel qu'il soit, il ne vous connaît pas; il n'a pas pris part à vos complots, il a été élevé loin de moi et ne peut pas me haïr; ou s'il me hait, l'objet de sa haine est un être abstrait, sans rapport avec moi-même...»

Je me dégageai avec colère et gravis en hâte les marches de l'entrée, oubliant mon vieux cœur malade. Isa cria: «Louis!» Je ne me retournai même pas.

XIV

Ne pouvant dormir, je me suis rhabillé et j'ai gagné la rue. Pour atteindre le boulevard Montparnasse, j'ai dû me frayer un chemin à travers les couples dansants. Autrefois, même un républicain bon teint comme je l'étais, fuyait les fêtes du 14 juillet. L'idée ne serait venue à aucun homme sérieux de se mêler aux plaisirs de la rue. Ce soir, rue Bréa et devant la Rotonde, ce ne sont pas des voyous qui dansent. Rien de crapuleux: des garçons vigoureux, tête nue; quelques-uns portent des chemises ouvertes aux manches courtes. Parmi les danseuses très peu de filles. Ils s'accrochent aux roues des taxis qui interrompent leur jeu, mais avec gentillesse et bonne humeur. Un jeune homme, qui m'avait bousculé par mégarde, a crié: «Place au noble vieillard!» Je suis passé entre une double haie de visages éclatants. «Tu n'as pas sommeil, grand-père?» m'a lancé un garçon brun, aux cheveux plantés bas. Luc aurait appris à rire comme ceux-là, et à danser dans la rue; et moi qui n'ai jamais su ce que c'était que se détendre et que se divertir, je l'aurais appris de mon pauvre enfant. Il aurait été le plus comblé de tous; il n'aurait pas manqué d'argent...

C'est de terre que sa bouche a été comblée... Ainsi allaient mes pensées, tandis que la poitrine étreinte par l'angoisse familière, je m'étais assis à la terrasse d'un café, en pleine liesse.

Et soudain, parmi la foule qui coulait entre les trottoirs, je me suis vu moi-même : c'était Robert, avec un camarade d'aspect miteux. Ces grandes jambes de Robert, ce buste court comme est le mien, cette tête dans les épaules, je les exècre. Chez lui, tous mes défauts sont accentués. J'ai le visage allongé, mais sa figure est chevaline, – une figure de bossu. Sa voix aussi est d'un bossu. Je l'ai appelé. Il a quitté son camarade et a regardé autour de lui d'un air anxieux.

« Pas ici, m'a-t-il dit. Venez me rejoindre sur le trottoir de droite, rue Campagne-Première. »

Je lui fis remarquer que nous ne pouvions être mieux cachés qu'au sein de cette cohue. Il se laissa convaincre, prit congé de son camarade et s'assit à ma table.

Il tenait à la main un journal de sports. Pour combler le silence, j'essayai de parler cheval. Le vieux Fondaudège, autrefois, m'y avait accoutumé. Je racontai à Robert que lorsque mon beau-père jouait, il faisait intervenir dans son choix les considérations les plus diverses ; non seulement les origines lointaines du cheval, mais la nature du terrain qu'il préférait... Il m'interrompit :

« Moi, j'ai des tuyaux chez Dermas (c'était la maison de tissus où il avait échoué, rue des Petits-Champs). »

D'ailleurs, ce qui l'intéressait, c'était de gagner. Les chevaux l'ennuyaient.

« Moi, ajouta-t-il, c'est le vélo. »

Et ses yeux brillèrent.

« Bientôt, lui dis-je, ce sera l'auto...

– Pensez-vous ! »

Il mouilla de salive son pouce, prit une feuille de cigarette, roula le tabac. Et de nouveau, le silence. Je lui demandai si la crise des affaires se faisait sentir dans la maison où il travaillait. Il me répondit qu'on avait licencié une partie du personnel, mais que lui ne risquait rien. Jamais ses réflexions ne débouchaient hors du cercle le plus étroit de ses convenances particulières. Ainsi, ce serait sur cet abruti que des millions allaient s'abattre. Si je les donnais à des œuvres, pensai-je, si je les distribuais de la main à la main ? Non, *ils* me feraient interdire... Par testament ? Impossible de dépasser la quotité disponible. Ah ! Luc, si tu étais vivant...

c'est vrai qu'il n'aurait pas accepté... mais j'aurais trouvé le moyen de l'enrichir sans qu'il se doutât que c'était moi... Par exemple, en dotant la femme qu'il aurait aimée...

« Dites, monsieur... »

Robert caressait sa joue, d'une main rouge, aux doigts boudinés.

« J'ai réfléchi : si l'avoué, ce Bourru, mourait avant que nous ayons brûlé le papier...

– Eh bien, son fils lui succéderait. L'arme que je vous laisserai contre Bourru, servirait, le cas échéant, contre son fils. »

Robert continuait de se caresser la joue. Je n'essayai plus de parler. Le resserrement de ma poitrine, cette contraction atroce suffisait à m'occuper.

« Dites, monsieur... une supposition... Bourru brûle le papier ; je lui rends celui que vous m'avez donné pour l'obliger à tenir sa promesse. Mais après cela, qui l'empêche d'aller trouver votre famille, et de dire à vos enfants : "Je sais où est le magot. Je vous vends mon secret : je réclame tant pour le livrer, et tant, si vous réussissez..." Il peut demander que son nom ne paraisse pas... À ce moment-là, il ne risquerait plus rien : on ferait une enquête ; on verrait que je suis bien votre fils, que ma mère et moi avons changé notre train de vie depuis votre mort... Et de deux choses l'une, ou bien nous aurons fait des déclarations exactes pour l'impôt sur le revenu, ou bien nous aurons dissimulé... »

Il parlait avec netteté. Son esprit se désengourdissait. Lentement, la machine à raisonner s'était mise en branle et elle ne s'arrêtait plus. Ce qui demeurait puissant, chez ce calicot, c'était l'instinct paysan de prévoyance, de défiance, l'horreur du risque, le souci de ne rien laisser au hasard. Sans doute aurait-il préféré recevoir cent mille francs de la main à la main, que d'avoir à dissimuler cette énorme fortune.

J'attendis que mon cœur se sentît plus libre, et que l'étreinte se desserrât :

« Il y a du vrai dans ce que vous dites. Eh bien, j'y consens. Vous ne signerez aucun papier. Je me fie à vous. Il me serait d'ailleurs toujours facile de prouver que cet argent m'appartient. Ça n'a plus aucune importance ; dans six mois, dans un an au plus, je serai mort. »

Il ne fit aucun geste pour protester ; il ne trouva pas le mot banal que n'importe qui eût proféré. Non qu'il fût plus dur qu'un autre garçon de son âge : simplement, il était mal élevé.

« Comme ça, dit-il, ça peut aller. »

Il rumina son idée pendant quelques instants, et ajouta :

« Il faudra que j'aille au coffre de temps en temps, même de votre vivant... pour qu'on connaisse ma figure, à la banque. J'irai vous chercher votre argent...

— Au fait, ajoutai-je, j'ai plusieurs coffres à l'étranger. Si vous préférez, si vous jugez plus sûr...

— Quitter Paname ? ah, bien alors ! »

Je lui fis remarquer qu'il pouvait demeurer à Paris et se déplacer quand ce serait nécessaire. Il me demanda si la fortune était composée de titres ou d'argent liquide et ajouta :

« Je voudrais tout de même que vous m'écriviez une lettre comme quoi, étant sain d'esprit, vous me léguez librement votre fortune... Au cas où le pot aux roses serait découvert et où je serais accusé de vol par les autres, on ne sait jamais. Et puis, pour le repos de ma conscience. »

Il se tut de nouveau, acheta des cacahuètes qu'il se mit à manger voracement, comme s'il avait faim ; et tout à coup :

« Mais enfin, qu'est-ce qu'ils vous ont fait, les autres ?

— Prenez ce qu'on vous offre, répondis-je sèchement, et ne posez plus de questions. »

Un peu de sang colora ses joues blettes. Il eut ce sourire piqué, par lequel il devait avoir l'habitude de répondre aux réprimandes du patron, et découvrit ainsi des dents saines et pointues, la seule grâce de cette ingrate figure.

Il épluchait des cacahuètes, sans plus rien dire. Il n'avait pas l'air ébloui. Évidemment, son imagination travaillait. J'étais tombé sur le seul être capable de ne voir que les très légers risques, dans cette prodigieuse aubaine. Je voulus à toute force l'éblouir :

« Vous avez une petite amie ? lui demandai-je à brûle-pourpoint. Vous pourriez l'épouser, vous vivriez comme de riches bourgeois. »

Et comme il faisait un geste vague, et hochait sa triste tête, j'insistai :

« D'ailleurs, vous pouvez épouser qui vous voulez. S'il existe autour de vous une femme qui vous paraisse inaccessible... »

Il dressa l'oreille et, pour la première fois, je vis luire dans ses yeux une jeune flamme :

« Je pourrais épouser Mlle Brugère !

– Qui est Mlle Brugère ?

– Non, je plaisantais ; une première chez Dermas, pensez donc ! une femme superbe. Elle ne me regarde même pas ; elle ne sait même pas que j'existe... Pensez donc ! »

Et comme je lui assurais qu'avec le vingtième de sa fortune il pourrait épouser n'importe quelle « première » de Paris :

« Mlle Brugère ! » répétait-il. Puis avec un haussement d'épaules : « Non ! pensez-vous... »

Je souffrais de la poitrine. Je fis un signe au garçon. Robert eut alors un geste étonnant :

« Non, monsieur, laissez : je peux bien vous offrir ça. »

Je remis la monnaie dans ma poche avec satisfaction. Nous nous levâmes. Les musiciens rangeaient leurs instruments. On avait éteint les guirlandes d'ampoules électriques. Robert n'avait plus à redouter d'être vu avec moi.

« Je vous raccompagne », dit-il.

Je lui demandai d'aller lentement, à cause de mon cœur. J'admirai[1] qu'il ne fît rien pour hâter l'exécution de nos projets. Je lui dis que, si je mourais cette nuit, il perdrait une fortune. Il eut une moue d'indifférence. En somme, je l'avais dérangé, ce garçon. Il était à peu près de ma taille. Aurait-il jamais l'air d'un monsieur ? Il semblait si étriqué, mon fils, mon héritier ! J'essayai de donner à nos propos un tour plus intime. Je lui assurai que je ne pensais pas sans remords à l'abandon où je les avais laissés, lui et sa mère. Il parut surpris ; il trouvait « très joli » que je leur eusse assuré une rente régulière. « Il y en avait beaucoup qui n'en auraient pas fait autant. » Il ajouta un mot horrible : « Du moment que vous n'étiez pas le premier... » Évidemment, il jugeait sans indulgence sa mère. Arrivé devant ma porte, il me dit soudain :

« Une supposition... je prendrais un métier qui m'obligerait à fréquenter la Bourse... ça expliquerait ma fortune...

– Gardez-vous-en, lui dis-je. Vous perdriez tout. »

Il regardait le trottoir d'un air préoccupé : « C'était à cause de l'impôt sur le revenu ; si l'inspecteur faisait une enquête...

---

1. Entendre : je lui exprimai mon admiration pour le fait que.

– Mais puisque c'est de l'argent liquide, une fortune anonyme, déposée dans des coffres que personne au monde n'a le droit d'ouvrir, sauf vous.

– Oui, bien sûr, mais tout de même... »

D'un geste excédé, je lui fermai la porte au nez.

XV

Calèse.

À travers la vitre où une mouche se cogne, je regarde les coteaux engourdis. Le vent tire en gémissant des nuées pesantes dont l'ombre glisse sur la plaine. Ce silence de mort signifie l'attente universelle du premier grondement. « La vigne a peur... » a dit Marie, un triste jour d'été d'il y a trente ans, pareil à celui-ci. J'ai rouvert ce cahier. C'est bien mon écriture. J'en examine de tout près les caractères, la trace de l'ongle de mon petit doigt sous les lignes. J'irai jusqu'au bout de ce récit. Je sais maintenant à qui je le destine, il fallait que cette confession fût faite ; mais je devrai en supprimer bien des pages dont la lecture serait au-dessus de leurs forces. Moi-même, je ne puis les relire d'un trait. À chaque instant, je m'interromps et cache ma figure dans mes mains. Voilà l'homme[1], voilà un homme entre les hommes, me voilà. Vous pouvez me vomir, je n'en existe pas moins.

Cette nuit, entre le 13 et le 14 juillet, après avoir quitté Robert, j'eus à peine la force de me déshabiller et de m'étendre sur mon lit. Un poids énorme m'étouffait ; et, en dépit de ces étouffements, je ne mourais pas. La fenêtre était ouverte : si j'avais été au cinquième étage... mais, de ce premier, je ne me serais peut-être pas tué, cette seule considération me retint. À peine pouvais-je étendre le bras pour prendre les pilules qui, d'habitude, me soulagent.

À l'aube, on entendit enfin ma sonnette. Un docteur du

---

1. *Voilà l'homme :* outre la traduction d'*Ecce homo,* formule par laquelle Pilate présente aux Juifs leur « roi » couronné d'épines et revêtu du manteau de dérision, on reconnaît dans ce passage le ton de Jean-Jacques Rousseau dans le prologue des *Confessions.* Rappelons que, dans l'essai paru en 1930 : *Trois Grands Hommes devant Dieu,* Mauriac avait fait une place importante au Rousseau des *Confessions.*

quartier me fit une piqûre ; je retrouvai le souffle. Il m'ordonna l'immobilité absolue. L'excès de la douleur nous rend plus soumis qu'un petit enfant, je n'aurais eu garde de bouger. La laideur et les relents de cette chambre, de ces meubles, la rumeur de ce 14 juillet orageux, rien ne m'accablait puisque je ne souffrais plus : je ne demandais rien que cela. Robert vint un soir, et ne reparut plus. Mais sa mère, à la sortie du bureau, passait deux heures avec moi, me rendait quelques menus services et me rapportait mon courrier de la poste restante (aucune lettre de ma famille).

Je ne me plaignais pas, j'étais très doux, je buvais tout ce qui m'était ordonné. Elle détournait la conversation quand je lui parlais de nos projets. « Rien ne presse », répétait-elle. Je soupirais : « La preuve que ça presse... » et je montrais ma poitrine.

« Ma mère a vécu jusqu'à quatre-vingts ans, avec des crises plus fortes que les vôtres. »

Un matin, je me trouvai mieux que je n'avais été depuis longtemps. J'avais très faim, et ce qu'on me servait, dans cette maison de famille, était immangeable. L'ambition me vint d'aller déjeuner dans un petit restaurant du boulevard Saint-Germain dont j'appréciais la cuisine. L'addition m'y causait moins d'étonnement et de colère que je n'en éprouvais dans la plupart des autres gargotes où j'avais coutume de m'asseoir, avec la terreur de trop dépenser.

Le taxi me déposa au coin de la rue de Rennes. Je fis quelques pas pour essayer mes forces. Tout allait bien. Il était à peine midi : je résolus d'aller boire un quart Vichy aux Deux-Magots. Je m'installai à l'intérieur, sur la banquette, et regardai distraitement le boulevard.

Je ressentis un coup au cœur : à la terrasse, séparées de moi par l'épaisseur de la vitre, ces épaules étroites, cette tonsure, cette nuque déjà grise, ces oreilles plates et décollées... Hubert était là, lisant de ses yeux myopes un journal dont son nez touchait presque la page. Évidemment, il ne m'avait pas vu entrer. Les battements de mon cœur malade s'apaisèrent. Une affreuse joie m'envahit : je l'épiais et il ne savait pas que j'étais là.

Je n'aurais pu imaginer Hubert ailleurs qu'à une terrasse des Boulevards. Que faisait-il dans ce quartier ? Il n'y était certainement pas venu sans un but précis. Je n'avais qu'à attendre après avoir payé mon quart Vichy, pour être libre de me lever, dès que ce serait nécessaire.

Évidemment, il guettait quelqu'un, il regardait sa montre. Je croyais avoir deviné quelle personne allait se glisser entre les tables jusqu'à lui, et je fus presque déçu lorsque je vis descendre d'un taxi le mari de Geneviève. Alfred avait le canotier sur l'oreille. Loin de sa femme, ce petit quadragénaire gras reprenait du poil de la bête. Il était vêtu d'un costume trop clair, chaussé de souliers trop jaunes. Son élégance provinciale contrastait avec la tenue sobre d'Hubert « qui s'habille comme un Fondaudège », dit Isa.

Alfred enleva son chapeau et essuya un front luisant. Il vida d'un trait l'apéritif qu'on lui avait servi. Son beau-frère était déjà debout et regardait sa montre. Je me préparais à les suivre. Sans doute allaient-ils monter dans un taxi. J'essayerais d'en faire autant et de les filer : difficile manœuvre. Enfin, c'était déjà beaucoup que d'avoir éventé leur présence. J'attendis, pour sortir, qu'ils fussent au bord du trottoir. Ils ne firent signe à aucun chauffeur et traversèrent la place. Ils se dirigeaient, en causant, vers Saint-Germain-des-Prés. Quelle surprise et quelle joie ! Ils pénétraient dans l'église. Un policier, qui voit le voleur entrer dans la souricière, n'éprouve pas une plus délicieuse émotion que celle qui m'étouffait un peu, à cette minute. Je pris mon temps : ils auraient pu se retourner et si mon fils était myope, mon gendre avait bon œil. Malgré mon impatience, je me forçai à demeurer deux minutes sur le trottoir, puis, à mon tour, je franchis le porche.

Il était un peu plus de midi. J'avançais avec précaution dans la nef presque vide. J'eus bientôt fait de m'assurer que ceux que je cherchais ne s'y trouvaient pas. Un instant, la pensée me vint qu'ils m'avaient peut-être vu, qu'ils n'étaient entrés là que pour brouiller leur piste, et qu'ils étaient sortis par une porte des bas-côtés. Je revins sur mes pas et m'engageai dans la nef latérale, celle de droite, en me dissimulant derrière les colonnes énormes. Et soudain, à l'endroit le plus obscur de l'abside, à contre-jour, je les vis. Assis sur des chaises, ils encadraient un troisième personnage, au dos humble et voûté, et dont la présence ne me surprit pas. C'était celui-là même que, tout à l'heure, je m'étais attendu à voir se glisser jusqu'à la table de mon fils légitime, c'était l'autre, cette pauvre larve, Robert.

J'avais pressenti cette trahison, mais n'y avais pas arrêté ma pensée, par fatigue, par paresse. Dès notre première entrevue, il m'était apparu que cette créature chétive, que ce serf manquerait d'estomac, et que sa mère, hantée par des souvenirs judiciaires, lui conseillerait de composer avec la famille et de vendre son secret le plus cher possible. Je contemplais la nuque de cet imbécile : il était solidement encadré par ces deux grands bourgeois dont l'un, Alfred, était ce qui s'appelle une bonne pâte (d'ailleurs très près de ses intérêts, à courte vue, mais c'est ce qui le servait) et dont l'autre, mon cher petit Hubert, avait les dents longues, et, dans les manières, cette autorité coupante qu'il tient de moi et contre laquelle Robert serait sans recours. Je les observais de derrière un pilier, comme on regarde une araignée aux prises avec une mouche, lorsqu'on a décidé dans son cœur de détruire à la fois la mouche et l'araignée. Robert baissait de plus en plus la tête. Il avait dû commencer par leur dire : « Part à deux... » Il se croyait le plus fort. Mais rien qu'en se faisant connaître d'eux, l'imbécile s'était livré et ne pouvait plus ne pas mettre les pouces. Et moi, témoin de cette lutte que j'étais seul à savoir inutile et vaine, je me sentis comme un dieu, prêt à briser ces frêles insectes dans ma main puissante, à écraser du talon ces vipères emmêlées, et je riais.

Dix minutes à peine s'étaient écoulées que déjà Robert ne soufflait plus mot. Hubert parlait d'abondance ; sans doute édictait-il des ordres ; et l'autre l'approuvait par de menus hochements de tête et je voyais s'arrondir ses épaules soumises. Alfred, lui, affalé sur la chaise de paille, comme dans un fauteuil, le pied droit posé sur le genou gauche, se balançait, la tête renversée, et je voyais à l'envers, bilieuse et noire de barbe, sa grasse figure épanouie.

Ils se levèrent enfin. Je les suivis en me dissimulant. Ils marchaient à petits pas, Robert au milieu, la tête basse, comme s'il avait eu les menottes. Derrière son dos, ses grosses mains rouges pétrissaient un chapeau mou d'un gris sale et délavé. Je croyais que rien ne pouvait plus m'étonner. Je me trompais : tandis qu'Alfred et Robert gagnaient la porte, Hubert plongea sa main dans le bénitier, puis, tourné vers le maître-autel, il fit un grand signe de croix.

Rien ne me pressait plus maintenant, je pouvais demeurer tranquille. À quoi bon les suivre ? Je savais que le soir même, ou le lendemain, Robert me presserait enfin d'exécuter mes projets. Comment le recevrais-je ? J'avais le temps d'y réfléchir. Je commençais à sentir ma fatigue. Je m'assis. Pour l'instant, ce qui dominait dans mon esprit et recouvrait le reste, c'était l'irritation causée par le geste pieux d'Hubert. Une jeune fille, d'une mise modeste et de figure ordinaire, posa à côté d'elle un carton à chapeaux et s'agenouilla dans le rang de chaises qui se trouvait devant le mien. Elle m'apparaissait de profil, le col un peu ployé, les yeux fixés sur la même petite porte lointaine qu'Hubert, son devoir familial accompli, avait tout à l'heure si gravement saluée. La jeune fille souriait un peu et ne bougeait pas. Deux séminaristes entrèrent à leur tour, l'un très grand et très maigre me rappelait l'abbé Ardouin; l'autre petit, avec une figure poupine. Ils s'inclinèrent côte à côte et parurent, eux aussi, frappés d'immobilité. Je regardais ce qu'ils regardaient; je cherchais à voir ce qu'ils voyaient. « En somme, il n'y a rien ici, me disais-je, que du silence, de la fraîcheur, l'odeur des vieilles pierres dans l'ombre[1]. » De nouveau, le visage de la petite modiste attira mon attention. Ses yeux, maintenant, étaient fermés; ses paupières aux longs cils me rappelaient celles de Marie sur son lit de mort. Je sentais à la fois tout proche, à portée de ma main, et pourtant à une distance infinie, un monde inconnu de bonté. Souvent Isa m'avait dit : « Toi qui ne vois que le mal... toi qui vois le mal partout... » C'était vrai, et ce n'était pas vrai.

XVI

Je déjeunai, l'esprit libre, presque joyeux, dans un état de bien-être que je n'avais pas éprouvé depuis longtemps et comme si la trahison de Robert, bien loin de déjouer mes plans, les eût servis. Un homme de mon âge, me disais-je, dont la vie est depuis des années menacée, ne cherche plus très loin les raisons de ses sautes d'humeur : elles sont organiques. Le mythe de Prométhée signifie que toute la tristesse du monde a son siège dans le foie. Mais qui oserait reconnaître une vérité si humble ? Je ne souffrais pas. Je digérais bien cette grillade saignante. J'étais content de ce que le morceau fût assez copieux, pour épargner la dépense

1. Le libre penseur que Jules Renard met en scène dans *L'Écornifleur* éprouve les mêmes sensations dans une église.

d'un autre plat. Je prendrais pour dessert du fromage : ce qui nourrit le plus, au meilleur marché.

Quelle serait mon attitude avec Robert ? Il fallait changer mes batteries ; mais je ne pouvais fixer mon esprit sur ces problèmes. D'ailleurs, à quoi bon m'encombrer d'un plan ? Mieux valait me fier à l'inspiration. Je n'osais m'avouer le plaisir que je me promettais, à jouer comme un chat, avec ce triste mulot. Robert était à mille lieues de croire que j'avais éventé la mèche... Suis-je cruel ? Oui, je le suis. Pas plus qu'un autre, comme les autres, comme les enfants, comme les femmes, comme tous ceux (je pensais à la petite modiste entrevue à Saint-Germain-des-Prés), comme tous ceux qui ne sont pas du parti de l'Agneau.

Je revins en taxi rue Bréa et m'étendis sur ma couche. Les étudiants qui peuplent cette maison de famille étaient partis en vacances. Je me reposai dans un grand calme. Pourtant, la porte vitrée, voilée de brise-bise salis, enlevait à cette chambre toute intimité. Plusieurs petites moulures du bois de lit Henri II étaient décollées, et réunies avec soin dans un vide-poches de bronze doré qui ornait la cheminée. Des gerbes de taches s'étalaient sur le papier moiré et brillant des murs. Même avec la fenêtre ouverte, l'odeur de la pompeuse table de nuit, au dessus de marbre rouge, emplissait la pièce. Un tapis à fond moutarde recouvrait la table. Cet ensemble me plaisait comme un raccourci de la laideur et de la prétention humaine.

Le bruit d'une jupe m'éveilla. La mère de Robert était à mon chevet, et je vis d'abord son sourire. Son attitude obséquieuse aurait suffi à me mettre en défiance, si je n'avais rien su, et à m'avertir que j'étais trahi. Une certaine qualité de gentillesse est toujours signe de trahison. Je lui souris aussi et lui assurai que je me sentais mieux. Son nez n'était pas si gros, il y a vingt ans. Elle possédait alors, pour peupler sa grande bouche, les belles dents dont Robert a hérité. Mais aujourd'hui son sourire s'épanouissait sur un large râtelier. Elle avait dû marcher vite et son odeur acide luttait victorieusement contre celle de la table à dessus de marbre rouge. Je la priai d'ouvrir plus largement la fenêtre. Elle le fit, revint à moi, et me sourit encore. Maintenant que j'allais bien, elle m'avertit que Robert se mettrait à ma disposition, pour « la chose ». Justement, le lendemain, samedi, il serait libre à partir de midi. Je lui rappelai que les banques sont fermées le samedi après-midi. Elle décida alors qu'il demanderait un congé pour le lundi matin. Il l'obtiendrait aisément. D'ailleurs il n'avait plus à ménager ses patrons.

Elle parut étonnée quand j'insistai pour que Robert gardât encore sa place pendant quelques semaines. Comme elle prenait congé en m'avertissant que le lendemain, elle accompagnerait son fils, je la priai de le laisser venir seul : je voulais causer un peu avec lui, apprendre à le mieux connaître... La pauvre sotte ne dissimulait pas son inquiétude ; sans doute avait-elle peur que son fils ne se trahît. Mais quand je parle d'un certain air, nul ne songe à contrecarrer mes décisions. C'était elle, sans aucun doute, qui avait poussé Robert à s'entendre avec mes enfants ; je connaissais trop ce garçon timoré et anxieux pour douter du trouble où avait dû le plonger le parti qu'il avait pris.

Quand le misérable entra, le lendemain matin, je jugeai, du premier coup d'œil, mes prévisions dépassées. Ses paupières étaient d'un homme qui ne dort plus. Son regard fuyait. Je le fis asseoir, m'inquiétai de sa mine ; enfin je me montrais affectueux, presque tendre. Je lui décrivis, avec l'éloquence d'un grand avocat, la vie de félicité qui s'ouvrait devant lui. Je lui évoquai la maison et le parc de dix hectares que j'allais acheter, à son nom, à Saint-Germain[1]. Elle était tout entière meublée en « ancien ». Il y avait un étang poissonneux, un garage pour quatre autos et beaucoup d'autres choses que j'ajoutai à mesure que l'idée m'en venait. Quand je lui parlai d'auto, et que je lui proposai une des plus grandes marques américaines, je vis un homme à l'agonie. Évidemment, il avait dû s'engager à ne pas accepter un sou de mon vivant.

« Rien ne vous troublera plus, ajoutai-je, l'acte d'achat sera signé par vous. J'ai déjà mis de côté, pour vous les remettre dès lundi, un certain nombre d'obligations qui vous assurent une centaine de mille francs de rente. Avec cela vous pourrez voir venir. Mais le plus gros de la fortune liquide reste à Amsterdam. Nous ferons le voyage la semaine prochaine, pour prendre toutes nos dispositions... Mais qu'avez-vous, Robert ? »

1. Si, parmi les villes de la banlieue résidentielle, Louis choisit Saint-Germain (-en-Laye), c'est peut-être pour suggérer à Robert « le complot » de Saint-Germain(-des-Prés) et pour guetter ses réactions avec une délectation maligne.

124

Il balbutia :

« Non, monsieur, non... rien avant votre mort... Ça me déplaît... Je ne veux pas vous dépouiller. N'insistez pas : ça me ferait de la peine. »

Il était appuyé contre l'armoire, le coude gauche dans la main droite, et il se rongeait les ongles. Je fixai sur lui mes yeux tant redoutés au Palais par l'adversaire, et qui, lorsque j'étais l'avocat de la partie civile, ne quittaient jamais ma victime avant qu'elle ne se fût effondrée, dans le box, entre les bras du gendarme.

Au fond, je lui faisais grâce ; j'éprouvais un sentiment de délivrance : il eût été terrible de finir de vivre avec cette larve. Je ne le haïssais pas. Je le rejetterais sans le briser. Mais je ne pouvais me retenir de m'amuser encore un peu :

« Comme vous avez de beaux sentiments, Robert ! Comme c'est bien de vouloir attendre ma mort. Mais je n'accepte pas votre sacrifice. Vous aurez tout, dès lundi ; à la fin de la semaine une grande partie de ma fortune sera à votre nom... (et comme il protestait) : c'est à prendre ou à laisser », ajoutai-je sèchement.

Fuyant mon regard, il me demanda quelques jours pour réfléchir encore. Le temps d'écrire à Bordeaux et d'y chercher des directives, pauvre idiot !

« Vous m'étonnez, Robert, je vous assure. Votre attitude est étrange. »

Je croyais avoir adouci mon regard, mais mon regard est plus dur que je ne le suis moi-même. Robert marmotta d'une voix blanche : « Pourquoi que vous me fixez comme ça ? » Je repris, l'imitant malgré moi. « Pourquoi que je te fixe comme ça ? Et toi ? pourquoi que tu ne peux pas soutenir mon regard ? »

Ceux qui ont l'habitude d'être aimés accomplissent, d'instinct, tous les gestes et disent toutes les paroles qui attirent les cœurs. Et moi, je suis tellement accoutumé à être haï et à faire peur, que mes prunelles, mes sourcils, ma voix, mon rire se font docilement les complices de ce don redoutable et préviennent ma volonté. Ainsi se tortillait le triste garçon sous mon regard que j'eusse voulu indulgent. Mais plus je riais, et plus l'éclat de cette gaîté lui apparaissait d'un présage sinistre. Comme on achève une bête, je le questionnai à brûle-pourpoint :

« Combien t'ont-ils offert, les autres ? »

Ce tutoiement marquait, que je le voulusse ou non, plus de mépris que d'amitié. Il balbutiait : « Quels autres ? » en proie à une terreur presque religieuse.

« Les deux messieurs, lui dis-je, le gros et le maigre... oui, le maigre et le gros ! »

Il me tardait que ce fût fini. Je me faisais horreur de prolonger cette scène (comme quand on n'ose pas appuyer le talon sur le mille-pattes).

« Remettez-vous, lui dis-je enfin. Je vous pardonne.

— Ce n'est pas moi qui l'ai voulu... c'est... »

Je lui mis ma main sur la bouche. Il m'eût été insupportable de l'entendre charger sa mère.

« Chut ! ne nommez personne... voyons : combien vous ont-ils offert ? un million ? cinq cent mille ? moins ? ce n'est pas possible ! Trois cents ? deux cents ? »

Il secouait la tête, d'un air piteux :

« Non, une rente, dit-il à voix basse. C'est ce qui nous a tentés ; c'était plus sûr : douze mille francs par an.

— À partir d'aujourd'hui ?

— Non, dès qu'ils auraient eu l'héritage... Ils n'avaient pas prévu que vous voudriez tout mettre à mon nom, tout de suite... Mais est-ce qu'il est trop tard ?... C'est vrai qu'ils pourraient nous attaquer en justice... à moins de leur dissimuler... Ah ! ce que j'ai été bête ! je suis bien puni... »

Il pleurait laidement, assis sur le lit ; une de ses mains pendait, énorme, gonflée de sang.

« Je suis tout de même votre fils, gémit-il. Ne me laissez pas tomber. »

Et, d'un geste gauche, il essaya de mettre son bras autour de mon cou. Je me dégageai, mais doucement. J'allai vers la fenêtre et, sans me retourner, je lui dis :

« Vous recevrez, à partir du premier août, quinze cents francs tous les mois. Je vais prendre des dispositions immédiates pour que cette rente vous soit versée, votre vie durant. Elle serait réversible, le cas échéant, sur la tête de votre mère. Ma famille doit naturellement ignorer que j'ai éventé le complot de Saint-Germain-des-Prés (le nom de l'église le fit sursauter). Inutile de vous dire qu'à la moindre indiscrétion, vous perdriez tout. En revanche, vous me tiendrez au courant de ce qui pourrait se tramer contre moi. »

Il savait maintenant que rien ne m'échappait et ce qu'il lui en coûterait de me trahir encore. Je lui laissai entendre que je ne souhaitais plus de les voir ni lui, ni sa mère. Ils devraient m'écrire poste restante, au bureau habituel.

« Quand quittent-ils Paris, vos complices de Saint-Germain-des-Prés ? »

Il m'assura qu'ils avaient pris, la veille, le train du soir. Je coupai court à l'expression affectée de sa gratitude et de ses promesses. Sans doute était-il stupéfait : une divinité fantasque, aux imprévisibles desseins, et qu'il avait trahie, le prenait, le lâchait, le ramassait... Il fermait les yeux, se laissait faire. L'échine de biais, les oreilles aplaties, il emportait, en rampant, l'os que je lui jetais.

À l'instant de sortir, il se ravisa et me demanda comment il recevrait cette rente, par quel intermédiaire.

« Vous la recevrez, lui dis-je d'un ton sec. Je tiens toujours mes promesses, le reste ne vous concerne pas. »

La main sur le loquet, il hésitait encore :

« J'aimerais bien que ce soit une assurance sur la vie, une rente viagère, quelque chose comme ça, dans une société sérieuse... Je serais plus tranquille, je ne me ferais pas de mauvais sang... »

J'ouvris violemment la porte qu'il tenait entrebâillée et le poussai dans le couloir.

XVII

Je m'appuyais contre la cheminée, et je comptais, d'un geste machinal, les morceaux de bois verni rassemblés dans le vide-poches.

Pendant des années, j'avais rêvé de ce fils inconnu. Au long de ma pauvre vie, je n'avais jamais perdu le sentiment de son existence. Il y avait quelque part un enfant né de moi que je pourrais retrouver, et qui, peut-être, me consolerait. Qu'il fût d'une condition modeste, cela me le rendait plus proche : il m'était doux de penser qu'il ne devait ressembler en rien à mon fils légitime ; je lui prêtais, à la fois, cette simplicité et cette force d'attachement qui ne sont pas rares dans le peuple. Enfin, je jouais ma dernière carte. Je savais qu'après lui, je n'avais plus rien à attendre de personne et qu'il ne me resterait qu'à me mettre en boule et à me tourner du côté du mur. Pendant quarante ans, j'avais cru consentir à la haine, à celle que j'inspirais, à celle que je ressentais.

Pareil aux autres, pourtant, je nourrissais une espérance et j'avais trompé ma faim, comme j'avais pu, jusqu'à ce que j'en fusse réduit à ma dernière réserve. Maintenant, c'était fini.

Il ne me restait même pas l'affreux plaisir de combiner des plans pour déshériter ceux qui me voulaient du mal. Robert les avait mis sur la voie : ils finiraient bien par découvrir les coffres, même ceux qui n'étaient pas à mon nom. Inventer autre chose ? Ah ! vivre encore, avoir le temps de tout dépenser ! Mourir... et qu'ils ne trouvent même pas de quoi payer un enterrement de pauvre. Mais après toute une vie d'économie, et lorsque j'ai assouvi cette passion de l'épargne, pendant des années, comment apprendre, à mon âge, les gestes des prodigues ? Et d'ailleurs, les enfants me guettent, me disais-je. Je ne pourrais rien faire dans ce sens qui ne devienne entre leurs mains une arme redoutable... Il faudrait me ruiner dans l'ombre, petitement...

Hélas ! je ne saurais pas me ruiner ! je n'arriverais jamais à perdre mon argent ! S'il était possible de l'enfouir dans ma fosse, de revenir à la terre, serrant dans mes bras cet or, ces billets, ces titres ? Si je pouvais faire mentir ceux qui prêchent que les biens de ce monde ne nous suivent pas dans la mort !

Il y a les « œuvres », – les bonnes œuvres sont des trappes qui engloutissent tout. Des dons anonymes que j'enverrais au bureau de bienfaisance, aux petites sœurs des pauvres. Ne pourrais-je enfin penser aux autres, penser à d'autres qu'à mes ennemis ? Mais l'horreur de la vieillesse, c'est d'être le total d'une vie, – un total dans lequel nous ne saurions changer aucun chiffre. J'ai mis soixante ans à composer ce vieillard mourant de haine. Je suis ce que je suis ; il faudrait devenir un autre. Ô Dieu, Dieu... si vous existiez !

Au crépuscule, une fille entra pour préparer mon lit ; elle ne ferma pas les volets. Je m'étendis dans l'ombre. Les bruits de la rue, la lumière des réverbères ne m'empêchaient pas de somnoler. Je reprenais brièvement conscience, comme en voyage lorsque le train s'arrête ; et de nouveau je m'assoupissais. Bien que je ne me sentisse pas plus malade, il me semblait que je n'avais qu'à demeurer ainsi et à attendre patiemment que ce sommeil devînt éternel.

Il me restait encore à prendre des dispositions pour que

la rente promise fût versée à Robert et je voulais aussi passer à la poste restante, puisque personne, maintenant, ne me rendrait ce service. Depuis trois jours, je n'avais pas lu mon courrier. Cette attente de la lettre inconnue et qui survit à tout, quel signe que l'espérance est indéracinable et qu'il reste toujours en nous de ce chiendent !

Ce fut ce souci du courrier qui me donna la force de me lever, le lendemain, vers midi, et de me rendre au bureau de poste. Il pleuvait, j'étais sans parapluie, je longeais les murs. Mes allures éveillaient la curiosité, on se retournait. J'avais envie de crier aux gens : « Qu'ai-je donc d'extraordinaire ? Me prenez-vous pour un dément ? Il ne faut pas le dire : les enfants en profiteraient. Ne me regardez pas ainsi : je suis comme tout le monde, – sauf que mes enfants me haïssent et que je dois me défendre contre eux. Mais ce n'est pas là être fou. Parfois je suis sous l'influence de toutes les drogues que l'angine de poitrine m'oblige à prendre. Eh bien, oui, je parle seul parce que je suis toujours seul. Le dialogue est nécessaire à l'être humain. Qu'y a-t-il d'extraordinaire dans les gestes et dans les paroles d'un homme seul ? »

Le paquet que l'on me remit contenait des imprimés, quelques lettres de banque, et trois télégrammes. Il s'agissait sans doute d'un ordre de Bourse qui n'avait pu être exécuté. J'attendis d'être assis dans un bistrot pour les ouvrir. À de longues tables, des maçons, des espèces de pierrots de tout âge, mangeaient lentement leurs portions congrues et buvaient leur litre sans presque causer. Ils avaient travaillé, depuis le matin, sous la pluie. Ils allaient recommencer à une heure et demie. C'était la fin de juillet. Le monde emplissait les gares... Auraient-ils rien compris à mon tourment ? Sans doute ! et comment un vieil avocat l'eût-il ignoré ? Dès la première affaire que j'avais plaidée, il s'agissait d'enfants qui se disputaient, pour ne pas avoir à nourrir leur père. Le malheureux changeait tous les trois mois de foyer, partout maudit, et il était d'accord avec ses fils pour appeler à grands cris la mort qui les délivrerait de lui. Dans combien de métairies avais-je assisté à ce drame du vieux qui, pendant longtemps, refuse de lâcher son bien, puis se laisse enjôler, jusqu'à ce que ses enfants le fassent mourir de travail et de faim ! Oui, il devait connaître ça, le maigre maçon noueux qui, à deux pas de moi, écrasait lentement du pain entre ses gencives nues.

Aujourd'hui, un vieillard bien mis n'étonne personne dans les bistrots. Je déchiquetais un morceau de lapin blanchâtre et m'amusais des gouttes de pluie qui se rejoignaient sur la vitre ; je déchiffrais à l'envers le nom du propriétaire. En cherchant mon mouchoir, ma main sentit le paquet de lettres. Je mis mes lunettes, et ouvris au hasard un télégramme : « Obsèques de mère demain, 23 juillet, neuf heures, église Saint-Louis[1]. » Il était daté du matin même. Les deux autres, expédiés l'avant-veille, avaient dû se suivre à quelques heures d'intervalle. L'un disait : « Mère au plus mal, reviens. » L'autre : « Mère décédée... » Les trois étaient signés d'Hubert.

Je froissais les télégrammes et continuai de manger, l'esprit préoccupé parce qu'il faudrait trouver la force de prendre le train du soir. Pendant plusieurs minutes, je ne pensai qu'à cela ; puis un autre sentiment se fit jour en moi : la stupeur de survivre à Isa. Il était entendu que j'allais mourir. Que je dusse partir le premier, cela ne faisait question ni pour moi, ni pour personne. Projets, ruses, complots n'avaient d'autre objectif que les jours qui suivraient ma mort toute proche. Pas plus que ma famille, je ne nourrissais à ce sujet le moindre doute. Il y avait un aspect de ma femme, que je n'avais jamais perdu de vue : c'était ma veuve, celle qui serait gênée par ses crêpes pour ouvrir le coffre. Une perturbation dans les astres ne m'eût pas causé plus de surprise que cette mort, plus de malaise. En dépit de moi-même, l'homme d'affaires en moi commençait à examiner la situation et le parti à en tirer contre mes ennemis. Tels étaient mes sentiments jusqu'à l'heure où le train s'ébranla.

Alors, mon imagination entra en jeu. Pour la première fois, je vis Isa telle qu'elle avait dû être sur son lit, la veille et l'avant-veille. Je recomposai le décor, sa chambre de Calèse (j'ignorais qu'elle était morte à Bordeaux). Je murmurai : « La mise en bière... » et cédai à un lâche soulagement. Quelle aurait été mon attitude ? Qu'aurais-je manifesté sous le regard attentif et hostile des enfants ? La question se

1. *Saint-Louis :* paroisse bourgeoise de Bordeaux, située dans le célèbre quartier des Chartrons.

trouvait résolue. Pour le reste, le lit où je serais obligé de me coucher en arrivant, supprimerait toute difficulté. Car il ne fallait pas penser que je pusse assister aux obsèques : à l'instant, je venais de m'efforcer en vain d'atteindre les lavabos. Cette impuissance ne m'effrayait pas : Isa morte, je ne m'attendais plus à mourir ; mon tour était passé. Mais j'avais peur d'une crise, d'autant plus que j'occupais seul mon compartiment. On m'attendrait à la gare (j'avais télégraphié), Hubert sans doute...

Non, ce n'était pas lui. Quel soulagement, lorsque m'apparut la grosse figure d'Alfred, décomposée par l'insomnie ! Il sembla effrayé quand il me vit. Je dus prendre son bras et ne pus monter seul dans l'auto. Nous roulions dans le triste Bordeaux d'un matin pluvieux, à travers un quartier d'abattoirs et d'écoles. Je n'avais pas besoin de parler : Alfred entrait dans les moindres détails, décrivait l'endroit précis du jardin public où Isa s'était affaissée : un peu avant d'arriver aux serres, devant le massif de palmiers, la pharmacie où on l'avait transportée, la difficulté de hisser ce corps pesant jusqu'à sa chambre, au premier étage ; la saignée, la ponction... Elle avait gardé sa connaissance toute la nuit, malgré l'hémorragie cérébrale. Elle m'avait demandé par signes, avec insistance, et puis elle s'était endormie au moment où un prêtre apportait les saintes huiles. « Mais elle avait communié la veille... »

Alfred voulait me laisser devant la maison, déjà drapée de noir, et continuer sa route, sous prétexte qu'il avait à peine le temps de s'habiller pour la cérémonie. Mais il dut se résigner à me faire descendre de l'auto. Il m'aida à monter les premières marches. Je ne reconnus pas le vestibule. Entre des murs de ténèbres, des brasiers de cierges brûlaient autour d'un monceau de fleurs. Je clignai des yeux. Le dépaysement que j'éprouvais ressemblait à celui de certains rêves. Deux religieuses immobiles avaient dû être fournies avec le reste. De cet aggloméré d'étoffes, de fleurs et de lumières, l'escalier habituel, avec son tapis usé, montait vers la vie de tous les jours.

Hubert le descendait. Il était en habit, très correct. Il me tendit la main et me parla ; mais que sa voix venait de loin ! Je répondais et aucun son ne montait à mes lèvres. Sa figure se rapprocha de la mienne, devint énorme, puis je sombrai. J'ai su depuis que cet évanouissement n'avait pas duré trois minutes. Je revins à moi dans une petite pièce qui avait été la salle d'attente, avant que j'eusse renoncé au barreau. Des sels me piquaient les muqueuses. Je reconnus la voix de Geneviève : « Il revient... » Mes yeux s'ouvrirent : ils étaient tous penchés sur moi. Leurs visages me semblaient différents, rouges, altérés, quelques-uns verdâtres. Janine, plus forte que sa mère, semblait avoir le même âge. Les larmes avaient surtout raviné la figure d'Hubert. Il avait cette expression laide et touchante de quand il était enfant, à l'époque où Isa, le prenant sur ses genoux, lui disait : « Mais c'est un vrai chagrin qu'il a, mon petit garçon... » Seul Phili, dans cet habit qu'il avait traîné à travers toutes les boîtes de Paris et de Berlin, tournait vers moi son beau visage indifférent et ennuyé, – tel qu'il devait être lorsqu'il partait pour une fête, ou plutôt lorsqu'il en revenait, débraillé et ivre, car il n'avait pas encore noué sa cravate. Derrière lui, je distinguais mal des femmes voilées qui devaient être Olympe et ses filles. D'autres plastrons blancs luisaient dans la pénombre.

Geneviève approcha de mes lèvres un verre dont je bus quelques gorgées. Je lui dis que je me sentais mieux. Elle me demanda, d'une voix douce et bonne, si je voulais me coucher tout de suite. Je prononçai la première phrase qui me vint à l'esprit :

« J'aurais tant voulu l'accompagner jusqu'au bout, puisque je n'ai pas pu lui dire adieu. »

Je répétais, comme un acteur qui cherche le ton juste : « Puisque je n'ai pas pu lui dire adieu... » et ces mots banals, qui ne tendaient qu'à sauver les apparences, et qui m'étaient venus parce qu'ils faisaient partie de mon rôle dans la Pompe funèbre, éveillèrent en moi, avec une brusque puissance, le sentiment dont ils étaient l'expression ; comme je me fusse averti moi-même de cela dont je ne m'étais pas encore avisé : je ne reverrais plus ma femme ; il n'y aurait plus entre nous d'explication ; elle ne lirait pas ces pages. Les choses en resteraient éternellement au point où je les avais laissées en quittant Calèse. Nous ne pourrions pas recommencer, repartir sur nouveaux frais ; elle était morte sans me connaître, sans savoir que je n'étais pas seulement ce monstre, ce bourreau, et qu'il existait un autre homme en moi. Même si j'étais arrivé à la dernière minute, même si nous n'avions échangé aucune parole, elle aurait vu ces larmes qui maintenant sillonnaient mes joues, elle serait partie, emportant la vision de mon désespoir.

Seuls, mes enfants, muets de stupeur, contemplaient ce spectacle. Peut-être ne m'avaient-ils jamais vu pleurer, dans toute leur vie. Cette vieille figure hargneuse et redoutable, cette tête de Méduse dont aucun d'eux n'avait jamais pu soutenir le regard, se métamorphosait, devenait simplement humaine. J'entendis quelqu'un dire (je crois que c'était Janine) :

« Si vous n'étiez pas parti... pourquoi êtes-vous parti ? »

Oui, pourquoi étais-je parti ? Mais n'aurais-je pu revenir à temps ? Si les télégrammes ne m'avaient été adressés poste restante, si je les avais reçus rue Bréa... Hubert commit l'imprudence d'ajouter :

« Parti sans laisser d'adresse... nous ne pouvions deviner... »

Une pensée, jusque-là confuse en moi, se fit jour d'un seul coup. Les deux mains appuyées au bras du fauteuil, je me dressai, tremblant de colère, et lui criai en pleine figure : « Menteur ! »

Et comme il balbutiait : « Père, tu deviens fou ? » je répétai :

« Oui, vous êtes des menteurs : vous connaissiez mon adresse. Osez me dire en face que vous ne la connaissiez pas. »

Et comme Hubert protestait faiblement : « Comment l'aurions-nous sue ?

– Tu n'as eu de rapports avec personne qui me touchât de près ? Ose le nier ! Ose donc ! »

La famille pétrifiée me considérait en silence. Hubert agitait la tête comme un enfant empêtré dans son mensonge.

« Vous n'avez pas payé cher sa trahison, d'ailleurs. Vous n'avez pas été très larges, mes enfants. Douze mille francs de rente à un garçon qui vous restitue une fortune, c'est pour rien. »

Je riais, de ce rire qui me fait tousser. Les enfants ne trouvaient pas de paroles. Phili grommela, entre haut et bas : « Sale coup... » Je repris, en baissant la voix, sur un geste suppliant d'Hubert qui essayait en vain de parler :

« C'est à cause de vous que je ne l'ai pas revue. Vous étiez tenus au courant de mes moindres actions, mais il ne fallait pas que je m'en pusse douter. Si vous m'aviez télégraphié rue Bréa, j'aurais compris que j'étais trahi. Rien au monde n'aurait pu vous décider à ce geste, pas même les supplications de votre mère mourante. Vous avez du chagrin, bien sûr, mais vous ne perdez pas le nord... »

Je leur dis ces choses et d'autres encore plus horribles. Hubert suppliait sa sœur : « Mais fais-le taire ! fais-le taire ! On va l'entendre... » d'une voix entrecoupée. Geneviève m'entoura les épaules de son bras et me fit rasseoir :

« Ce n'est pas le moment, père. Nous reparlerons de tout cela à tête reposée. Mais je te conjure, au nom de celle qui est encore là... »

Hubert, livide, mit un doigt sur sa bouche : le maître de cérémonie entrait avec la liste des personnes qui devaient porter un gland. Je fis quelques pas. Je voulais marcher seul ; la famille s'écarta devant moi qui avançais en vacillant. Je pus franchir le seuil de la chapelle ardente, m'accroupir sur un prie-Dieu.

C'est là qu'Hubert et Geneviève me rejoignirent. Chacun me prit par un bras, je les suivis docilement. La montée de l'escalier fut difficile. Une des religieuses avait consenti à me garder pendant la cérémonie funèbre. Hubert, avant de prendre congé, affecta d'ignorer ce qui venait de se passer entre nous et me demanda s'il avait bien fait en désignant le bâtonnier pour porter un gland. Je me tournai du côté de la fenêtre ruisselante, sans répondre.

Déjà des piétinements se faisaient entendre. Toute la ville viendrait signer. Du côté Fondaudège, à qui n'étions-nous pas alliés ? Et de mon côté, le Barreau, les banques, le monde des affaires... J'éprouvais un état de bien-être, tel un homme qui s'est disculpé, dont l'innocence est reconnue. J'avais convaincu mes enfants de mensonge ; ils n'avaient pas nié leur responsabilité. Tandis que la maison était tout entière grondante, comme d'un étrange bal sans musique, je m'obligeai à fixer mon attention sur leur crime : eux seuls m'avaient empêché de recevoir le dernier adieu d'Isa... Mais j'éperonnais ma vieille haine ainsi qu'un cheval fourbu : elle ne rendait plus[1]. Détente physique, ou satisfaction d'avoir eu le dernier mot, je ne sais ce qui m'adoucissait malgré moi.

---

1. Mauriac utilise dans cette phrase des éléments lexicaux et métaphoriques extraits du « Goût du néant ». (*Les Fleurs du mal*, CXIX, éd. citée, p. 147.) Voir notre étude : « La nappe baudelairienne sous le fleuve mauriacien », in *Mélanges Simon Jeune,* Société des Bibliophiles de Guyenne, Bordeaux, 1990, p. 355.

Rien ne me parvenait plus des psalmodies liturgiques ; la rumeur funèbre allait s'éloignant, jusqu'à ce qu'un silence aussi profond que celui de Calèse régnât dans la vaste demeure. Isa l'avait vidée de ses habitants. Elle traînait derrière son cadavre toute la domesticité. Il ne restait personne que moi et cette religieuse qui finissait à mon chevet le rosaire commencé près du cercueil.

Ce silence me rendit de nouveau sensible à la séparation éternelle, au départ sans retour. De nouveau ma poitrine se gonfla, parce que, maintenant, il était trop tard et qu'entre elle et moi tout était dit. Assis sur le lit, soutenu par des oreillers, pour pouvoir respirer, je regardais ces meubles Louis XIII dont nous avions choisi le modèle chez Bardié, pendant nos fiançailles, et qui avaient été les siens jusqu'au jour où elle avait hérité de ceux de sa mère. Ce lit, ce triste lit de nos rancœurs et de nos silences...

Hubert et Geneviève entrèrent seuls, les autres demeurèrent dans le couloir. Je compris qu'ils ne pouvaient s'habituer à ma figure en larmes. Ils se tenaient debout à mon chevet, le frère, bizarre dans son habit du soir, en plein midi, la sœur qui était une tour d'étoffe noire où éclatait un mouchoir blanc, où le voile rejeté découvrait une face ronde et bouillie. Le chagrin nous avait tous démasqués et nous ne nous reconnaissions pas.

Ils s'inquiétèrent de ma santé. Geneviève dit :

« Presque tout le monde a suivi jusqu'au cimetière : elle était très aimée. »

Je l'interrogeai sur les jours qui avaient précédé l'attaque de paralysie.

« Elle éprouvait des malaises... peut-être même a-t-elle eu des pressentiments ; car, la veille du jour où elle devait se rendre à Bordeaux, elle a passé son temps, dans sa chambre, à brûler des tas de lettres ; nous avons même cru qu'il y avait un feu de cheminée... »

Je l'interrompis. Une idée m'était venue... Comment n'avais-je pas songé à cela ?

« Geneviève, crois-tu que mon départ ait été pour quelque chose ?... »

Elle me répondit, d'un air de contentement, que « ça lui avait sans doute porté un coup... »

« Mais vous ne lui avez pas dit... vous ne l'avez pas tenue au courant de ce que vous aviez découvert... »

Elle interrogea son frère du regard : devait-elle avoir l'air de comprendre ? Je dus faire une étrange figure, à cette minute, car ils semblèrent effrayés ; et tandis que Geneviève m'aidait à me redresser, Hubert répondit avec précipitation que sa mère était tombée malade plus de dix jours après mon départ et que, durant cette période, ils avaient décidé de la tenir en dehors de ces tristes débats. Disait-il vrai ? Il ajouta d'une voix chevrotante :

« D'ailleurs, si nous avions cédé à la tentation de lui en parler, nous serions les premiers responsables... »

Il se détourna un peu, et je voyais le mouvement convulsif de ses épaules. Quelqu'un entrebâilla la porte et demanda si l'on se mettait à table. J'entendis la voix de Phili : « Que voulez-vous ! ce n'est pas ma faute, moi, ça me creuse... » Geneviève s'informa, à travers ses larmes, de ce que je voulais manger. Hubert me dit qu'il viendrait, après le déjeuner ; nous nous expliquerions, une fois pour toutes, si j'avais la force de l'entendre. Je fis un signe d'acquiescement.

Quand ils furent sortis, la sœur m'aida à me lever, je pus prendre un bain, m'habiller, boire un bol de bouillon. Je ne voulais pas engager cette bataille, en malade que l'adversaire ménage et protège.

Quand ils revinrent, ce fut pour trouver un autre homme que ce vieillard qui leur avait fait pitié. J'avais pris les drogues nécessaires ; j'étais assis, le buste droit ; je me sentais moins oppressé, comme chaque fois que je quitte mon lit.

Hubert avait revêtu un costume de ville ; mais Geneviève était enveloppée dans une vieille robe de chambre de sa mère. « Je n'ai rien de noir à me mettre... » Ils s'assirent en face de moi ; et après les premières paroles de convenance :

« J'ai beaucoup réfléchi... » commença Hubert.

Il avait soigneusement préparé son discours. Il s'adressait à moi comme si j'avais été une assemblée d'actionnaires, en pesant chaque terme, et avec le souci d'éviter tout éclat.

« Au chevet de maman, j'ai fait mon examen de conscience ; je me suis efforcé de changer mon point de vue, de me mettre à ta place. Un père dont l'idée fixe est de déshériter ses enfants, c'est cela que nous considérions en toi et qui, à mes yeux, légitime ou du moins excuse toute notre conduite. Mais nous t'avons donné barre sur nous par cette lutte sans merci et par ces... »

Comme il cherchait le terme juste, je lui soufflai doucement : «Par ces lâches complots. »

Ses pommettes se colorèrent. Geneviève se rebiffa :

«Pourquoi "lâches"? Tu es tellement plus fort que nous...

– Allons donc! un vieillard très malade contre une jeune meute...

– Un vieillard très malade, reprit Hubert, jouit, dans une maison comme la nôtre, d'une position privilégiée : il ne quitte pas sa chambre, il y demeure aux aguets, il n'a rien à faire qu'à observer les habitudes de la famille et à en tirer profit. Il combine ses coups, seul, les prépare à loisir. Il sait tout des autres qui ne savent rien de lui. Il connaît les postes d'écoute... (comme je ne pouvais m'empêcher de sourire, ils sourirent aussi). Oui, continua Hubert, une famille est toujours imprudente. On se dispute, on hausse la voix : tout le monde finit par crier sans s'en apercevoir. Nous nous sommes trop fiés à l'épaisseur des murs de la vieille maison, oubliant que les planchers en sont minces. Et il y a aussi les fenêtres ouvertes... »

Ces allusions créèrent entre nous une espèce de détente. Hubert, le premier, revint au ton sérieux :

«J'admets que nous ayons pu t'apparaître coupables. Encore une fois, ce serait un jeu, pour moi, d'invoquer le cas de légitime défense ; mais j'écarte tout ce qui pourrait envenimer le débat. Je ne chercherai pas non plus à établir qui, dans cette triste guerre, fut l'agresseur. Je consens même à plaider coupable. Mais il faut que tu comprennes... »

Il s'était levé, il essuyait les verres de ses lunettes. Ses yeux clignotaient dans sa figure creuse, rongée...

«Il faut que tu comprennes que je luttais pour l'honneur, pour la vie de mes enfants. Tu ne peux imaginer notre situation ; tu es d'un autre siècle ; tu as vécu dans une époque fabuleuse où un homme prudent tablait sur des valeurs sûres. J'entends bien que tu as été à la hauteur des circonstances ; que tu as vu, avant tout le monde, venir le grain ; que tu as réalisé à temps... mais, c'est parce que tu étais hors des affaires, hors d'affaire, c'est bien le cas de le dire ! Tu pouvais juger froidement de la situation, tu la dominais, tu n'étais pas engagé comme moi jusqu'au-dessus des oreilles... Le réveil a été trop brusque... On n'a pas eu le loisir de se retourner... C'est la première fois que toutes les branches craquent en même temps. On ne peut se raccrocher à rien, on ne peut se rattraper sur rien... »

Avec quelle angoisse il répéta : « sur rien... sur rien... » Jusqu'où était-il engagé ? Au bord de quel désastre se débattait-il ? Il eut peur de s'être trop livré, se reprit, émit les lieux communs habituels : l'outillage intensif d'après la guerre, la surproduction, la crise de consommation... Ce qu'il disait importait peu. C'était à son angoisse que je demeurais attentif. À ce moment-là, je m'aperçus que ma haine était morte, mort aussi ce désir de représailles. Mort, peut-être, depuis longtemps. J'avais entretenu ma fureur, je m'étais déchiré les flancs. Mais à quoi bon se refuser à l'évidence ? J'éprouvais, devant mon fils, un sentiment confus où la curiosité dominait : l'agitation de ce malheureux, cette terreur, ces affres que je pouvais interrompre d'un mot... comme cela m'apparaissait étrange ! Je voyais en esprit cette fortune, qui avait été, semblait-il, le tout de ma vie, que j'avais cherché à donner, à perdre, dont je n'avais même pas été libre de disposer à mon gré, cette chose dont je me sentais, soudain, plus que détaché, qui ne m'intéressait plus, qui ne me concernait plus. Hubert, maintenant silencieux, m'épiait à travers ses lunettes : que pouvais-je bien manigancer ? Quel coup allais-je lui assener ? Il avait déjà un rictus, il rejetait son buste, levait à demi le bras comme l'enfant qui se protège. Il reprit d'une voix timide :

« Je ne te demande rien de plus que d'assainir ma position. Avec ce qui me reviendra de maman, je n'aurai plus besoin (il hésita un instant avant de jeter le chiffre) que d'un million. Une fois le terrain déblayé, je m'en tirerai toujours. Fais ce que tu veux du reste ; je m'engage à respecter ta volonté... »

Il ravala sa salive ; il m'observait à la dérobée ; mais je gardais un visage impénétrable.

« Mais toi, ma fille ? dis-je en me tournant vers Geneviève, tu es dans une bonne situation ? Ton mari est un sage... »

L'éloge de son mari l'irritait toujours. Elle protesta qu'Alfred n'achetait plus de rhum depuis deux ans : il était sûr, évidemment, de ne pas se tromper ! Sans doute ils avaient de quoi vivre, mais Phili menaçait de lâcher sa femme et n'attendait que d'être certain que la fortune était perdue. Comme je murmurais : « Le beau malheur ! » elle reprit vivement :

« Oui, c'est une canaille, nous le savons, Janine le sait... mais s'il la quitte, elle en mourra. Mais oui, elle en mourra. Tu ne peux pas comprendre ça, père. Ça n'est pas dans tes cordes. Janine en sait plus long sur Phili que nous-mêmes. Elle m'a souvent répété qu'il est pire que tout ce que nous pouvons imaginer. Il n'empêche qu'elle mourrait s'il la quittait. Ça te paraît absurde. Ces choses-là n'existent pas pour toi. Mais avec ton immense intelligence, tu peux comprendre ce que tu ne sens pas.

– Tu fatigues papa, Geneviève. »

Hubert pensait que sa lourde sœur « gaffait », et que j'étais atteint dans mon orgueil. Il voyait, sur ma figure, les signes de l'angoisse ; mais il n'en pouvait connaître la cause. Il ne savait pas que Geneviève rouvrait une plaie, y mettait les doigts. Je soupirai : « Heureux Phili ! »

Mes enfants échangèrent un regard étonné. De bonne foi, ils m'avaient toujours pris pour un demi-fou. Peut-être m'eussent-ils fait enfermer sans aucun trouble de conscience.

« Une crapule, gronda Hubert, et qui nous tient.

– Son beau-père est plus indulgent que toi, dis-je. Alfred répète souvent que Phili "n'est pas un mauvais drôle[1]". »

Geneviève prit feu :

« Il tient aussi Alfred : le gendre a corrompu le beau-père, c'est bien connu en ville : on les a rencontrés ensemble, avec des filles... Quelle honte ! c'était un des chagrins qui rongeaient maman... »

Geneviève s'essuyait les yeux. Hubert crut que je voulais détourner leur attention de l'essentiel :

« Mais ce n'est pas de cela qu'il s'agit, Geneviève, dit-il d'un ton irrité. On dirait qu'il n'y a que toi et les tiens au monde. »

Furieuse, elle protesta « qu'elle voudrait bien savoir qui était le plus égoïste des deux ». Elle ajouta :

« Bien sûr, chacun pense à ses enfants d'abord. J'ai toujours tout fait pour Janine, et je m'en vante, comme maman a tout fait pour nous. Je me jetterais au feu... »

---

1. *Drôle :* dans le parler gascon le terme désigne un garçon, sans nuance péjorative ni limite d'âge.

Son frère l'interrompit, de ce ton âpre où je me reconnaissais, pour dire «qu'elle y jetterait les autres aussi».

Que cette dispute, naguère, m'eût diverti! J'aurais salué avec joie les signes annonciateurs d'une bataille sans merci autour des quelques bribes d'héritage dont je ne fusse pas parvenu à les frustrer. Mais je n'éprouvais plus qu'un peu de dégoût, de l'ennui... Que cette question soit vidée une fois pour toutes! Qu'ils me laissent mourir en paix!

«C'est étrange, mes enfants, leur dis-je, que je finisse par faire ce qui m'a toujours paru être la plus grande folie...»

Ah! ils ne songeaient plus à se battre! Ils tournaient vers moi des yeux durs et méfiants. Ils attendaient; ils se mettaient en garde.

«Moi qui m'étais toujours proposé en exemple le vieux métayer, dépouillé de son vivant, et que sa progéniture laisse crever de faim... Et lorsque l'agonie dure trop longtemps, on ajoute des édredons, on le couvre jusqu'à la bouche...

– Père, je t'en supplie...»

Ils protestaient avec une expression d'horreur qui n'était pas jouée. Je changeai brusquement de ton:

«Tu vas être occupé, Hubert: les partages seront difficiles. J'ai des dépôts un peu partout, ici, à Paris, à l'étranger. Et les propriétés, les immeubles...»

À chaque mot, leurs yeux s'agrandissaient, mais ils ne voulaient pas me croire. Je vis les mains fines d'Hubert s'ouvrir toutes grandes et se refermer.

«Il faut que tout soit fini avant ma mort, en même temps que vous partagerez ce qui vous vient de votre mère. Je me réserve la jouissance de Calèse: la maison et le parc (l'entretien et les réparations à votre charge). Pour les vignes, qu'on ne m'en parle plus. Une rente mensuelle, dont le montant reste à fixer, me sera versée par le notaire... Fais-moi passer mon portefeuille, oui... dans la poche gauche de mon veston.

Hubert me le tendit d'une main tremblante. J'en tirai une enveloppe:

«Tu trouveras là quelques indications sur l'ensemble de ma fortune. Tu peux la porter à maître Arcam... Ou plutôt, non, téléphone-lui de venir, je la lui remettrai moi-même et lui confirmerai, en ta présence, mes volontés.»

Hubert prit l'enveloppe et me demanda avec une expression anxieuse:

«Tu te moques de nous? Non?

– Va téléphoner au notaire : tu verras bien si je me moque... »

Il se précipita vers la porte, puis se reprit :

«Non, dit-il, aujourd'hui ce serait inconvenant... Il faut attendre une semaine. »

Il passa une main sur ses yeux ; sans doute avait-il honte, s'efforçait-il de penser à sa mère. Il tournait et retournait l'enveloppe.

«Eh bien, repris-je, ouvre et lis : je t'y autorise. »

Il se rapprocha vivement de la fenêtre, fit sauter le cachet. Il lut comme il aurait mangé. Geneviève n'y tenant plus, se leva et tendit, par-dessus l'épaule de son frère, une tête avide.

Je contemplais ce couple fraternel. Il n'y avait rien là qui dût me faire horreur. Un homme d'affaires menacé, un père et une mère de famille retrouvant soudain des millions qu'ils croyaient perdus. Non, ils ne me faisaient pas horreur. Mais ma propre indifférence m'étonnait. Je ressemblais à l'opéré qui se réveille et qui dit qu'il n'a rien senti. J'avais arraché de moi quelque chose à quoi je tenais, croyais-je, par de profondes attaches. Or je n'éprouvais rien que du soulagement, un allégement physique : je respirais mieux. Au fond, que faisais-je, depuis des années, sinon d'essayer de perdre cette fortune, d'en combler quelqu'un qui ne fût pas l'un des miens ? Je me suis toujours trompé sur l'objet de mes désirs. Nous ne savons pas ce que nous désirons, nous n'aimons pas ce que nous croyons aimer[1].

J'entendis Hubert dire à sa sœur : «C'est énorme... c'est énorme... c'est une fortune énorme. » Ils échangèrent quelques mots à voix basse ; et Geneviève déclara qu'ils n'acceptaient pas mon sacrifice, qu'ils ne voulaient pas que je me dépouille.

Ces mots «sacrifice», «dépouille» sonnaient étrangement à mes oreilles. Hubert insistait :

«Tu as agi sous le coup de l'émotion d'aujourd'hui. Tu te crois plus malade que tu n'es. Tu n'as pas soixante-dix ans ; on vit très vieux avec ce que tu as. Au bout de quelque temps, tu aurais des regrets. Je te déchargerai, si tu le veux,

---

1. Reprise partielle de l'épigraphe. Le récit se prolongera pour apporter la dimension spirituelle qui manque encore ici.

de tous les soins matériels. Mais garde en paix ce qui t'appartient. Nous ne désirons que ce qui est juste. Nous n'avons jamais cherché que la justice... »

La fatigue m'envahissait, ils virent mes yeux se fermer. Je leur dis que ma décision était prise et que je n'en parlerais plus désormais que devant le notaire. Déjà ils gagnaient la porte ; sans tourner la tête, je les rappelai :

« J'oubliais de vous avertir qu'une rente mensuelle de quinze cents francs doit être versée à mon fils Robert, je le lui ai promis. Tu m'en feras souvenir quand nous signerons l'acte. »

Hubert rougit. Il n'attendait pas cette flèche. Mais Geneviève n'y vit pas de malice. L'œil rond, elle fit un rapide calcul et dit :

« Dix-huit mille francs par an... Ne trouves-tu pas que c'est beaucoup ? »

XVIII

La prairie est plus claire que le ciel. La terre, gorgée d'eau, fume, et les ornières, pleines de pluie, reflètent un azur trouble. Tout m'intéresse comme au jour où Calèse m'appartenait. Rien n'est plus à moi et je ne sens pas ma pauvreté. Le bruit de la pluie, la nuit, sur la vendange pourrissante, ne me donne pas moins de tristesse que lorsque j'étais le maître de cette récolte menacée. Ce que j'ai pris pour un signe d'attachement à la propriété, n'est que l'instinct charnel du paysan, fils de paysans, né de ceux qui depuis des siècles interrogent l'horizon avec angoisse. La rente que je dois toucher, chaque mois, s'accumulera chez le notaire : je n'ai jamais eu besoin de rien. J'ai été prisonnier pendant toute ma vie d'une passion qui ne me possédait pas. Comme un chien aboie à la lune, j'ai été fasciné par un reflet. Se réveiller à soixante-huit ans ! Renaître au moment de mourir ! Qu'il me soit donné quelques années encore, quelques mois, quelques semaines...

L'infirmière est repartie, je me sens beaucoup mieux. Amélie et Ernest, qui servaient Isa, restent auprès de moi ; ils savent faire les piqûres ; tout est là sous ma main : ampoules de morphine, de nitrite. Les enfants affairés ne quittent guère la ville et n'apparaissent plus que lorsqu'ils ont besoin d'un renseignement, au sujet d'une évaluation... Tout se passe sans trop de disputes : la terreur d'être «désavantagés» leur a fait choisir ce parti comique de partager les services complets de linge damassé et de verrerie. Ils couperaient en deux une tapisserie plutôt que d'en laisser le bénéfice à un seul. Ils aiment mieux que tout soit dépareillé mais qu'aucun lot ne l'emporte sur l'autre. C'est ce qu'ils appellent : avoir la passion de la justice. Ils auront passé leur vie à déguiser, sous de beaux noms, les sentiments les plus vils... Non, je dois effacer cela. Qui sait s'ils ne sont pas prisonniers, comme je l'ai été moi-même, d'une passion qui ne tient pas à cette part de leur être la plus profonde ?

Que pensent-ils de moi ? Que j'ai été battu sans doute, que j'ai cédé. «Ils m'ont eu.» Pourtant, à chaque visite, ils me témoignent beaucoup de respect et de gratitude. Tout de même, je les étonne. Hubert surtout m'observe : il se méfie, il n'est pas sûr que je sois désarmé. Rassure-toi, mon pauvre garçon. Je n'étais déjà plus très redoutable, le jour où je suis revenu, convalescent, à Calèse. Mais maintenant...

Les ormes des routes et les peupliers des prairies dessinent de larges plans superposés, et entre leurs lignes sombres, la brume s'accumule, – la brume et la fumée des feux d'herbes, et cette haleine immense de la terre qui a bu. Car nous nous réveillons en plein automne et les grappes, où un peu de pluie demeure prise et brille, ne retrouveront plus ce dont les a frustrées l'août pluvieux. Mais pour nous, peut-être n'est-il jamais trop tard. J'ai besoin de me répéter qu'il n'est jamais trop tard.

Ce n'est pas par dévotion que le lendemain de mon retour ici, je pénétrai dans la chambre d'Isa. Le désœuvrement, cette disponibilité totale dont je ne sais si je jouis ou si je souffre à la campagne, cela seul m'incita à pousser la porte entrebâillée, la première après l'escalier, à gauche. Non seulement la fenêtre était largement ouverte, mais l'armoire, la commode l'étaient aussi. Les domestiques avaient fait place nette, et le soleil dévorait, jusque dans les moindres encoignures, les restes impalpables d'une destinée finie. L'après-midi de septembre bourdonnait de mouches réveillées. Les tilleuls épais et ronds ressemblaient à des fruits touchés. L'azur, foncé au zénith, pâlissait contre les collines endormies. Un éclat de rire jaillissait d'une fille que je ne voyais pas ; des chapeaux de soleil bougeaient au ras des vignes : les vendanges étaient commencées.

Mais la vie merveilleuse s'était retirée de la chambre d'Isa ; et au bas de l'armoire, une paire de gants, une ombrelle avaient l'air mort. Je regardais la vieille cheminée de pierre qui porte, sculptés sur son tympan, un râteau, une pelle, une faucille et une gerbe de blé. Ces cheminées d'autrefois, où peuvent flamber des troncs énormes, sont fermées, pendant l'été, par de vastes écrans de toile peinte. Celui-ci représentait un couple de bœufs au labour qu'un jour de colère, étant petit garçon, j'avais criblé de coups de canif. Il n'était qu'appuyé contre la cheminée. Comme j'essayais de le remettre à sa place, il tomba et découvrit le carré noir du foyer plein de cendre. Je me souvins alors de ce que m'avaient rapporté les enfants sur cette dernière journée d'Isa à Calèse : « Elle brûlait des papiers, nous avons cru qu'il y avait le feu... » Je compris, à ce moment-là, qu'elle avait senti la mort approcher. On ne peut penser à la fois à sa propre mort et à celle des autres : possédé par l'idée fixe de ma fin prochaine, comment me fussé-je inquiété de la tension d'Isa ? « Ce n'est rien, c'est l'âge », répétaient les stupides enfants. Mais elle, le jour où elle fit ce grand feu, savait que son heure était proche. Elle avait voulu disparaître tout entière ; elle avait effacé ses moindres traces. Je regardais, dans l'âtre, ces flocons gris que le vent agitait un peu. Les pincettes, qui lui avaient servi, étaient encore là, entre la cheminée et le mur. Je m'en saisis, et fourrageai dans ce tas de poussière, dans ce néant.

Je le fouillai, comme s'il eût recelé le secret de ma vie, de nos deux vies. À mesure que les pincettes y pénétraient, la cendre devenait plus dense. Je ramenai quelques fragments de papier qu'avait dû protéger l'épaisseur des liasses, mais je ne sauvai que des mots, que des phrases interrompues, au sens impénétrable. Tout était de la même écriture que je ne reconnaissais pas. Mes mains tremblaient, s'acharnaient. Sur un morceau minuscule, souillé de suie, je pus lire ce mot : PAX[1], au-dessous d'une petite croix, une date : 23 février 1913, et : « ma chère fille »... Sur d'autres fragments, je m'appliquai à reconstituer les caractères tracés

---

1. À l'image du prêtre, auteur de cette lettre, Mauriac avait pris, depuis 1929, l'habitude d'écrire cette formule d'inspiration bénédictine en tête des siennes. Même un athée comme Jean Guéhenno en était honoré.

au bord de la page brûlée, mais je n'obtins que ceci : « Vous n'êtes pas responsable de la haine que vous inspire cet enfant, vous ne seriez coupable que si vous y cédiez. Mais au contraire vous vous efforcez... » Après beaucoup d'efforts, je pus lire encore : « ...juger témérairement les morts... l'affection qu'il porte à Luc ne prouve pas...[1] » La suie recouvrait le reste, sauf une phrase : « Pardonnez sans savoir ce que vous avez à pardonner. Offrez pour lui votre... »

J'aurais le temps de réfléchir plus tard : je ne pensais à rien qu'à trouver mieux. Je fouillai, le buste incliné, dans une position mauvaise qui m'empêchait de respirer. Un instant, la découverte d'un carnet de molesquine, et qui paraissait intact, me bouleversa ; mais aucune des feuilles n'en avait été épargnée. Au verso de la couverture, je déchiffrai seulement ces quelques mots de la main d'Isa : BOUQUET SPIRITUEL[2]. Et au-dessous : Je ne m'appelle pas Celui qui damne, mon nom est Jésus. (*Le Christ à saint François de Sales.*)

D'autres citations suivaient, mais illisibles. En vain demeurai-je longtemps penché sur cette poussière, je n'en obtins plus rien. Je me relevai et regardai mes mains noires. Je vis, dans la glace, mon front balafré de cendre. Un désir de marcher me prit comme dans ma jeunesse ; je descendis trop vite l'escalier, oubliant mon cœur.

Pour la première fois depuis des semaines, je me dirigeai vers les vignes en partie dépouillées de leurs fruits et qui glissaient au sommeil. Le paysage était léger, limpide, gonflé comme ces bulles azurées que Marie autrefois soufflait au bout d'une paille. Déjà le vent et le soleil durcissaient les ornières et les empreintes profondes des bœufs. Je marchais, emportant en moi l'image de cette Isa inconnue, en proie à des passions puissantes que Dieu seul avait eu pouvoir de mater. Cette ménagère avait été une sœur dévorée de jalousie. Le petit Luc lui avait été odieux... une femme capable de haïr un petit garçon... jalouse à cause de ses

---

1. La phrase laisse entendre qu'Isa croyait à une liaison entre Louis et Marinette, dont Luc eût été le fruit. La première version du roman était encore plus explicite. 2. *Bouquet spirituel :* pensée digne de nourrir durant le jour la méditation du dévot. Isa choisit ici les paroles entendues par François de Sales en sa prime jeunesse, alors qu'il priait dans une église de Paris. Voir *Le Jeudi Saint,* in *O.C.,* VII, p. 203.

propres enfants ? Parce que je leur préférais Luc ? Mais elle avait aussi détesté Marinette... Oui, oui : elle avait souffert par moi ; j'avais eu ce pouvoir de la torturer. Quelle folie ! morte Marinette, mort Luc, morte Isa, morts ! morts ! et moi, vieillard debout, à l'extrême bord de la même fosse où ils s'étaient abîmés, je jouissais de n'avoir pas été indifférent à une femme, d'avoir soulevé en elle ces remous.

C'était risible et, en vérité, je riais seul, haletant un peu, appuyé contre un piquet de vigne, face aux pâles étendues de brume où des villages avec leurs églises, des routes et tous leurs peupliers avaient sombré. La lumière du couchant se frayait un difficile chemin jusqu'à ce monde enseveli. Je sentais, je voyais, je touchais mon crime. Il ne tenait pas tout entier dans ce hideux nid de vipères : haine de mes enfants, désir de vengeance, amour de l'argent ; mais dans mon refus de chercher au-delà de ces vipères emmêlées. Je m'en étais tenu à ce nœud immonde comme s'il eût été mon cœur même, – comme si les battements de ce cœur s'étaient confondus avec ces reptiles grouillants. Il ne m'avait pas suffi, au long d'un demi-siècle, de ne rien connaître en moi que ce qui n'était pas moi : j'en avais usé de même à l'égard des autres. De pauvres convoitises, sur la face de mes enfants, me fascinaient. La stupidité de Robert était ce qui m'apparaissait de lui, et je m'en tenais à cette apparence. Jamais l'aspect des autres ne s'offrit à moi comme ce qu'il faut crever, comme ce qu'il faut traverser pour les atteindre. C'était à trente ans, à quarante ans, que j'eusse dû faire cette découverte. Mais aujourd'hui, je suis un vieillard au cœur trop lent, et je regarde le dernier automne de ma vie endormir la vigne, l'engourdir de fumées et de rayons. Ceux que je devais aimer sont morts ; morts ceux qui auraient pu m'aimer. Et les survivants, je n'ai plus le temps, ni la force de tenter vers eux le voyage, de les redécouvrir. Il n'est rien en moi, jusqu'à ma voix, à mes gestes, à mon rire, qui n'appartienne au monstre que j'ai dressé contre le monde et à qui j'ai donné mon nom.

Était-ce précisément ces pensées que je remâchais, appuyé contre ce piquet de vigne, à l'extrémité d'une rège, face aux prairies resplendissantes d'Yquem, où le soleil déclinant s'était posé ? Un incident, que je dois rapporter ici, me les a sans doute rendues plus claires ; mais elles étaient en moi déjà, ce soir-là, tandis que je revenais vers la maison, pénétré jusqu'au cœur par la paix qui remplissait la terre ; les ombres s'allongeaient, le monde entier n'était qu'acceptation ; au loin, les côtes perdues ressemblaient à des épaules courbées : elles attendaient le brouillard et la nuit pour s'allonger peut-être, pour s'étendre, pour s'endormir d'un sommeil humain.

J'espérais trouver Geneviève et Hubert à la maison : ils m'avaient promis de partager mon dîner. C'était la première fois de ma vie que je souhaitais leur venue, que je m'en faisais une joie. J'étais impatient de leur montrer mon nouveau cœur. Il ne fallait pas perdre une minute pour les connaître, pour me faire connaître d'eux. Aurais-je le temps, avant la mort, de mettre ma découverte à l'épreuve ? Je brûlerais les étapes vers le cœur de mes enfants, je passerais à travers tout ce qui nous séparait. Le nœud de vipères était enfin tranché : j'avancerais si vite dans leur amour qu'ils pleureraient en me fermant les yeux.

Ils n'étaient pas arrivés encore. Je m'assis sur le banc, près de la route, attentif au bruit des moteurs. Plus ils tardaient et plus je désirais leur venue. J'avais des retours de ma vieille colère : ça leur était bien égal de me faire attendre ! il leur importait peu que je souffrisse à cause d'eux ; ils faisaient exprès... Je me repris : ce retard pouvait avoir une cause que j'ignorais, et il n'y avait aucune chance que ce fût précisément celle dont, par habitude, je nourrissais ma rancœur. La cloche annonçait le dîner. J'allai jusqu'à la cuisine pour avertir Amélie qu'il fallait attendre encore un peu. Il était bien rare que l'on me vît sous ces solives noires où des jambons pendaient. Je m'assis près du feu, sur une chaise de paille. Amélie, son mari et Cazau, l'homme d'affaires, dont j'avais entendu de loin les grands rires, s'étaient tus dès mon entrée. Une atmosphère de respect et de terreur m'entourait. Jamais je ne parle aux domestiques. Non que je sois un maître difficile ou exigeant, ils n'existent pas à mes yeux, je ne les vois pas. Mais ce soir, leur présence me rassurait. Parce que mes enfants ne venaient pas, j'aurais voulu prendre mon repas sur un coin de cette table, où la cuisinière hachait la viande.

Cazau avait fui, Ernest enfilait une veste blanche pour me servir. Son silence m'oppressait. Je cherchais en vain une parole. Mais je ne connaissais rien de ces deux êtres qui nous étaient dévoués depuis vingt ans. Enfin je me rappelai qu'autrefois, leur fille, mariée à Sauveterre-de-Guyenne, venait les voir et qu'Isa ne lui payait pas le lapin qu'elle apportait, parce qu'elle prenait plusieurs repas à la maison. J'articulai, sans tourner la tête, un peu vite :

« Eh bien, Amélie, comment va votre fille ? Toujours à Sauveterre ? »

Elle abaissa vers moi sa face tannée, et après m'avoir dévisagé :

« Monsieur sait qu'elle est morte... il y aura dix ans le 29, le jour de la Saint-Michel. Monsieur se rappelle bien ? »

Son mari, lui, resta muet ; mais il me regarda d'un air dur ; il croyait que j'avais fait semblant d'oublier. Je balbutiai : « Excusez-moi... ma vieille tête... » Mais, comme quand j'étais gêné et intimidé, je ricanais un peu, je ne pouvais me retenir de ricaner. L'homme annonça, avec sa voix habituelle : « Monsieur est servi. »

Je me levai aussitôt et allai m'asseoir dans la salle à manger mal éclairée, en face de l'ombre d'Isa. Ici Geneviève, puis l'abbé Ardouin, puis Hubert... Je cherchai des yeux, entre la fenêtre et le buffet, la haute chaise de Marie qui avait servi à Janine et à la fille de Janine. Je fis semblant d'avaler quelques bouchées ; le regard de cet homme qui me servait m'était horrible.

Au salon, il avait allumé un feu de sarments. Dans cette pièce, chaque génération, en se retirant, comme une marée ses coquillages, avait laissé des albums, des coffrets, des daguerréotypes, des lampes Carcel. Des bibelots morts couvraient les consoles. Un pas lourd de cheval dans l'ombre, le bruit du pressoir qui touche la maison me navraient le cœur. « Mes petits, pourquoi n'êtes-vous pas venus ? » Cette plainte me monta aux lèvres. Si, à travers la porte, les domestiques l'avaient entendue, ils auraient cru qu'il y avait un étranger dans le salon ; car ce ne pouvait être la voix ni les paroles du vieux misérable, dont ils s'imaginaient qu'il avait fait exprès de ne pas savoir que leur fille était morte.

Tous, femme, enfants, maîtres et serviteurs, ils s'étaient ligués contre mon âme, ils m'avaient dicté ce rôle odieux. Je m'étais figé atrocement dans l'attitude qu'ils exigeaient de moi. Je m'étais conformé au modèle que me proposait leur haine. Quelle folie, à soixante-huit ans, d'espérer remonter le courant, leur imposer une vision nouvelle de l'homme que je suis pourtant, que j'ai toujours été ! Nous ne voyons que ce que nous sommes accoutumés à voir. Et vous non plus, pauvres enfants, je ne vous vois pas. Si j'étais plus jeune, les plis seraient moins marqués, les habitudes moins enracinées ; mais je doute que, même dans ma jeunesse, j'eusse pu rompre cet enchantement. Il faudrait une force, me disais-je. Quelle force ? Quelqu'un. Oui, quelqu'un en qui nous nous rejoindrions tous et qui serait le garant de ma victoire intérieure, aux yeux des miens ; quelqu'un qui porterait témoignage pour moi, qui m'aurait déchargé de mon fardeau immonde, qui l'aurait assumé...

Même les meilleurs n'apprennent pas seuls à aimer : pour passer outre aux ridicules, aux vices et surtout à la bêtise des êtres, il faut détenir un secret d'amour que le monde ne connaît plus. Tant que ce secret ne sera pas retrouvé, vous changerez en vain les conditions humaines : je croyais que c'était l'égoïsme qui me rendait étranger à tout ce qui touche l'économique et le social ; et il est vrai que j'ai été un monstre de solitude et d'indifférence ; mais il y avait aussi en moi un sentiment, une obscure certitude que cela ne sert à rien de révolutionner la face du monde ; il faut atteindre le monde au cœur. Je cherche celui-là seul qui accomplirait cette victoire ; et il faudrait que lui-même fût le Cœur des cœurs, le centre brûlant de tout amour. Désir, qui peut-être était déjà prière. Il s'en est fallu de peu, ce soir-là, que je me misse à genoux, accoudé à un fauteuil, comme faisait Isa dans les étés d'autrefois, avec les trois enfants pressés contre sa robe. Je revenais de la terrasse vers cette fenêtre illuminée ; j'étouffais mes pas et, invisible dans le jardin noir, je regardais ce groupe suppliant : « Prosternée devant Vous, ô mon Dieu, récitait Isa, je Vous rends grâce de ce que Vous m'avez donné un cœur capable de Vous connaître et de Vous aimer[1]... »

Je demeurai debout, au milieu de la pièce, vacillant, comme frappé. Je pensais à ma vie, je regardais ma vie. Non, on ne remonte pas un tel courant de boue. J'avais été un homme si horrible que je n'avais pas eu un seul ami. Mais, me disais-je, n'était-ce pas parce que j'avais toujours été incapable de me travestir ? Si tous les hommes marchaient aussi démasqués que je l'ai fait pendant un demi-siècle, peut-être s'étonnerait-on qu'entre eux les différences de niveau soient si petites. Au vrai, personne n'avance à

1. *Commencements d'une vie* avait évoqué cette scène familiale et cette prière. Voir *O.A.*, p. 70.

visage découvert, personne. La plupart singent la grandeur, la noblesse. À leur insu, ils se conforment à des types littéraires ou autres. Les saints le savent, qui se haïssent et se méprisent parce qu'ils se voient. Je n'eusse pas été si méprisé si je n'avais pas été si livré, si ouvert, si nu.

Telles étaient les pensées qui me poursuivaient, ce soir-là, tandis que j'errais à travers la pièce assombrie, me cognant à l'acajou et au palissandre d'un mobilier lourd, épave ensablée dans le passé d'une famille, où tant de corps, aujourd'hui dissous, s'étaient appuyés, étendus. Les bottines des enfants avaient sali le divan lorsqu'ils s'y enfonçaient pour feuilleter le *Monde illustré* de 1870[1]. L'étoffe demeurait noire aux mêmes places. Le vent tournait autour de la maison, brassait les feuilles mortes des tilleuls. On avait oublié de fermer les volets d'une chambre.

XIX

Le lendemain, j'attendis l'heure du courrier avec angoisse. Je tournais dans les allées, à la manière d'Isa, lorsque les enfants étaient en retard et qu'elle s'inquiétait. S'étaient-ils disputés ? Y avait-il un malade ? Je me faisais « du mauvais sang » ; je devenais aussi habile qu'Isa pour entretenir, pour nourrir des idées fixes. Je marchais, au milieu des vignes, avec cet air absent et séparé du monde de ceux qui remâchent un souci ; mais, en même temps, je me souviens d'avoir été attentif à ce changement en moi, de m'être complu dans mon inquiétude. Le brouillard était sonore, on entendait la plaine sans la voir. Des bergeronnettes et des grives s'égaillaient dans les règes où le raisin tardait à pourrir. Luc, enfant, à la fin des vacances, aimait ces matinées de passages...

Un mot d'Hubert, daté de Paris, ne me rassura pas. Il avait été obligé, me disait-il, de partir en hâte : un ennui assez grave dont il m'entretiendrait à son retour, fixé au surlendemain. J'imaginais des complications d'ordre fiscal : peut-être avait-il commis quelque illégalité ?

L'après-midi, je n'y tins plus et me fis conduire à la gare

1. Dans la bibliothèque de Vémars figurait une collection complète du *Monde illustré* que les enfants de François Mauriac se plaisaient à consulter.

où je pris un billet pour Bordeaux, bien que je me fusse engagé à ne plus voyager seul. Geneviève habitait, maintenant, notre ancienne maison. Je la rencontrai dans le vestibule au moment où elle prenait congé d'un inconnu qui devait être le docteur.

« Hubert ne t'a pas mis au courant ? »

Elle m'entraîna dans la salle d'attente où je m'étais évanoui, le jour des obsèques. Je respirai, quand je sus qu'il s'agissait d'une fugue de Phili : j'avais redouté pire ; mais il était parti avec une femme « qui le tenait bien » et après une scène atroce où il n'avait laissé aucun espoir à Janine. On ne pouvait arracher la pauvre petite à un état de prostration qui ennuyait le médecin. Alfred et Hubert avaient rejoint le fugitif à Paris. D'après un télégramme, reçu à l'instant, ils n'avaient rien obtenu.

« Quand je pense que nous leur assurions une pension si large... Évidemment nos précautions étaient prises, nous n'avions versé aucun capital. Mais la rente était considérable. Dieu sait que Janine se montrait faible avec lui ; il obtenait d'elle tout ce qu'il voulait. Quand je pense qu'autrefois il menaçait de la planter là, persuadé que tu ne nous laisserais rien ; et c'est lorsque tu nous fais l'abandon de ta fortune, qu'il se décide à prendre le large. Comment expliques-tu ça ? »

Et elle s'arrêta en face de moi, les sourcils soulevés, les yeux dilatés. Puis elle se colla au radiateur et, joignant les doigts, elle frottait les paumes de ses mains.

« Et naturellement, dis-je, il s'agit d'une femme très riche...

– Pas du tout ! un professeur de chant... Mais tu la connais bien, c'est Mme Vélard. Pas de la première jeunesse, et qui a roulé. Elle gagne à peine de quoi vivre. Comment expliques-tu ça ? » répéta-t-elle.

Mais sans attendre ma réponse, elle recommençait de parler. À ce moment, Janine entra. Elle était en robe de chambre et me tendit son front. Elle n'avait pas maigri ; mais sur cette figure lourde et sans grâce, le désespoir avait tout détruit de ce que je haïssais : ce pauvre être si façonné, si maniéré, était devenu terriblement dépouillé et simple. La lumière crue d'un lustre l'éclairait tout entière sans qu'elle clignât des yeux : « Vous savez ? » me demanda-t-elle seulement, et elle s'assit sur la chaise longue.

Entendait-elle les propos de sa mère, le réquisitoire interminable que Geneviève devait ressasser depuis le départ de Phili ?

« Quand je pense... »

Chaque période débutait par ce « quand je pense » étonnant chez une personne qui pensait si peu. Ils avaient, disait-elle, consenti à ce mariage, bien qu'à vingt-deux ans Phili eût dissipé déjà une jolie fortune dont il avait joui très tôt (comme il était orphelin et sans parents proches, on avait dû l'émanciper). La famille avait fermé les yeux sur sa vie crapuleuse... Et voilà comme il nous récompensait...

Une irritation naissait en moi que j'essayais en vain de contenir. Ma vieille méchanceté rouvrait l'œil. Comme si Geneviève elle-même, Alfred, Isa, tous leurs amis n'avaient harcelé Phili, ne l'avaient ébloui de mille promesses !

« Le plus curieux, grondai-je, c'est que tu crois à ce que tu racontes. Tu sais pourtant que vous couriez tous après ce garçon...

— Voyons, père, tu ne vas pas le défendre... »

Je protestai qu'il ne s'agissait pas de le défendre. Mais nous avions eu le tort de juger ce Phili plus vil qu'il n'était. Sans doute lui avait-on marqué trop durement qu'une fois la fortune assurée, il accepterait toutes les avanies, et qu'on était sûr désormais qu'il ne s'en irait plus. Mais les êtres ne sont jamais aussi bas qu'on imagine.

« Quand je pense que tu défends un misérable qui abandonne sa jeune femme et sa petite fille...

— Geneviève, criai-je, exaspéré, tu ne me comprends pas, fais un effort pour comprendre : abandonner sa femme et sa fille, c'est mal, cela va sans dire ; mais le coupable peut avoir cédé à des mobiles ignobles aussi bien qu'à de hautes raisons...

— Alors, répétait Geneviève butée, tu trouves noble d'abandonner une fille de vingt-deux ans et une petite fille... »

Elle ne sortait pas de là ; elle ne comprenait rien à rien.

« Non, tu es trop sotte... à moins que tu fasses exprès de ne pas comprendre... Et moi je soutiens que Phili m'apparaît moins misérable depuis... »

Geneviève me coupa la parole, me criant d'attendre que Janine ait quitté la pièce pour l'insulter en défendant son mari. Mais la petite qui, jusque-là, n'avait pas ouvert la bouche, dit d'une voix que j'avais peine à reconnaître :

« Pourquoi le nier, maman ? Nous avons mis Phili plus

152

bas que terre. Rappelle-toi : depuis que les partages étaient décidés, nous avions barre sur lui. Oui, c'était comme un animal que j'eusse mené en laisse. J'en étais arrivée à ne plus beaucoup souffrir de n'être pas aimée. Je l'avais ; il était à moi ; il m'appartenait : je restais maîtresse de l'argent ; je lui tenais la dragée haute. C'était ton expression, maman. Rappelle-toi que tu me disais : "Maintenant, tu vas pouvoir lui 'tenir la dragée haute'." Nous pensions qu'il ne mettait rien au-dessus de l'argent. Lui-même le croyait peut-être, et pourtant sa colère, sa honte ont été plus fortes. Car il n'aime pas cette femme qui me l'a pris ; il me l'a avoué en partant, et il m'a jeté à la figure assez de choses atroces pour que je sois sûre qu'il disait vrai. Mais elle ne le méprisait pas, elle ne le rabaissait pas. Elle s'est donnée à lui, elle ne l'a pas pris. Moi, je me l'étais offert. »

Elle répétait ces derniers mots comme elle se fût battue. Sa mère haussait les épaules, mais se réjouissait de voir ses larmes : « Ça va la détendre... » Et elle disait encore :

« N'aie pas peur, ma chérie, il te reviendra, la faim chasse le loup du bois. Quand il aura assez mangé de vache enragée... »

J'étais sûr que de telles paroles excitaient le dégoût de Janine. Je me levai, je pris mon chapeau, ne pouvant supporter de finir la soirée avec ma fille. Je lui fis croire que j'avais loué une auto et que je rentrais à Calèse. Soudain, Janine dit :

« Emmenez-moi, grand-père. »

Sa mère lui demanda si elle était folle ; il fallait qu'elle demeurât ici : les hommes de loi avaient besoin d'elle. Et puis, à Calèse, « le chagrin la prendrait ».

Sur le palier où elle m'avait suivi, Geneviève m'adressa de vifs reproches parce que j'avais flatté la passion de Janine :

« Si elle arrivait à se détacher de cet individu, avoue que ce serait un beau débarras. On trouvera toujours un cas d'annulation ; et avec sa fortune, Janine fera un mariage superbe. Mais d'abord, il faut qu'elle se détache. Et toi qui détestais Phili, tu te mets maintenant à faire son éloge devant elle... Ah ! non ! surtout qu'elle n'aille pas à Calèse ! tu nous la renverrais dans un joli état. Ici, nous finirons bien par la distraire. Elle oubliera... »

À moins qu'elle ne meure, pensais-je ; ou qu'elle vive misérablement, avec une douleur toujours égale et qui échappera au temps. Peut-être Janine appartient-elle à cette race qu'un vieil avocat connaît bien : ces femmes chez qui l'espérance est une maladie, qui ne guérissent pas d'espérer, et qui, après vingt ans, regardent encore la porte avec des yeux de bête fidèle.

Je rentrai dans la chambre où Janine était demeurée assise, et je lui dis :

« Quand tu voudras, mon enfant... tu seras toujours la bienvenue. »

Elle ne manifesta par aucun signe qu'elle m'eût compris. Geneviève rentra et me demanda d'un air soupçonneux : « Que lui dis-tu ? » J'ai su depuis qu'elle m'accusait d'avoir, pendant ces quelques secondes « retourné » Janine et de m'être amusé « à lui mettre un tas d'idées en tête ». Mais moi, je descendais l'escalier, me remémorant ce que la jeune femme m'avait crié : « Emmenez-moi... » Elle m'avait demandé de l'emmener. J'avais prononcé d'instinct, sur Phili, les paroles qu'elle avait besoin d'entendre. J'étais le premier, peut-être, qui ne l'eût pas blessée.

Je marchais dans ce Bordeaux illuminé d'un jour de rentrée ; les trottoirs du cours de l'Intendance, humides de brouillard, luisaient. Les voix du Midi couvraient le vacarme des trams. L'odeur de mon enfance était perdue ; je l'aurais retrouvée dans ces quartiers plus sombres de la rue Duffour-Dubergier et de la Grosse-Cloche. Là, peut-être, quelque vieille femme, à l'angle d'une rue noire, serrait-elle encore contre sa poitrine un pot fumant de ces châtaignes bouillies qui sentent l'anis[1]. Non, je n'étais pas triste. Quelqu'un m'avait entendu, compris. Nous nous étions rejoints : c'était une victoire. Mais j'avais échoué devant Geneviève : il n'y avait rien à faire pour moi contre une certaine qualité de bêtise. On atteint aisément une âme vivante à travers les crimes, les vices les plus tristes, mais la vulgarité est infranchissable. Tant pis ! j'en prendrais mon parti ; on ne pouvait fendre la pierre de tous ces tombeaux[2]. Bienheureux si je réussissais à pénétrer jusqu'à un seul être, avant de mourir.

Je couchai à l'hôtel et ne rentrai que le lendemain matin

1. Nouvel exemple d'un passage repris à l'autobiographie. Voir *Commencements d'une vie,* op. cit., p. 98. 2. Allusion aux sépulcres blanchis du pharisaïsme (*Matthieu,* 23, 27).

à Calèse. Peu de jours après, Alfred vint me voir et j'appris de lui que ma visite avait eu des conséquences funestes : Janine avait écrit à Phili une lettre de folle où elle se chargeait de tous les torts, s'accusait, lui demandait pardon. « Les femmes n'en font jamais d'autres... » Le bon gros n'osait me dire, mais il pensait sûrement : « Elle recommence les bêtises de sa grand-mère. »

Alfred me laissa entendre que le procès était perdu d'avance et que Geneviève m'en rendait responsable : j'avais fait exprès de monter la tête à Janine. Je demandai à mon gendre, en souriant, quels avaient pu être mes mobiles. Il me répondit, tout en protestant qu'il ne partageait en rien l'opinion de sa femme, que j'avais agi, selon elle, par malice, par vengeance, peut-être par « méchanceté pure ».

Les enfants ne venaient plus me voir. Une lettre de Geneviève m'apprit, deux semaines plus tard, qu'on avait dû enfermer Janine dans une maison de santé. Il ne s'agissait pas de folie, bien entendu. On espérait beaucoup de cette cure d'isolement.

Et moi aussi, j'étais isolé, mais je ne souffrais pas. Jamais mon cœur ne m'avait laissé un si long répit. Durant cette quinzaine et bien au-delà, l'automne radieux s'attarda sur le monde. Aucune feuille ne se détachait encore, les roses refleurissaient. J'aurais dû souffrir de ce que mes enfants, de nouveau, s'écartaient de moi. Hubert n'apparaissait plus que pour parler d'affaires. Il était sec, gourmé. Ses manières demeuraient courtoises, mais il se tenait sur ses gardes. L'influence que mes enfants m'accusaient d'avoir prise sur Janine m'avait fait perdre tout le terrain gagné. J'étais redevenu, à leurs yeux, l'adversaire, un vieillard perfide et capable de tout. Et enfin, la seule qui m'aurait peut-être compris était enfermée et séparée des vivants. Et pourtant, j'éprouvais une profonde paix. Démuni de tout, isolé, sous le coup d'une mort affreuse, je demeurais calme, attentif, l'esprit en éveil. La pensée de ma triste vie ne m'accablait pas. Je ne sentais pas le poids de ces années désertes... comme si je n'eusse pas été un vieillard très malade, comme si j'avais eu encore, devant moi, toute une existence, comme si cette paix qui me possédait eût été quelqu'un.

XX

Depuis un mois qu'elle a fui la maison de santé et que je l'ai recueillie, Janine n'est pas guérie encore. Elle croit avoir été victime d'un complot ; elle affirme qu'on l'a enfermée parce qu'elle refusait d'attaquer Phili et de demander le divorce et l'annulation. Les autres s'imaginent que c'est moi seul qui lui mets ces idées en tête et qui la dresse contre eux, alors qu'au cours des interminables journées de Calèse, je lutte pied à pied contre ses illusions et ses chimères. Dehors, la pluie mêle les feuilles à la boue, les pourrit. Des sabots lourds écrasent le gravier de la cour ; un homme passe, la tête couverte d'un sac. Le jardin est si dépouillé que rien ne cache plus l'insignifiance de ce qui est, ici, concédé à l'agrément : les carcasses des charmilles, les bosquets maigres grelottent sous la pluie éternelle. L'humidité pénétrante des chambres nous laisse sans courage, le soir, pour quitter le brasier du salon. Minuit sonne, et nous ne pouvons nous résigner à monter ; et les tisons, patiemment accumulés, s'écroulent dans la cendre ; et de même, il faut recommencer indéfiniment de persuader à la petite que ses parents, son frère, son oncle, ne lui veulent aucun mal. Je détourne sa pensée, autant que je le puis, de la maison de santé. Toujours nous en revenons à Phili : « Vous ne pouvez imaginer quel était cet homme... Vous ne pouvez savoir quel être... » Ces paroles annoncent indifféremment un réquisitoire ou un dithyrambe, et le ton seul me laisse pressentir si elle va l'exalter, le couvrir de boue. Mais qu'elle le glorifie ou le salisse, les faits qu'elle cite m'apparaissent insignifiants. L'amour communique à cette pauvre femme, si dénuée d'imagination, un étonnant pouvoir de déformer, d'amplifier. Je l'ai connu ton Phili, un de ces néants que la jeunesse rapide revêt un instant de rayons. À cet enfant gâté, caressé, défrayé de tout, tu prêtes des intentions délicates ou scélérates, des perfidies méritées ; mais il n'a que des réflexes.

Vous ne compreniez pas qu'il avait besoin, pour respirer, de se sentir le plus fort. Il ne fallait pas lui tenir la dragée haute. « La dragée haute » ne fait pas sauter cette espèce de chiens : ils détalent vers d'autres pitances servies par terre[1].

Même de très loin, la malheureuse ne connaît pas son Phili. Que représente-t-il à ses yeux, hors l'angoisse de sa présence, les caresses différées, la jalousie, l'horreur de l'avoir perdu ? Sans yeux, sans odorat, sans antennes, elle court et s'affole après cet être, sans rien qui la renseigne sur ce qu'est réellement l'objet de sa poursuite... Existe-t-il des pères aveugles ? Janine est ma petite-fille ; mais serait-elle ma fille, je ne la verrais pas moins telle qu'elle est : une créature qui ne peut rien recevoir d'un autre. Cette femme aux traits réguliers, épaisse, lourde, à la voix bête, est marquée du signe de celles qui n'arrêtent pas un regard, qui ne fixent pas une pensée. Elle me semble belle, pourtant, au long de ces nuits, d'une beauté étrangère à elle-même, empruntée à son désespoir. N'existe-t-il un homme que cet incendie attirerait ? Mais la malheureuse brûle dans les ténèbres et dans un désert, sans autre témoin que ce vieillard...

Autant que j'eusse pitié d'elle, durant ces longues veillées, je ne me lassais pas de confronter Phili, ce garçon pareil à des milliers d'autres, comme ce papillon blanc commun ressemble à tous les papillons blancs, et cette frénésie, qu'il avait seul pouvoir de déchaîner dans sa femme, et qui pour elle anéantissait le monde visible et invisible : rien ne subsistait plus, aux yeux de Janine, qu'un mâle déjà un peu défraîchi, enclin à préférer l'alcool à tout le reste et à considérer l'amour comme un travail, un devoir, une fatigue... Quelle misère !

À peine regardait-elle sa fille qui se glissait dans la pièce, au crépuscule. Elle posait ses lèvres, au hasard, sur les boucles de l'enfant. Non que la petite fût sans pouvoir sur sa mère : c'était à cause d'elle que Janine trouvait la force de ne pas partir à la poursuite de Phili (car elle eût été femme à le harceler, à le provoquer, à faire des scènes publiques).

---

1. Excellent exemple de renouvellement d'un stéréotype, cher à Geneviève et cité par Janine, p. 153. Louis le dénonce en le paraphrasant. Le conformisme s'exprime d'abord par le langage. En maint passage les guillemets prennent déjà quelque distance avec les « phrases toutes faites » dont se satisfont les familiers de Louis : *mettre de côté, gagner gros, se saigner aux quatre veines...* Voir notre étude : « Le pouvoir dénonciateur du langage », *Roman 20-50*, n° 1, mars 1986, p. 70.

Non, je n'eusse pas suffi à la retenir, elle restait pour l'enfant, mais ne recevait d'elle aucune consolation. C'était entre mes bras, sur mes genoux, que la petite se réfugiait, le soir, en attendant que le dîner fût servi. Je retrouvais, dans ses cheveux, l'odeur d'oiseau, de nid, qui me rappelait Marie. Je fermais les yeux, la bouche appuyée contre cette tête, je me retenais de trop serrer ce petit corps, j'appelais dans mon cœur mon enfant perdue. Et c'était, en même temps, Luc que je croyais embrasser. Quand elle avait beaucoup joué, sa chair avait le goût salé des joues de Luc, à l'époque où il s'endormait à table, tellement il avait couru... Il ne pouvait attendre le dessert, il nous tendait, à la ronde, sa figure exténuée de sommeil... Ainsi rêvais-je, et Janine errait à travers la pièce, marchait, marchait, tournait dans son amour.

Je me souviens d'un soir où elle me demandait : « Que faudrait-il faire pour ne plus souffrir ?... Croyez-vous que cela passera ? » C'était une nuit de gel ; je la vis ouvrir la fenêtre, pousser les volets ; elle trempait son front, son buste, dans le clair de lune glacé. Je la ramenai près du feu ; et moi qui ignore tant les gestes de la tendresse, je m'assis gauchement contre elle, lui entourai les épaules d'un bras. Je lui demandai s'il ne lui restait aucun secours : « Tu as la foi ? » Elle reprit distraitement : « La foi ? » comme si elle n'eût pas compris. « Oui, repris-je, Dieu... » Elle leva vers moi sa face brûlée, elle m'observait d'un air méfiant et dit enfin « qu'elle ne voyait pas le rapport... » Et comme j'insistais :

« Bien sûr, je suis religieuse, je remplis mes devoirs. Pourquoi me demandez-vous cela ? Vous vous moquez de moi ?

— Penses-tu, continuais-je, que Phili soit à la mesure de ce que tu lui donnes ? » Elle me regarda, avec cette expression maussade et irritée de Geneviève lorsqu'elle ne comprend pas ce qu'on lui dit, qu'elle ne sait que répondre, qu'elle a peur de tomber dans un panneau. Elle se risqua enfin : « Tout ça n'avait rien à voir ensemble... elle n'aimait pas à mêler la religion avec ces choses-là. Elle était pratiquante, mais justement elle avait horreur de ces rapprochements malsains. Elle remplissait tous ses devoirs. » Elle aurait dit, de la même voix, qu'elle payait ses contributions. Ce que j'avais tant exécré, toute ma vie, c'était cela, ce n'était que cela : cette caricature grossière, cette charge médiocre de la vie chrétienne, j'avais feint d'y voir une représentation authentique pour avoir le droit de la haïr. Il faut oser regarder en face ce que l'on hait. Mais moi, me disais-je, mais moi... Ne savais-je déjà que je me trompais moi-même, ce soir de la fin du dernier siècle, sur la terrasse de Calèse, lorsque l'abbé Ardouin m'avait dit : « Vous êtes très bon... » ? Plus tard, je me suis bouché les oreilles pour ne pas entendre les paroles de Marie agonisante. À ce chevet, pourtant, le secret de la mort et de la vie m'a été livré... Une petite fille mourait pour moi... J'ai voulu l'oublier. Inlassablement, j'ai cherché à perdre cette clef qu'une main mystérieuse m'a toujours rendue, à chaque tournant de ma vie (le regard de Luc après la messe, dans ces matinées de dimanche, à l'heure de la première cigale... Et ce printemps encore, la nuit de la grêle...).

Ainsi allaient mes pensées, ce soir-là. Je me souviens de m'être levé, d'avoir repoussé mon fauteuil si violemment que Janine tressaillit. Le silence de Calèse, à cette heure avancée, ce silence épais, presque solide, engourdissait, étouffait sa douleur. Elle laissait mourir le feu, et, à mesure que la pièce devenait plus froide, elle traînait sa chaise vers l'âtre, ses pieds touchaient presque la cendre. Le feu mourant attirait ses mains et son front. La lampe de la cheminée éclairait cette lourde femme ramassée, et moi j'errais alentour, dans la pénombre encombrée d'acajou et de palissandre. Je tournais, impuissant, autour de ce bloc humain, de ce corps prostré. « Mon enfant... » Je ne trouvais pas le mot que je cherchais. Ce qui m'étouffe, ce soir, en même temps que j'écris ces lignes, ce qui fait mal à mon cœur comme s'il allait se rompre, cet amour dont je connais enfin le nom ador...[1].

....

Calèse, le 10 décembre 193...

Ma chère Geneviève, j'achèverai, cette semaine, de classer les papiers dont ici tous les tiroirs débordent. Mais mon devoir est de te communiquer, sans retard, cet étrange document. Tu sais que notre père est mort à sa table de

1. La mort foudroie Louis en train d'écrire *adorable* ou *adoré*, artifice que Brasillach trouvait « un peu gros ».

travail et qu'Amélie l'a trouvé, le matin du 24 novembre, la face contre un cahier ouvert : celui-là même que je t'adresse sous pli recommandé[1].

Tu auras sans doute autant de peine que j'en ai eu moi-même à le déchiffrer... il est heureux que l'écriture en soit illisible pour les domestiques. Mû par un sentiment de délicatesse, j'avais d'abord décidé de t'épargner cette lecture : notre père, en effet, s'exprime à ton sujet en des termes singulièrement blessants. Mais avais-je le droit de te laisser ignorer une pièce qui t'appartient autant qu'à moi-même ? Tu connais mes scrupules pour tout ce qui touche de près ou de loin à l'héritage de nos parents. Je me suis donc ravisé.

D'ailleurs, qui de nous n'est pas maltraité dans ces pages fielleuses ? Elles ne nous révèlent rien, hélas ! que nous ne sachions de longue date. Le mépris que j'inspirais à mon père a empoisonné mon adolescence. J'ai longtemps douté de moi, je me suis replié sous ce regard impitoyable, il a fallu bien des années pour que je prenne enfin conscience de ma valeur.

Je lui ai pardonné, et j'ajoute même que c'est le devoir filial qui m'a surtout poussé à te communiquer ce document. Car, de quelque manière que tu le juges, il est indéniable que la figure de notre père t'y apparaîtra, en dépit de tous les sentiments affreux qu'il y étale, je n'ose dire plus noble, mais enfin plus humaine (je pense en particulier à son amour pour notre sœur Marie, pour le petit Luc, dont tu trouveras ici des témoignages émouvants). Je m'explique mieux, aujourd'hui, la douleur qu'il a manifestée devant le cercueil de maman et dont nous fûmes stupéfaits. Tu la croyais en partie jouée. Ces pages ne serviraient-elles qu'à te révéler ce qui subsistait de cœur dans cet homme implacable et follement orgueilleux, qu'il vaut la peine que tu en supportes la lecture, par ailleurs si pénible pour toi, ma chère Geneviève.

Ce dont je suis redevable à cette confession et le bénéfice que tu y trouveras toi-même, c'est l'apaisement de notre conscience. Je suis né scrupuleux. Eussé-je mille raisons de me croire dans mon droit, il suffit d'un rien pour me trou-

---

1. Le 24 novembre, vigile de la Saint-Jean-de-la-Croix et anniversaire de la nuit du Mémorial pascalien, note John Flower, dans son édition critique du roman en anglais (Macmillan, London, 1969, p. 56). Louis avait commencé son récit pendant la semaine sainte.

bler. Ah! la délicatesse morale au point où je l'ai développée ne rend pas la vie facile! Poursuivi par la haine d'un père, je n'ai tenté aucun geste de défense, même le plus légitime, sans en éprouver de l'inquiétude, sinon du remords. Si je n'avais été chef de famille, responsable de l'honneur du nom et du patrimoine de nos enfants, j'eusse préféré renoncer à la lutte plutôt que de souffrir ces déchirements et ces combats intérieurs dont tu as été plus d'une fois le témoin.

Je remercie Dieu qui a voulu que ces lignes de notre père me justifient. Et d'abord, elles confirment tout ce que nous connaissions déjà des machinations inventées par lui pour nous frustrer de son héritage. Je n'ai pu lire sans honte les pages où il décrit les procédés qu'il avait imaginés pour tenir, à la fois, l'avoué Bourru et le nommé Robert. Jetons sur ces scènes honteuses le manteau de Noé. Il reste que mon devoir était de déjouer, coûte que coûte, ces plans abominables. Je l'ai fait, et avec un succès dont je ne rougis pas. N'en doute pas, ma sœur, c'est à moi que tu dois ta fortune. Le malheureux, au long de cette confession, s'efforce de se persuader à lui-même que la haine qu'il éprouvait à notre égard, est morte d'un coup; il se targue d'un brusque détachement des biens de ce monde (j'avoue que je n'ai pu me retenir de rire à cet endroit). Mais, fais attention, s'il te plaît, à l'époque de ce revirement inattendu : il se produit au moment où ses ruses ont été déjouées et lorsque son fils naturel nous a vendu la mèche. Ce n'était pas facile de faire disparaître une telle fortune; un plan de mobilisation qu'il a fallu des années pour mettre au point ne peut être remplacé en quelques jours. La vérité est que le pauvre homme sentait sa fin prochaine et n'avait plus le temps ni les moyens de nous déshériter par une autre méthode que celle qu'il avait imaginée et que la Providence nous a fait découvrir.

Cet avocat n'a voulu perdre son procès, ni devant lui-même, ni devant nous; il a eu la rouerie, à demi inconsciente, je le veux bien, de transformer sa défaite en victoire morale; il a affecté le désintéressement, le détachement... Eh!... qu'aurait-il pu faire d'autre? Non, là, je ne m'y laisse pas prendre et je crois qu'avec ton bon sens tu jugeras que nous n'avons pas à nous mettre en dépense d'admiration ni de gratitude.

Mais il est un autre point où cette confession apporte à

ma conscience un total apaisement ; un point sur lequel je me suis examiné avec plus de sévérité, et sans avoir atteint, pendant longtemps, je l'avoue aujourd'hui, à calmer cette conscience chatouilleuse. Je veux parler des tentatives, d'ailleurs vaines, pour soumettre à l'examen des spécialistes l'état mental de notre père. Je dois dire que ma femme a beaucoup fait pour me troubler à ce sujet. Tu sais que je n'ai point accoutumé de prêter grande importance à ses opinions : c'est la personne la moins pondérée qui soit. Mais ici, elle me rebattait les oreilles, le jour et la nuit, d'arguments dont j'avoue que quelques-uns me troublaient. Elle avait fini par me convaincre que ce grand avocat d'affaires, que ce financier retors, que ce profond psychologue était l'équilibre même... Sans doute est-il facile de rendre odieux des enfants qui s'efforcent de faire enfermer leur vieux père pour ne pas perdre l'héritage... Tu vois que je ne mâche pas les mots... J'ai passé bien des nuits sans sommeil. Dieu le sait.

Eh bien, ma chère Geneviève, ce cahier, surtout dans les dernières pages, apporte avec évidence la preuve du délire intermittent dont le pauvre homme était atteint. Son cas me paraît même assez intéressant pour que cette confession fût soumise à un psychiatre ; mais je considère comme mon devoir le plus immédiat de ne divulguer à personne des pages si dangereuses pour nos enfants. Et je t'avertis tout de suite qu'à mon avis tu devrais les brûler, dès que tu en auras achevé la lecture. Il importe de ne pas courir la chance qu'elles tombent sous les yeux d'un étranger.

Tu ne l'ignores pas, ma chère Geneviève, si nous avons toujours tenu très secret tout ce qui concernait notre famille, si j'avais pris mes mesures pour que rien ne transpirât au dehors de nos inquiétudes touchant l'état mental de celui qui, tout de même, en était le chef, certains éléments étrangers à la famille n'ont pas eu la même discrétion ni la même prudence, et ton misérable gendre, en particulier, a raconté à ce sujet les histoires les plus dangereuses. Nous le payons cher aujourd'hui : je ne t'apprendrai rien en te disant qu'en ville, beaucoup de personnes font un rapprochement entre la neurasthénie de Janine et les excentricités que l'on prête à notre père, d'après les racontars de Phili.

Donc, déchire ce cahier, n'en parle à personne ; qu'il n'en soit même plus question jamais entre nous. Je ne dis pas que ce ne soit pas dommage. Il y a là des indications

162

*psychologiques, et même des impressions de nature, qui
dénotent, chez cet orateur, un don réel d'écrivain. Raison
de plus pour le déchirer. Imagines-tu un de nos enfants
publiant ça plus tard ? Ce serait du propre !*

*Mais de toi à moi, nous pouvons appeler les choses par
leur nom, et la lecture de ce cahier achevée, la demi-
démence de notre père ne saurait plus faire doute pour nous.
Je m'explique, aujourd'hui, une parole de ta fille, que
j'avais prise pour une lubie de malade : «Grand-père est
le seul homme religieux que j'aie jamais rencontré.» La
pauvre petite s'était laissé prendre aux vagues aspirations,
aux rêveries de cet hypocondre. Ennemi des siens, haï de
tous, sans amis, malheureux en amour, comme tu le verras
(il y a des détails comiques), jaloux de sa femme au point
de ne lui avoir jamais pardonné un vague flirt de jeune fille,
a-t-il, vers la fin, désiré les consolations de la prière ? Je
n'en crois rien : ce qui éclate dans ces lignes, c'est le
désordre mental le plus caractérisé : manie de la persécu-
tion, délire à forme religieuse. N'y a-t-il pas trace, me
demanderas-tu, de vrai christianisme dans son cas ? Non :
un homme, aussi averti que je le suis de ces questions, sait
ce qu'en vaut l'aune. Ce faux mysticisme, je l'avoue, me
cause un insurmontable dégoût.*

*Peut-être les réactions d'une femme seront-elles diffé-
rentes ? Si cette religiosité t'impressionnait, rappelle-toi que
notre père, étonnamment doué pour la haine, n'a jamais
rien aimé que contre quelqu'un. L'étalage de ses aspirations
religieuses est une critique directe, ou détournée, des
principes que notre mère nous a inculqués dès l'enfance. Il
ne donne dans un mysticisme fuligineux que pour en mieux
accabler la religion raisonnable, modérée, qui fut toujours
en honneur dans notre famille. La vérité, c'est l'équilibre...
Mais je m'arrête devant des considérations où tu me suivrais
malaisément. Je t'en ai assez dit : consulte le document
lui-même. Je suis impatient de connaître ton impression.*

*Il me reste bien peu de place pour répondre aux questions
importantes que tu me poses. Ma chère Geneviève, dans la
crise que nous subissons, le problème que nous avons à
résoudre est angoissant : si nous gardons dans un coffre
ces liasses de billets, il nous faudra vivre sur notre capital ;
ce qui est un malheur. Si au contraire nous donnons en
Bourse des ordres d'achat, les coupons touchés ne nous*

163

consoleront pas de l'effritement ininterrompu des valeurs. Puisque, de toute façon, nous sommes condamnés à perdre, la sagesse est de garder les billets de la Banque de France : le franc ne vaut que quatre sous, mais il est gagé par une immense réserve d'or. Sur ce point, notre père avait vu clair et nous devons suivre son exemple. Il y a une tentation, ma chère Geneviève, contre laquelle tu dois lutter de toutes tes forces : c'est la tentation du placement à tout prix, si enracinée dans le public français. Évidemment, il faudra vivre dans la plus stricte économie. Tu sais que tu me trouveras toujours dès que tu auras besoin d'un conseil. En dépit du malheur des temps, des occasions peuvent, d'ailleurs, se présenter d'un jour à l'autre : je suis de très près, en ce moment, un Kina[1] et un spiritueux anisé : voilà un type d'affaires qui ne souffrira pas de la crise. À mon avis, c'est dans cette direction que nous devons tourner un regard à la fois hardi et prudent.

Je me réjouis des meilleures nouvelles que tu me donnes de Janine : Il n'y a pas à craindre, pour l'instant, cet excès de dévotion qui t'inquiète chez elle. L'essentiel est que sa pensée se détourne de Phili. Quant au reste, elle retrouvera d'elle-même la mesure : elle appartient à une race qui a toujours su ne pas abuser des meilleures choses.

À mardi, ma chère Geneviève.

Ton frère dévoué,

HUBERT.

....

Janine à Hubert.

Mon cher oncle, je viens vous demander d'être juge entre maman et moi. Elle refuse de me confier le « journal » de grand-père : à l'entendre, mon culte pour lui ne résisterait pas à une telle lecture. Puisqu'elle tient si vivement à ne pas atteindre en moi cette chère mémoire, pourquoi me répète-t-elle chaque jour : « Tu ne saurais imaginer le mal qu'il dit de toi. Même ton physique n'est pas épargné... » ?

1. Les apéritifs à base de quinquina florissaient dans les années trente.

164

Je m'étonne plus encore de son empressement à me faire lire la dure lettre où vous avez commenté ce «journal»...

De guerre lasse, maman m'a dit qu'elle me le communiquerait si vous le jugiez bon, et qu'elle s'en rapporterait à vous. Je fais donc appel à votre esprit de justice.

Souffrez que j'écarte d'abord la première objection qui me concerne seule : aussi implacable que grand-père, dans ce document, se puisse montrer à mon égard, je suis assurée qu'il ne me juge pas plus mal que je ne fais moi-même. Je suis assurée, surtout, que sa sévérité épargne la malheureuse qui vécut tout un automne auprès de lui, jusqu'à sa mort, dans la maison de Calèse.

Mon oncle, pardonnez-moi de vous contredire sur un point essentiel : je demeure le seul témoin de ce qu'étaient devenus les sentiments de grand-père, durant les dernières semaines de sa vie. Vous dénoncez sa vague et malsaine religiosité ; et moi je vous affirme qu'il a eu trois entrevues (une à la fin d'octobre et deux en novembre) avec M. le curé de Calèse dont, je ne sais pourquoi, vous refusez de recueillir le témoignage. Selon maman, le journal où il note les moindres incidents de sa vie ne relate rien de ces rencontres, ce qu'il n'eût pas manqué de faire, si elles avaient été l'occasion d'un changement dans sa destinée... Mais maman dit aussi que le journal est interrompu au milieu d'un mot : il n'est pas douteux que la mort a surpris votre père au moment où il allait parler de sa confession. En vain prétendrez-vous que, s'il avait été absous, il aurait communié. Moi, je sais ce qu'il m'a répété, l'avant-veille de sa mort : obsédé par son indignité, le pauvre homme avait résolu d'attendre Noël. Quelle raison avez-vous de ne pas me croire ? Pourquoi faire de moi une hallucinée ? Oui, l'avant-veille de sa mort, le mercredi, je l'entends encore, dans le salon de Calèse, me parler de ce Noël désiré, avec une voix pleine d'angoisse, ou peut-être déjà voilée...

Rassurez-vous, mon oncle : je ne prétends pas faire de lui un saint. Je vous accorde que ce fut un homme terrible, et quelquefois même affreux. Il n'empêche qu'une admirable lumière l'a touché dans ses derniers jours et que c'est lui, lui seul, à ce moment-là, qui m'a pris la tête à deux mains, qui a détourné de force mon regard...

Ne croyez-vous pas que votre père eût été un autre homme si nous-mêmes avions été différents ? Ne m'accusez pas de vous jeter la pierre : je connais vos qualités, je sais que grand-père s'est montré cruellement injuste envers vous et envers maman. Mais ce fut notre malheur à tous qu'il nous ait pris pour des chrétiens exemplaires... Ne protestez pas : depuis sa mort, je fréquente des êtres qui peuvent avoir leurs défauts, leurs faiblesses, mais qui agissent selon leur foi, qui se meuvent en pleine grâce. S'il avait vécu au milieu d'eux, grand-père n'aurait-il découvert, depuis de longues années, ce port où il n'a pu atteindre qu'à la veille de mourir ?

Encore une fois, je ne prétends pas accabler notre famille en faveur de son chef implacable. Je n'oublie pas, surtout, que l'exemple de la pauvre bonne-maman aurait pu suffire à lui ouvrir les yeux si, trop longtemps, il n'avait préféré assouvir sa rancune. Mais laissez-moi vous dire pourquoi, finalement, je lui donne raison contre nous : là où était notre trésor, là aussi était notre cœur[1] ; nous ne pensions qu'à cet héritage menacé ; les excuses, certes, ne nous manquaient pas ; vous étiez un homme d'affaires, et moi une pauvre femme... Il n'empêche que, sauf chez bonne-maman, nos principes demeuraient séparés de notre vie. Nos pensées, nos désirs, nos actes ne plongeaient aucune racine dans cette foi à laquelle nous adhérions des lèvres. De toutes nos forces, nous étions tournés vers les biens matériels, tandis que grand-père... Me comprendrez-vous si je vous affirme que là où était son trésor, là n'était pas son cœur ? Je jurerais que sur ce point, le document dont on me refuse la lecture apporte un témoignage décisif.

J'espère, mon oncle, que vous m'entendrez, et j'attends avec confiance votre réponse...

JANINE.

[1]. *Matthieu*, 6, 21.

APPROCHES DE L'ŒUVRE

1. JALONS MAURIACIENS

1932

– Vous m'avez demandé quel est de mes romans celui que je préfère ? Mais je n'aime, dans chacun de mes livres que certains fragments. Peut-être *Thérèse Desqueyroux*... Toutefois, c'est toujours l'ouvrage le plus récent qui me plaît. Ainsi j'éprouve un réel attachement pour *Le Nœud de vipères* et je voudrais que vous disiez à vos lecteurs que je l'ai écrit en même temps que *Le Jeudi saint*, car je crains que mon roman ne soit pas tout à fait compris : c'est l'histoire d'un homme, violemment anticlérical, aveuglé par ses passions, qui croit haïr sa femme et ses enfants et n'aimer que l'argent, alors que sa nature, s'il l'avait suivie, l'aurait conduit à l'amour de Dieu. Sa femme et ses enfants sont des catholiques médiocres ; leur petitesse l'irrite et il paraît avoir beau jeu d'attaquer leur ombre de foi ; et cependant, il serait, dans son égarement même, plus près de Dieu que sa propre famille, dont les défauts contribuent à lui cacher le véritable esprit de la religion. Il écrit son journal (c'est *Le Nœud de vipères* lui-même) et il meurt au moment même où il allait s'avouer qu'il allait croire...

Interview donnée à Marcel Augagneur
et parue dans *Gringoire*, le 22 janvier 1932.

167

Le Nœud de vipères, qui clôt ce troisième volume de mes Œuvres complètes, est en général considéré comme le meilleur de mes romans. Ce n'est pas mon préféré bien que j'y aie atteint, me semble-t-il, l'espèce de perfection qui m'est propre. Son influence fut à la mesure de sa réussite ; j'ai souvent reçu des manuscrits ou lu des livres qui en imitaient le ton et qui avaient recours au même artifice : un vieil homme traqué par les siens écrit une lettre-réquisitoire adressée à sa femme, une sorte de *De profundis,* comme celui d'Oscar Wilde, et qui tourne au journal intime. Peut-être parce que ce procédé mal imité m'a choqué chez les autres, me gêne-t-il un peu quand je relis ce *Nœud de vipères*, que je suis tout de même fier d'avoir écrit.

Pourquoi le héros de ce roman n'est-il désigné que par un prénom ? Pourquoi l'ai-je privé d'un nom patronymique ? Il est étrange que je ne puisse aujourd'hui donner aucune réponse à cette question. Ce Louis est le portrait embelli et spiritualisé du même homme à qui je dois aussi d'avoir écrit *Genitrix.* Plus qu'aucun autre de mes personnages, il me persuade que bien loin d'avoir calomnié l'homme dans mes livres, comme on m'en accuse, j'ai insufflé au contraire à mes créatures l'âme dont étaient dépourvus ceux qui, dans la vie, m'ont servi de modèle. Mes monstres « cherchent Dieu en gémissant », ce que ne font presque jamais les monstres au milieu desquels nous vivons, les monstres que nous sommes nous-mêmes.

Comme *Ce qui était perdu, Le Nœud de vipères*, roman catholique, éclaire une vérité dont je me serai efforcé toute ma vie de persuader certains bien-pensants : c'est que leur médiocrité, leur avarice, leur injustice, et surtout leur malhonnêteté intellectuelle, tout ce qui constitue le fond même de leur nature, crée le vide autour du Fils de l'homme « qui est venu chercher et sauver ce qui était perdu ». Ils éloignent, ils détournent de la source d'eau vive Irène de Blénauge et le vieillard du *Nœud de vipères.* Le scandale de cet accaparement du Christ par ceux qui ne sont pas de son esprit, voilà il me semble le thème essentiel du *Nœud de vipères*, comme celui de *Ce qui était perdu* et des *Anges noirs* est le rachat de la masse criminelle par un petit nombre d'immolés.

L'auteur de ces trois ouvrages ne saurait, sans mensonge, récuser la qualité de « romancier catholique ».

Extrait de la préface du tome III
des *Œuvres complètes*, aux Éditions A. Fayard.
© Librairie Arthème Fayard, 1981.

1952

— Ayons le courage de dire que *Le Nœud de vipères* est un livre contre la famille ; au point que j'ai senti le besoin, immédiatement après l'avoir écrit, d'écrire *Le Mystère Frontenac*. J'étais moi-même horrifié de ce terrible réquisitoire contre une famille vertueuse, chrétienne, sûre de ses droits et de ses vertus ; j'ai tellement été frappé moi-même par l'espèce d'âpreté de ce livre que, par un besoin de justice et de vérité j'ai senti l'exigence d'écrire *Le Mystère Frontenac*. Je dois dire que cela a coïncidé avec une des grandes épreuves de ma vie, qui a été ma maladie, mon opération, qui m'a valu la belle voix que les auditeurs entendent en ce moment. J'ai justement pu, à cette occasion, sentir, admirer et éprouver la force des liens à la famille, les dévouements, la charité et la bonté de tous ceux au milieu desquels j'avais vécu. *Le Mystère Frontenac* est peut-être un livre plus jailli, à ce point de vue là, que *Le Nœud de vipères*.

JEAN AMROUCHE : Les traits sous lesquels vous peignez cette famille sont vraiment effroyables.

— Autant que je me souvienne, la mère n'est pas tellement médiocre ; ils sont surtout déformés. Évidemment, *Le Nœud de vipères* a une espèce de portée antisociale, enfin anti-bourgeoise. J'ai l'impression qu'ils sont plutôt abîmés et déformés par le souci de l'héritage. Il faut être sincère envers son œuvre ; je ne l'ai pas voulu, mais je trouve que les communistes, au lieu de m'accabler d'injures, feraient mieux de se rendre compte que j'ai apporté de l'eau à leur moulin. Il est évident que *Le Nœud de vipères* est une peinture très cruelle des ravages que la crainte, l'attente de l'héritage causent dans une famille qui n'était peut-être pas médiocre. Je cite souvent ce mot qui m'a toujours terrifié :

«Cette jeune fille, elle a cent mille francs de dot et cinq cent mille francs d'espérance»; des espérances, c'est tout ce qu'elle aura quand ses parents seront morts. C'est affreux !

Entretiens avec Jean Amrouche (38ᵉ entretien),
repris in *Souvenirs retrouvés*,
© Librairie Arthème Fayard, 1981.
Fayard. INA, Paris, 1981.

2. RÉCEPTION CRITIQUE

S'agissant de Mauriac, il faut toujours distinguer des autres les critiques d'obédience catholique, car ils s'accordent rarement sur le même roman, les premiers le louant pour son audace, les seconds émettant les plus graves réserves sur son contenu moral. *Le Nœud de vipères* marque un changement d'attitude radical : à l'exception de quelques irréductibles, les critiques catholiques applaudissent, alors que les autres accusent la noirceur, le pessimisme du tableau de mœurs.

« On sort du livre de M. François Mauriac comme du plus abominable des cauchemars », telle est la première phrase du compte rendu de Robert Brasillach[1]. Viennent ensuite la louange perfide : « chef-d'œuvre de l'horrible » et le reproche de « monotonie dans l'ignoble » assorti de cette ironique argumentation : « On se demande parfois : devant quelle horreur allons-nous encore buter ? Il n'y a aucune crainte à avoir : une nouvelle bassesse, une nouvelle médiocrité nous attendent. » Citons enfin cette redécouverte du Sud-Ouest en forme de raisonnement par l'absurde : « Cette partie de la France semble par ses soins peuplée de monstres. Nous finirons par nous persuader qu'ils y sont plus nombreux qu'ailleurs... »

Heureusement, la critique sociale et familiale fait parfois l'objet de commentaires plus sérieux et moins sarcastiques. Si la « haine d'un père pour ses enfants » apparaît à Thibaudet un sujet « exceptionnel »[2], il s'empresse de noter que le sujet est « dans l'air », puisque Jean Schlumberger en a fait la matière de *Saint-Saturnin*. Entre « les deux romans les plus remarquables d'une saison riche en œuvres de

1. *L'Action française*, 24 mars 1932. **2.** *Candide,* 24 mars 1932.

classe », le critique de *Candide* préfère, on le sait déjà, celui de Mauriac. Benjamin Crémieux exploite l'imprécation attendue : « "Familles, je vous hais", écrirait-il [Mauriac] volontiers, lui aussi[1] ». Sur ce chapitre tous les critiques se rejoignent. « Il y a peu de réquisitoires aussi durs contre la cellule sociale, observe André Thérive[2]. Vallès en comparaison était un auteur idyllique. » Et Georges Duhamel d'enchérir dans *Europe* : « *Le Nœud de vipères* peut être considéré en effet comme la plus âpre attaque depuis les ouvrages de Vallès, Mirbeau ou Renard contre la famille. La Famille, au sens bourgeois du mot bien entendu. Avarice, anémie progressive des forces de l'intelligence, dessèchement du cœur, néant sur toute la ligne[3] ».

Lorsque Thérive juge le « tableau de mœurs si effroyable que la leçon évangélique risque de s'y perdre », il laisse poindre un reproche très souvent repris par ses confrères laïcs. Au moins a-t-il l'honnêteté de relever « tous les traits les plus subtils », accumulés par Mauriac, « pour jalonner le chemin de cette espèce de conversion ». Comme Thibaudet, il croit à cette conversion, rejoint par Gonzague Truc, qui donne à son article de *Comœdia* ce titre convaincu : « Puissance de la grâce ». Truc y pose clairement le dilemme : « On conçoit qu'il ne faille rien moins qu'un Dieu, abîme de miséricorde et de souveraineté, pour blanchir une âme pareille à celle où s'exerce ici son élection[4]. » Le scepticisme du penseur de *L'Action française* vise moins la victoire de la grâce que son absence d'effets dans le cœur de Louis : « Nous nous refusons à admirer cet homme qui ne découvre l'Amour qu'à force de haïr [et qui, au moment de mourir] ne plaint pas les chrétiens médiocres qui l'entourent, il découvre seulement une raison nouvelle de les haïr encore plus. » Ici la mauvaise foi est évidente. On retiendra seulement de cette attaque que Brasillach, avant Nizan, prend le parti, dont il ne démordra plus, de désigner en Mauriac la contradiction entre l'homme d'Église et l'artiste.

Infiniment plus accommodante, la critique ecclésiastique soutient pour la première fois une position exactement contraire. On entend même une sorte de *Te Deum* repris par ceux que n'avait pas convaincus l'effort de *Ce qui était perdu*, jésuites et dominicains faisant chorus. Ainsi le père

1. *Les Annales,* 15 avril 1932. 2. *Le Temps,* 14 avril 1932. 3. *Europe,* 15 septembre 1932, p. 126. 4. *Comœdia,* 11 avril 1932.

Poucel des *Études*. Il défie son lecteur de trouver dans une œuvre du passé «un sens psychologique et moral plus expressément chrétien[1]». Marc Schérer dans *La Vie intellectuelle* salue l'avènement du véritable roman catholique. Il ne se montre sévère que pour les enfants de Louis, «ces rapaces qui se disent chrétiens[2]». Il voit enfin dans la «désolation de l'âme vouée aux richesses», une grande vertu apologétique, qui n'a rien de commun avec «les images d'Épinal» de la littérature pieuse. Enfin, cinq ans après la condamnation qu'y avait signée l'abbé Eugène Charles[3], l'organe officiel qu'est *La Revue apologétique* apporte une éclatante réparation au roman mauriacien. Le théologien L. Enne y découvre que le «véritable mérite» du livre est «d'ordre métaphysique[4]». Il fait toucher «l'essence même de l'âme humaine». Certes Mauriac ne présente d'abord la métaphysique de la charité que sous son aspect négatif, «le péché, l'enfer de l'homme qui s'est privé d'aimer parce qu'il ne connaît pas Celui qui est Amour. Et cependant ce Dieu inconnu n'est pas complètement absent de son âme; il se fait entendre en temps opportun, pour orienter de nouveau cette pauvre vie d'égoïsme et de haine vers sa vraie fin : la Charité». L. Enne place le livre au cœur de la synthèse catholique. Louis est sauvé pour avoir satisfait à cette double exigence : il a eu foi en l'Amour et, quand il en était encore temps, il a pris l'initiative de la charité vis-à-vis de son prochain. Mauriac lisait-il *La Revue apologétique* ? La connaissait-il seulement ? Il est probable qu'elle échappait aux cent yeux de l'Argus. Elle l'eût assurément consolé des pieuses niaiseries de l'abbé Bethléem, mais aussi des véhéments reproches de la critique laïque, dont Brasillach fut en l'occurrence le plus brillant interprète.

---

1. *Études*, 5 mai 1932, p. 126. 2. «Mauriac vainqueur», *La Vie intellectuelle*, 10 juin 1932, p. 436. 3. «L'Œuvre de Mauriac en regard du catholicisme», in *La Revue apologétique*, août 1927, pp. 153-178. 4. «À propos du *Nœud de vipères* », in *La Revue apologétique*, sept. 1932, p. 311. Sur la critique catholique et l'œuvre de Mauriac, voir nos deux études : «Quand Mauriac était scandaleux», in *Œuvres et critiques*, II, 1, «Prose romanesque du XXe siècle», printemps 1977, Jean-Michel Place, Paris, pp. 133-144, et «Mauriac entre la chaise et le prie-Dieu», in *Cahiers de Malagar*, VI, été 1992, pp. 49-67.

3. ÉTUDE THÉMATIQUE ET RHÉTORIQUE

Avec *Le Nœud de vipères* Mauriac revient au titre-image, caractéristique de sa première manière (*Le Baiser au lépreux, Le Fleuve de feu, Le Désert de l'amour*), et dans une moindre mesure au récit que Barrès qualifiait de «bouclé». Dans sa forme la plus voyante, avec laquelle renouera *La Fin de la nuit*, les derniers mots du livre – l'explicit – y reprennent le titre ou l'incipit. Parfois la symétrie est moins parfaite, en ce sens qu'elle ne se manifeste pas au terme de l'histoire. Cependant toute reprise, aux points stratégiques du roman[1], du titre ou d'un élément appartenant aux écrits liminaires : épigraphe, avis au lecteur, souligne une volonté de clarté, digne d'être méditée. Cette insistance pédagogique, louée par les critiques du temps, passera de mode, gênant même l'auteur, lors d'une relecture faite en 1965 : «Nous avions si peur que l'on ne nous comprenne pas que nous insistions lourdement[2]». Outre l'insistance sur le motif reptilien que nous détaillerons en son temps, et la reproduction formelle à un tournant du livre d'une partie de la phrase mise en exergue («nous ne savons pas [...] ce que nous désirons»), il conviendra de noter la place privilégiée faite par l'avis au lecteur aux mots *cœur* et *amour*[3]. Dans le portrait du vieillard haineux, ils

1. Sur cette expression, ainsi que sur tous les termes techniques appartenant à la rhétorique employés dans cette étude, voir les éclaircissements et définitions donnés dans notre *Planète Mauriac,* Klincksieck, 1985. 2. Claude Mauriac, *Le Rire des pères dans les yeux des enfants,* Grasset, 1981, p. 249. 3. Ajoutons que l'effet de réponse peut exploiter une figure d'analogie apparaissant et reparaissant à deux moments capitaux du récit. Voir par exemple la personnification des collines girondines («l'épaule», pp. 49 et 147) et le commentaire qui en est fait dans *La Planète Mauriac,* pp. 165-166.

font contrepoint à la figure-titre, dont l'origine ne fait pas l'ombre d'un doute. Le cri que dans « Bénédiction » Baudelaire prête à la mère du poète :

« *Ah ! que n'ai-je mis bas tout un nœud de vipères,* »
éclaire du jour le plus juste : familial et parental, l'analogie dont Louis, après avoir surpris leur conférence nocturne, juge et condamne les siens.

Le « *monstre de solitude et d'indifférence* » (149) ne mobilise qu'une faible partie des motifs chers au romancier de l'incommunicabilité, du *désert* (92) à la *planète* (22), l'originalité venant du statut narratif qui pose un homme seul face à un « *groupe serré* » (22) et lui laisse la parole. Ainsi Louis susciterait-il deux mouvements inverses : le rejet méprisant ou la cupidité agressive.

Cercle excommunicatoire et cercle obsidional

Les images du premier groupe soulignent sa qualité d'exclu, voire d'excommunié. La plus banale, mais aussi la plus fréquente, celle du cercle, se renforce de notations purement descriptives. Les scènes intimistes : la prière du soir sur le perron, le chœur autour du piano, reconduisent quasi quotidiennement la sentence de bannissement. Elles éveillent une nostalgie poétique et religieuse qui pèse plus que les conseils de famille, quand le cercle s'est agrandi. Leur menace tourne à l'obsession si « *les fauteuils vides form[ent] encore un cercle étroit* » (112). Quel que soit le camp qu'elle frappe par l'analogie, la pierre apporte à l'ostracisme le gage de sa solidité. Dans le « *bloc inentamable* » (69) de la mère et des enfants, le père cherche vainement la faille et « *la vague assoupie* » (63) de la tendresse familiale vient « *mourir à quelques pas de* [*son*] *rocher* ». Jamais jusqu'à ce « *damné sur la terre* » (86) ne s'élargit cet amour.

L'encerclement, avec les ans et la maladie, dégénère en hostilité cupide. « *Assise en rond* » (55) : le qualificatif touche d'abord la famille, puis « *la meute* » (60). Le narrateur définit lucidement l'objectif de la démarche enveloppante, une bataille de « *chiens autour de* [*ses*] *terres* ». Des détails confirment l'attente de la curée, soit que Louis les décrive tous, « *la langue tirée* » (32), soit qu'il s'attarde sur le plus vorace, Phili, le « *jeune loup* » (85). Mais l'avare sait donner de l'orgie financière une version saisissante, en se comparant à « *un appareil distributeur de billets* » (33) qu'on pourra un jour « *éventrer* » et vider. La confusion du trésor et du cœur est alors, au mépris de l'Évangile, si flagrante que l'on comprend quel mal aura Janine, la seule à croire à la conversion du cardiaque, pour en persuader une famille aussi unanime dans la cupidité.

Le fantasme du coffre fracturé ou du cœur au pillage s'éclaire par le climat de belligérance qui pèse sur le couple, imposant un lourd contingent d'images militaires.

Les trois enfants sont « *passés à l'ennemi* » (60). Isa a « *occupé d'avance* » (65) les cœurs, dont elle tient « *les issues* ». L'imagerie hésite entre la guerre de tranchées, puisqu'il importe de ne pas se laisser déloger de sa « *position* » (137), et l'espionnage. Louis occupe « *les postes d'écoute* » pour percer le secret de tel « *conseil de guerre* » (100), tout en montant comme un terroriste la « *bombe à retardement* » (19) de sa vengeance testamentaire.

La fuite ne retient pas ce mari qui semble prendre un plaisir malin à se sentir uni à Isa « *comme le renard au piège* » (50), transposant à l'échelle masculine le supplice de l'étouffement conjugal, dont longtemps s'accommoda Thérèse Desqueyroux.

Exégèse du motif reptilien

Avatar du cercle, comme « *l'étau* » (56), le motif reptilien en dramatise le double effet. Le *nœud de vipères* exerce ses maléfices dès la « maudite » nuit qui libère le fantôme de Rodolphe. Aussitôt qu'Isa a « mis bas » son secret, la syllepse qui accablait Thérèse agit. Avant d'étouffer sous le « *corps odieux* » (48) de l'épouse, l'époux, « *les deux bras ramenés contre sa poitrine, [étouffe] avec rage son jeune amour* ». Un mal confond dans la même poitrine fausse angine et vraie angoisse. Mais avant de suivre Louis dans son exégèse du titre-image, il importe d'évaluer la portée des autres reptiles : sept crocodiles, deux boas, une tête de Méduse – et un inoffensif mille-pattes.

Laissons l'insecte qu'évoque l'enfant naturel, digne du même coup de talon que les autres (126) et la Méduse, dont Louis rappelle sur les siens le pouvoir pétrifiant. Impossible de rattacher au thème de l'encerclement le crocodile, premier titre pressenti, qui sert d'injure. Cyniquement, l'avare accepte l'opprobre de ce surnom d'usurier en confirmant qu'« *il n'y a rien à attendre d'un vieux crocodile* » (54). Le boa, en revanche, ce maître de l'étouffement, dont le nom est *constricteur*, ramène au « cœur » de la thématique. Par catachrèse, le premier emploi se réfère à l'accessoire vestimentaire à la mode des années vingt, et glisse au symbole, puisque la tentatrice qui le passe « *autour de son cou* » (78), est étouffée par l'ordre bien-pensant, ce qui la rapproche encore de Louis, lequel récuse tout conformisme. C'est pourtant Louis que condamne un « *boa engourdi* » (90). L'avare a bourré de louis d'or une ceinture qui « *s'enroul*[e] *autour de* [*son*] *cou* ». Le reptile dénote une cupidité qui pèse assez sur sa victime pour l'étouffer.

La première apparition du *nœud de vipères*, à la charnière centrale, confirme cette interprétation, tout en liant gêne physique et mal moral, puisqu'une crise de suffocation précède l'image (93). Lorsque Louis décide de limiter sa générosité à son fils naturel, d'atroces contractions le punissent. Le cercle de famille tient-il conseil, l'espion retourne contre ses enfants l'image du « *cercle hideux* » (113) dont il s'accusait. « *Le complot de Saint-Germain-des-Prés* » (126) rapproche-t-il Robert des enfants légitimes, le père se sent « *comme un dieu* », prêt à frapper les forces du mal, « *à écraser du talon ces vipères emmêlées* » (121). La mort d'Isa ramène l'interprète à plus d'impartialité, mais non pas à la sobriété. Détachant du nœud chaque vipère, il donne, au contraire, dans l'allégorisme : « *haine de mes enfants, désir de vengeance, amour de l'argent* » (146). Porté par le contexte évangélique, le lecteur atteint le moment où le sens de la parabole se dévoile : il fallait trancher ce nœud et, au-delà des vipères, connaître le cœur du prochain comme le sien.

Brutale, la métaphore du titre ne recèle nul mystère, si lourde qu'en soit l'exégèse. Heureusement, l'œuvre est traversée d'un courant d'eau vive que Mauriac qualifie de « mozartien », mais qui semble surtout évangélique.

Le courant d'eau vive

« *Des millions, mais pas un verre d'eau fraîche* » (86). Louis s'inspire de la parabole du mauvais riche pour signifier sa détresse. Cependant l'eau court constamment dans le fil de sa vie et ce filet de Grâce tempère l'amertume de sa confession.

La rencontre d'Isa à Luchon marquait pour le jeune avocat

la sortie de la « *steppe* » (26). Comme « *l'eau de la montagne* » (33) y ruisselle, donnant, dans la vallée du Lys au nom virginal, « *la certitude presque physique* » (38) du surnaturel, on ne s'étonne pas que Louis la capte métaphoriquement dans un « *dégel de tout [son] être* » (36). À la chambre « *étouffante* » (38) de l'hôtel s'opposent les bains dans une nature qui, d'une haleine parfumée à la menthe ou au fenouil, dispense l'eau et l'oxygène à l'avocat suffocant et desséché. Le comble de l'épanouissement est atteint lorsque le fiancé communie au paysage nocturne sous les espèces de la fiancée éplorée. Mais les larmes que respire Louis ont un sens, dont la découverte rend le nouveau marié à une steppe encore plus désolante.

Puisque ces larmes l'ont trompé, Louis préfère les millions au verre d'eau vive dont Isa et les Fondaudège devraient, de grâce divine, être les dépositaires officiels. Si le miracle de Luchon – la rencontre du « *limaçon* » (47) – procède de Lourdes, où les Fondaudège ont prié pour être exaucés au bord du Lys, Louis refuse Lourdes, la religion et s'installe dans sa solitude de mauvais riche. Les Lazare qui pourraient l'arracher à son étouffement disparaissent tous prématurément : de Marie à Marinette, dont il ignore délibérément les attraits un peu troubles : « *nuque mousseuse* » (73), pêche mure (79), « *rose trempée d'eau* » (74), et surtout Luc, cette âme transparente. Louis respire encore Marie morte, mais elle traverse sa « *vie ténébreuse* » (110) d'un trop « *brusque souffle* » pour que ce bienfait soit durable.

La chirurgie du cœur

Le remède à l'étranglement ne peut venir que « *d'un coup de glaive* » (93). L'arme sort d'une parole de l'Évangile, dont ce faux athée est imprégné. Au plus fort de la crise de suffocation, s'affirme l'existence d'une « *touche secrète* » en Louis. L'appel de la Grâce prend la forme d'un cri lancé vers Isa. Louis réclame l'entaille féconde, « *une parole de toi qui me fendrait le cœur* » (93). Isa morte, Louis, en renonçant aux millions, éprouve « *un allégement physique* » (141) qui passe par l'image de « *l'opéré* ». Le retour de l'épigraphe consacre la fin d'une longue erreur de Louis sur « *l'objet de [ses] désirs* » (141). L'opération, en causant un soulagement respiratoire, entraîne un ruissellement dans le paysage : « *la terre gorgée d'eau* » glisse au symbole, car c'est « *un azur trouble* » (142) qu'elle reflète.

Plus qu'à purifier la source, Louis, parmi les siens, échoue à « *fendre la pierre de tous ces tombeaux* » (154). Seul pourrait « *atteindre le monde au cœur* » (149), celui qui est le « *Cœur des cœurs, le centre brûlant de tout amour* ». Sous la double périphrase grouille un véritable nœud de figures : hébraïsme, antanaclase, métonymie, métaphore, cachant le mot clé du roman, tantôt comparé, tantôt comparant. Peu importe qu'en une « *nuit de gel* » (158) le seul être accessible demeure un « *bloc humain* » (159), si la mort provoque l'ultime fission attendue. Ce qui « *étouffe* » Louis au moment où son cœur va se rompre, c'est la cause même de cette rupture : l'amour dont son cœur avait faim. La main qui l'étreignait, c'est la « *main mystérieuse* » (159) qui tend la clef. On ne peut lier plus clairement le physique, le moral et, même s'il n'emprunte qu'une imagerie de convention, le surnaturel lui-même.

Si l'on déchiffre symboles et figures d'analogie récurrentes, le roman noir transpose une parabole évangélique à l'échelle romanesque. La noirceur tient à l'exégèse d'un titre-image brutal et percutant, à la dramatisation d'un flirt de jeunesse. En outre, un conflit de générations fort banal assombrit le tableau. Dans un roman où les références évangéliques n'ont jamais été aussi nombreuses, l'idéal chrétien franchit aisément les barrages dressés pour renforcer la thèse. Le courant d'eau vive contourne le cercle de l'excommunié et le glaive divin rompt l'étau de l'étouffement. La parabole du mauvais riche prend plus d'efficacité si l'avare fait vœu de pauvreté, comme un dépouillé de la dernière heure.

4. POÉSIE DE ROMAN

« Un poète qui s'exprime par le roman ». Ainsi se présentait Mauriac lui-même, dans un bilan daté de 1952[1]. De ce truisme on peut tirer profit, si l'on part du statut narratif propre au *Nœud de vipères* : le *je*, la visée rétrospective, les valeurs passéistes, mais aussi la volonté de transformer une vie en destin et la nostalgie d'une transcendance. Dans une telle perspective, toute sensation qui remonte des années englouties ou qui y ramène a sa charge poétique. « Un pot fumant de ces châtaignes bouillies qui sentent l'anis » (154) suffirait à rendre à Louis vieilli le Bordeaux de son enfance. Cet épanchement nostalgique s'ordonne sur les portées d'un cahier d'écolier endurci. Insistons sur ces deux mots : *épanchement*, car l'image aquatique est pour Mauriac le véhicule ordinaire de l'onde poétique. Et *portée* pour reconnaître à cette prose un frémissement accentuel, un tressaillement rythmique parti de la chair, la qualité enfin d'un chant soudain sorti du *sermo pedestris*. Un exemple ? Le signal de détresse émis de la couche nuptiale : « Je gémissais dans les ténèbres et tu ne te réveillais pas » (50). Cet appel nocturne jette-t-il en fin de section une touche pathétique à cause de ses deux mesures octosyllabiques ou parce que *ténèbres* et *gémir* apportent des interférences bibliques et amoureuses ? Pas de cadence qui tienne sans qu'un réseau de correspondances de nature variable la soutienne et si possible s'étende au-delà.

On ne saurait éluder la correspondance idéale : le cas de collusion formelle entre musique et récit qui s'appuie sur la citation. Le lyrisme jaculatoire du librettiste de Lulli, Quinault sans doute : « Ah ! que ces bois, ces rochers, ces fon-

---

1. *François Mauriac*, L'Herne, n° 48, Paris, 1985, p. 165.

taines » (63), entraîne une mutation brusque et spectaculaire dans les deux phrases d'accompagnement que lui donne le narrateur et dont deux substantifs invocatoires forment chaque fois le noyau. Écoutons la seconde : « Tranquille amour, vague assoupie qui venait mourir à quelques pas de mon rocher » (63). Toujours élégiaque, Louis convertit un élément du chant : le rocher, en motif métaphorique, nous l'avons vu, qui lui confirme à l'échelle familiale son destin de proscrit. Mais il n'est plus subtile musique que celle qui procède de la sensibilité du seul narrateur. Marquant une nette interruption dans sa confession, Louis s'offre, fenêtre ouverte, le luxe d'une attention au monde. C'est la première trouée de la poésie dans la trame : « Je regardais le toit des chais dont les tuiles ont des teintes vivantes de fleurs ou de gorges d'oiseaux. J'entendais des grives dans le lierre du peuplier carolin, le bruit d'une barrique roulée » (22). Cette harmonie du soir ne doit rien à quelque figure de construction, elle vient d'une alliance intime entre la vue et l'ouïe, les grives, les fleurs et les tuiles.

L'eau, omniprésente dans le roman, et les odeurs, nous avons déjà eu l'occasion de l'affirmer[1], offrent à la poésie de multiples occasions de s'infiltrer dans la partition. L'opposition des deux principaux lieux romanesques suractive ces résurgences. Luchon et Calèse proposent au narrateur deux sortes d'accord avec le monde et deux poétiques différentes sans que, d'un autre côté, les noms perdent leur habituel pouvoir de suggestion.

On n'hésitera pas à reconnaître dans le microclimat de Luchon un authentique paradis de poésie ininterrompue. Ininterrompue en ce sens que Mauriac ne se contente pas de plaquer des accords, il laisse au lecteur la possibilité d'improviser sur une sorte de canevas sonore. À la vallée du Lys, l'écho, cultivé, répond Lys dans la vallée. Le jeune homme qui enlace Isa sur un banc dans l'allée en lacet n'avoue-t-il pas lui-même qu'il trouve une « grande poésie » à ce qu'Isa soit « vouée au blanc » (35). Faut-il quitter la pente glissante de la paronymie pour noter qu'à la descente de la victoria le regard montant sur les sommets découvre

1. Pour une étude plus complète, voir notre article : « Histoire et partition poétique », *Cahiers François Mauriac,* 14, Grasset, 1987, pp. 237-249.

des camps de lumière. Vertige des symboles. Comme les eaux, ils ruissellent dans cette vallée fertile.

À Luchon l'alliance reste mystique. Calèse, du moins en sa face diurne et tant qu'opère la séduction de Marinette, consacre des noces charnelles. À Luchon l'imagerie suggérait, Calèse exerce une sorte de pression par des analogies férocement calculées et répétitives. Le panorama de la terrasse inflige aux deux isolés la vision d'une plaine livrée au soleil, d'un ciel métallique pesant sur les landes. C'est la saison où les fruits cèdent à une chute fatale sur une terre incandescente. Le seul asile que dans la nuit se découvre ce couple que guette l'adultère, c'est le bosquet de grenadiers et de seringas, la sensualité de la fleur odorante et du fruit lourd. La tentation dissipée, Calèse offre à son tour les chances d'un déchiffrement presque eschatologique, d'abord à travers son espace découpé en trois allées. L'allée des vignes, liée aux intercesseurs spirituels, est celle du sacrifice. Le solitaire laisse à celles qu'il rejette l'allée des rosiers. Pour l'avoir empruntée avec Isa lors d'une dernière promenade, l'allée des tilleuls devient rétrospectivement celle du pardon. Le regard que le veuf porte sur les vignes, sur les coteaux permet de lire ce qu'il n'écrit pas formellement : résignation, progrès spirituel, retour à l'innocence que vient garantir une comparaison avec l'ange disparu. Le paysage n'apparaît-il pas « léger, limpide, gonflé comme ces bulles azurées que Marie autrefois soufflait au bout d'une paille » (145) ?

Parce que cette bulle azurée répond à une autre, trouble – notons la cohérence ou la concertation de l'imagerie – nous entrons dans une autre forme de poésie, celle qui laisse l'initiative aux noms propres. Avant même qu'il n'éclate donc « comme une bulle » remontée de la fange (45), le prénom de Rodolphe ne cesse de hanter Louis. Quand elle le prononce, il perçoit dans la bouche d'Isa « une sorte de tremblement, de roucoulement » (47) – la vibrante initiale sans doute – et Louis prolonge la traduction : « comme si d'anciens soupirs demeuraient en suspens dans ta poitrine ». Et les toponymes ? Quel est l'Orléans-Beaugency de Mauriac ? Brève mais puissante voix dans la partition de l'orage, la comptine des grands crus que récite l'horizon s'étrangle dans un vibrato pathétique qu'apporte un verbe soudain jeté après trois mesures égales :

« Des fusées ont jailli
de ce coin de ténèbres
où Barsac et Sauterne
tremblent dans l'attente du fléau » (94).

Nous voilà engagés dans la partie d'ordinaire négligée de l'étude, celle du rythme et des sonorités propres à la prose poétique. Mauriac s'y montre trop habile pour qu'on en fasse fi. Qu'on se souvienne de la paronomase qui suffit à suggérer, dans *Le Désert de l'amour*, l'asphyxie de Maria Cross : « ce salon étouffé d'étoffes », revenant jusqu'à l'obsession. Le romancier du *Nœud de vipères* montre encore une plus grande maîtrise en s'appuyant par exemple sur les *F* puis sur les *P* pour suggérer l'intrusion du revenant. Voici la fin de ce nocturne intimiste :

« La lune, à son déclin,
éclairait le plancher
et les pâles fantômes
de nos vêtements épars » (44).

Parmi les bruits de Luchon, isolons ces trois mesures alertes, qui miment l'annonce d'un crieur :

« Des petits marchands
criaient les croissants
et les pains au lait » (33).

Une phrase suffit à faire goûter la liquidité du clair de lune : « la pleine lune se levait à l'est » (78) ; une autre dit la monotonie vaporeuse d'octobre : « la brume s'accumule – la brume et la fumée des feux d'herbes » (143). Dans la nuit de l'orage avec les mêmes voyelles on passe presque sans transition du calme : « Calèse dormait sans un souffle et sous toutes les étoiles » à la turbulence : « de nouveau cette bourrasque, ces roulements dans le ciel, ces lourdes gouttes glacées » (92). Il a suffi de remplacer les sifflantes et les dentales par une association de gutturales et de vibrantes. Ce romancier est-il poète ? Peut-être. Un preneur de sons, un metteur en ondes, assurément.

BRÈVE CHRONOLOGIE
1885-1933

1885. – 11 octobre. Bordeaux. Naissance de François Mauriac.

1887. – 11 juin : mort du père, Jean-Paul Mauriac.

1888. – Mort de Mathilde Mauriac, grand-mère paternelle.

1890. – Mort de Jacques Mauriac, grand-père paternel.

1899. – Composition probable de *Va-t'en*, « grand roman inédit », dédié à sa sœur Germaine.

1902. – Mort d'Irma Coiffard, grand-mère maternelle.

1905. – Milite quelque temps au *Sillon* de Marc Sangnier.

1909. – Devient critique poétique à la *Revue du temps présent*, fondée par son ami Charles-Francis Caillard.
– Novembre. *Les Mains jointes*, poèmes.

1910. – 21 mars. Grand article de Barrès dans *L'Écho de Paris*.

1911. – Juin. *L'Adieu à l'adolescence*, poèmes.

1912. – Avril. Début des *Cahiers de l'Amitié de France*, « administrateur-gérant » : F. Mauriac.

1913. – Mai. *L'Enfant chargé de chaînes*, premier roman.
– 3 juin. Mariage à Talence.

1914. – Mars-juillet. Donne douze articles au *Journal de Clichy*, sous le pseudonyme de François Sturel.
– Juin. *La Robe prétexte*, roman.

1917. – Écrit *La Peur de Dieu*, première version du *Mal*.

1919. – 23 mars. Début de la collaboration au *Gaulois*.
– Été, Argelès. Écrit la première version du *Fleuve de feu* sous le titre de *Dormir plutôt que vivre*.

1920. – Été. *Petits Essais de psychologie religieuse*.
– Automne. *La Chair et le Sang*, roman.

1921. – Juin. *Préséances*, roman.

184

– Juillet-septembre. Rédaction de la version définitive de *Péloueyre*.

– Novembre. *Péloueyre* devient *Le Baiser au lépreux*.

1922. – Février. *Le Baiser au lépreux*.

1923. – Mai. *Le Fleuve de feu*.

– Décembre. *Genitrix*.

1924. – *Le Mal*.

1925. – 6 mars. *Le Désert de l'amour*, grand prix du roman de l'Académie française. Calmann-Lévy publie *Les Péloueyre*, ouvrage qui réunit *Le Baiser au lépreux* et *Genitrix*.

– Mai. Mort de Louis Mauriac, l'oncle-tuteur.

1926. – Publication de *Bordeaux*, récit d'adolescence. *Coups de couteau, Un homme de lettres*, nouvelles.

1927. – Février. *Thérèse Desqueyroux*.

1928. – Février. *Destins*.

– Juillet. *Le Démon de la connaissance*.

– Octobre. Dans *La Nouvelle Revue française* : « Souffrances du chrétien », qui marque le point culminant d'une crise morale et religieuse durant depuis plus de deux ans. Mauriac en sortira, « converti », à la fin de l'automne.
Le Roman, essai. *La Vie de Jean Racine*, biographie.

1929. – *Trois Récits* et *La Nuit du bourreau de soi-même*, nouvelles.

– Mars : *Dieu et Mammon*, essai.

– Avril : « Bonheur du chrétien », *La Nouvelle Revue française*.

– 24 juin : Mort de la mère, Claire Mauriac. Publication de *Mes plus lointains souvenirs*, récit d'enfance.

1930. – *Trois Grands Hommes*, essai.

– Juin : *Ce qui était perdu*.

1931. – *Blaise Pascal et sa sœur Jacqueline*, biographie. *Le Jeudi Saint*, essai.

– Février-décembre : rédaction du *Nœud de vipères*.

1932. – Janvier : prépublication, dans *Candide*, du *Nœud de vipères*, lequel sortira en mars, au moment où Mauriac subit une grave opération (ablation d'une corde vocale).
Pèlerins, essai.

Commencements d'une vie réunit *Mes plus lointains souvenirs* et *Bordeaux.*

Mauriac est élu à la présidence de la Société des gens de lettres et devient chroniqueur à *L'Écho de Paris.*

1933. – Février : *Le Mystère Frontenac,* réplique romanesque au *Nœud de vipères.*

– Juin : élection triomphale à l'Académie française.

BIBLIOGRAPHIE[1]

ŒUVRES DE FRANÇOIS MAURIAC

Œuvres complètes, « Bibliothèque Bernard Grasset », chez Arthème Fayard, Paris, 1950-1956, 12 volumes, (sigle de renvoi adopté dans cette édition : *O.C.*). *Le Nœud de vipères* figure au tome 3.

Œuvres romanesques et théâtrales complètes, « Bibliothèque de la Pléiade », Gallimard, Paris, 1978-1985, édition établie, présentée et annotée par Jacques Petit (*O.R.T.C.*). *Le Nœud de vipères* figure au tome 2.

Œuvres autobiographiques, « Bibliothèque de la Pléiade », Gallimard, Paris, 1990, édition établie, présentée et annotée par François Durand (*O.A.*).

Œuvres romanesques, « La Pochothèque », Le Livre de Poche, Paris, 1992, édition présentée et annotée par Jean Touzot.

Bloc-notes, « Points-Essais », Éditions du Seuil, Paris, 1993, 5 volumes, Avant-propos de Jean Lacouture, présentation et notes de Jean Touzot (*B.N.*).

ÉDITIONS POSTHUMES DE FRANÇOIS MAURIAC

Mauriac avant Mauriac, Flammarion, Paris, 1977, textes retrouvés, présentés et annotés par Jean Touzot.

Lettres d'une vie (1904-1969), Grasset, Paris, 1981, correspondance recueillie et présentée par Caroline Mauriac.

---

1. Pour plus de renseignements, consulter les guides de Keith Goesch : *François Mauriac, Essai de bibliographie chronologique* (1908-1960), Nizet, Paris, 1965. *François Mauriac,* 1, « Calepins de bibliographie », Minard, Paris, 1986. *François Mauriac (critique 1975-1984),* Minard, Paris, 1987.

Souvenirs retrouvés, entretiens avec Jean Amrouche, Fayard/I.N.A., Paris, 1981.

François Mauriac, L'Herne, n° 48, Paris, 1985, cahier dirigé par Jean Touzot.

Les paroles restent, Grasset, Paris, 1985, interviews recueillies et présentées par Keith Goesch.

Paroles perdues et retrouvées, Grasset, Paris, 1986, textes recueillis et présentés par Keith Goesch.

Nouvelles Lettres d'une vie (1906-1970), Grasset, Paris, 1989, correspondance recueillie, présentée et annotée par Caroline Mauriac.

ŒUVRES DE CLAUDE MAURIAC

L'Éternité parfois, Belfond, Paris, 1977.

La Terrasse de Malagar, Grasset, Paris, 1977.

Le Rire des pères dans les yeux des enfants, Grasset, Paris, 1981.

Signes, rencontres et rendez-vous, Grasset, Paris, 1983.

OUVRAGES CRITIQUES

CABANIS, José, *Mauriac, le roman et Dieu,* Gallimard, Paris, 1991.

CANEROT, Marie-Françoise, *Le Roman dénoué,* S.E.D.E.S., Paris, 1985.

CHOCHON, Bernard, *Structures du « Nœud de vipères » de Mauriac. Une haine à entendre,* « Archives des Lettres modernes », Minard, Paris, 1984.

DURAND, François, *François Mauriac, indépendance et fidélité,* Champion, Paris, 1980.

ESCALLIER, Claude, *Mauriac et l'Évangile,* Beauchesne, Paris, 1993.

FLOWER, John *et al., François Mauriac, Psycholectures,* University of Exeter and Presses Universitaires de Bordeaux, 1995.

LACOUTURE, Jean, *François Mauriac,* 2 vol., « Points », Éditions du Seuil, Paris, 1980-1990.

LALANNE-TRIGEAUD, Françoise, *Itinéraires François Mauriac en Gironde,* Confluences, Bordeaux, 1994.

MONFERIER, Jacques, *Du « Nœud de vipères » à « La Pharisienne »,* Champion, Paris, 1985.

RAIMOND, Michel, *Le Roman*, « Cursus », Armand Colin, Paris, 1988.

SHILLONY, Héléna, *Le Roman contradictoire. Une lecture du « Nœud de vipères »*, « Archives des Lettres modernes », Minard, Paris, 1978.

TOUZOT, Jean, *La Planète Mauriac*, « Bibliothèque du XXe siècle », Klincksieck, Paris, 1985.

TOUZOT, Jean, *François Mauriac. Une configuration romanesque. Profil rhétorique et stylistique*, « Archives des Lettres modernes », Minard, Paris, 1985.

ÉTUDES PARUES EN 1932 DANS DES PÉRIODIQUES

BRASILLACH, Robert, *L'Action française*, 24 mars 1932.

CRÉMIEUX, Benjamin, *Les Annales*, 15 avril 1932.

DUHAMEL, Georges, *Europe*, 15 septembre 1932.

ENNE, L., *La Revue apologétique*, septembre 1932.

POUCEL, Victor, *Études*, 5 mai 1932.

SCHÉRER, Marc, *La Vie intellectuelle*, 10 juin 1932.

THÉRIVE, André, *Le Temps*, 14 avril 1932.

THIBAUDET, Albert, *Candide*, 24 mars 1932.

TRUC, Gonzague, *Comœdia*, 11 avril 1932.

ÉTUDES PARUES DANS DES RECUEILS COLLECTIFS

Le roman a inspiré de nombreux articles, qu'il serait trop long de citer tous, publiés dans les cinq revues mauriaciennes.

Cahiers François Mauriac, Grasset, 18 volumes parus, suivis des *Nouveaux Cahiers François Mauriac*, Grasset, 4 volumes parus.

François Mauriac, « La Revue des lettres modernes », Minard, 5 volumes parus.

Travaux du Centre d'études et de recherches sur François Mauriac, Université de Bordeaux III, 36 fascicules parus, 1976-1994.

Cahiers de Malagar, Conseil Régional d'Aquitaine, Bordeaux, 9 volumes parus.

Mauriac et son temps, Klincksieck, Paris, 4 volumes parus.

On y ajoutera :

Présence de François Mauriac, Presses universitaires de Bordeaux, 1986.

Roman 20-50, n° 1, mars 1986, numéro consacré au *Nœud de vipères* et à *La Pharisienne.*
À noter que quatre études consacrées aux mêmes romans figurent dans le n° 14 des *Cahiers François Mauriac,* Grasset, 1987. Voir aussi deux études dans le n° 13 (1986), consacré à la femme dans l'œuvre de Mauriac.

FILMOGRAPHIE

Le Nœud de vipères, dramatique diffusée à la télévision (1ʳᵉ chaîne), le 7 avril 1971. Réalisateur : Serge Moati. Adaptateurs : Claude Santelli et Françoise Verny. Interprètes principaux : Lucien Nat (Louis), Denise Gence (Isa).

Le Nœud de vipères, dramatique diffusée à la télévision (2ᵉ chaîne), le 12 mars 1980. Réalisateur : Jacques Trébouta. Adaptateurs : Jean Chatenet et Jean-Claude Chambon. Interprètes : Pierre Dux (Louis), Suzanne Flon (Isa).

Table

Composition réalisée par COMPOFAC - PARIS

IMPRIMÉ EN FRANCE PAR BRODARD ET TAUPIN
Usine de La Flèche (Sarthe).
LIBRAIRIE GÉNÉRALE FRANÇAISE - 43, quai de Grenelle - 75015 Paris.

ISBN : 2 - 253 - 00287 - 9   ◈ 30/0251/6